Laure ist Dozentin an einer Pariser Universität, verheiratet mit einem Arzt und Mutter von zwei Töchtern. Clément ist Banker, eingefleischter Single, ein Einzelgänger, der morgens an der Seine joggt und abends zu Hause Selbstgespräche mit seinem Hund führt. Laure erwartet vom Leben heimlich die große Überraschung, während Clément angesichts des ständig drohenden Crashs an der Börse jeglichen Glauben an die Welt verloren hat. Ein beruflicher Lunchtermin führt die beiden eines Tages in einem Pariser Restaurant zusammen. Zwei Menschen, die gegensätzlicher nicht sein könnten - und die doch sofort voneinander angezogen werden. Eine *Amour fou* beginnt, eine rauschhafte Liebe gegen alle Vernunft ...

»Maria Pourchet beschreibt treffsicher die Sehnsüchte, Hoffnungen und Abgründe zweier Menschen.« *SRF*

MARIA POURCHET, 1980 in Épinal, Lothringen, geboren, ist eine der wichtigsten literarischen Stimmen Frankreichs und gilt als »weiblicher Houellebecq« (Die Literarische Welt). Mit »Feuer« war sie für zahlreiche literarische Preise in Frankreich nominiert, u. a. für den Prix Goncourt. Die promovierte Soziologin lebt als Schriftstellerin und Drehbuchautorin in Paris.

Maria Pourchet

Feuer

Roman

Aus dem Französischen
von Claudia Marquardt

btb

Die französische Originalausgabe erschien 2021 unter dem Titel
»Feu« bei Éditions Fayard, Paris.

Die Arbeit der Übersetzerin am vorliegenden Text wurde vom
Deutschen Übersetzerfonds gefördert.

Penguin Random House Verlagsgruppe FSC® N001967

1. Auflage
Genehmigte Taschenbuchausgabe Februar 2025
btb Verlag in der Penguin Random House Verlagsgruppe GmbH,
Neumarkter Straße 28, 81673 München

Covergestaltung: buxdesign | Ruth Botzenhardt
Druck und Einband: GGP Media GmbH, Pößneck
KLÜ · Herstellung: han
Printed in Germany
ISBN 978-3-442-77487-6

www.btb-verlag.de
www.facebook.com/penguinbuecher

Du staunst über diese Mädchenhände, die fälschlicherweise an den Körper eines Mannes geraten sind. Schlanke Finger, zierliche Handgelenke, feine Knöchel, und unter der Haut, die zu dünn ist, um deren Farbe zu verbergen, treten geschwollene Adern hervor. Seine Rechte schwebt über den Oliven und dem Brot, du siehst, wie sich ein zarter Muskel regt und zu zittern beginnt, als er die Karaffe anhebt. Das alles wirkt sehr fragil; eine schwungvollere Geste – und schon könnte es schiefgehen. Du denkst, dass er nicht in der Lage wäre, dich zu erwürgen. Dir fallen die kurz gefeilten Nägel auf, der Ringfinger ohne Ring und ohne eine Spur davon, die weißen, blutleeren, blasslila Fingerkuppen. Spricht für schwache Venen und einen schlechten Blutrückstrom zum Herzen. Zwischen Handgelenk und schwarzem Anzugstoff fallen dir zwei Zentimeter makelloser, edler Baumwolle ins Auge. Du tippst auf ein schmal geschnittenes Hemd, einmal gewaschen, zweimal getragen. Höchstens.

Plötzlich willst du unbedingt sehen, was sich sonst noch unter dem kühlen Stoff verbirgt.

Guck halt woanders hin, regt sich deine Mutter auf, in ihrem Grab bei den anständigen und enthaltsamen Frauen.

Du ahnst, da ist williges, aber müdes, nicht durch die Liebe ermattetes Fleisch, nur wodurch dann? Schläge, Bequemlichkeit oder Alkohol – kommt auf die Gewohnheiten an. Dein Blick schafft es, weiter nach oben zu wandern, von der Hand zum Ellbogen, vom Hals zu den Lippen. Du suchst unwillkürlich nach dem Ursprung der Traurigkeit, die ihm senkrecht über den Mund tätowiert ist. Eine Frau, ein Todesfall oder Selbstüberdruss – hängt ganz von den Lebensumständen ab. Bestimmt geht er wie alle am Seine-Ufer joggen, das würde die gebräunte Haut auf Stirn und Nase erklären. Was es mit dem glattrasierten Schädel auf sich hat, überlegst du noch.

Frag ihn einfach, schlägt die Mutter deiner Mutter aus dem Paradies der Arbeitsbienen frei heraus vor.

Natürlich könntest du ihn fragen, wer, welcher Schmerz, welches Ereignis hat Sie denn so getroffen, hat Ihnen diese Fratze verpasst, die aussieht wie das zerschlagene Spiegelbild eines früheren Gesichts, und für diese kraftlosen Hände gesorgt – aber das ist heikel. Du kennst ihn nicht. Du sollst ihn dir als Referenten für ein zeitgeschichtliches Kolloquium anschauen, nicht als Landschaft, du musst ihm eine Zusage entlocken. Nicht seine Geschichte.

Seine Stimme, die anscheinend irgendwo geschult wurde, wo man lernt, kernig zu reden und das Publikum im Saal zu erobern, steht in keinem Zusammenhang mit dem Rest. Er wiederholt einen Satz, bei dem du nicht zugehört hast, er wird denken, dass er dich langweilt, dabei reißt er dich mit. Er will wissen, warum ausgerechnet er. Warum soll ein Banker bei einem Spitzentreffen der Geisteswissenschaften einen Vortrag halten, warum holt man sich bei der Auswahl an Forschern, Linguisten und Schriftstellern ausgerechnet die Teufelsbrut, für die er steht, ins Haus?

Du sagst, wegen des Kontrasts. Er sagt, er sei dein Mann. Keiner sei besser darin, nicht dazuzugehören, als er.

Dann schweigt er, scheint für eine Sekunde woanders zu sein, sein mandelförmiges Gesicht bietet sich fahrlässig der Betrachtung an. Wieder siehst du etwas Kümmerliches und Beschädigtes vom Grund aufsteigen, wie das Teil eines Wracks. Du möchtest wissen, zu welchem Schiff es gehört. Du findest ihn schön, obwohl er fad wirkte, als er ankam, nicht besonders markant.

Halt den Mund und arbeite, wettert deine Mutter aus der Grube der Unbezahlten, der nützlichen und strengen Frauen.

Du setzt deine Brille ohne Sehstärke auf, reiner modischer Schnickschnack mit Fensterglas, der, je nach

Situation, deine Augenringe verdeckt oder das, was dir gerade durch den Kopf geht. Du sagst danke. Ein Dank an die Empfehlungskette, deren Quelle zwar nicht mehr zu ermitteln ist, die dich aber über den Umweg diverser Flaschenpost, randvoller Mailboxen und kategorischer Absagen zu ihm geführt hat. Seltsamerweise bringt ein Gratisauftritt ohne Medienrummel auf dem Podium einer glanzlosen Universität niemanden mehr sonderlich in Wallung.

Spotte nur, das gefällt mir schon besser, gibt deine Mutter unter ihrem Granitstein grünes Licht, wenigstens wissen wir, warum wir dir das Studium bezahlt haben.

Und außerdem bist du ihm für diese Stunde am Mittag dankbar, dafür, dass ihr telefonisch dieses Vorabtreffen vereinbart habt.

Der Kellner fragt, ob ihr gewählt habt, nein, immer noch nicht.

Dein Tischgenosse dankt dem Zufall und sonst niemandem. Was das Telefonieren angeht, gerne so wenig wie möglich. Seitdem das Ansteckungsrisiko so hoch ist, nutzt er jede Gelegenheit, um jemanden persönlich zu treffen, damit die Chancen steigen, dass ihm endlich etwas zustößt. Er sagt das so dahin. Du denkst, heute bin ich sein Risiko, und weil es dich irritiert, dass du die Idee ziemlich reizvoll findest, beeilst du dich, ihm mit nervigen Einzelheiten zu kommen, du erklärst, worum es bei dieser Tagung in Cerisy geht, an zwei Tagen im Dezember soll die Epoche, in der wir leben, näher beleuchtet werden, eine Epoche, die man noch nicht oder doch schon als Krise bezeichnet, allerdings hast du keine Zeit auszureden, denn gleich wirft er ein, diese Epoche sei ein Skandal.

Kinder, so sagt er, werden derzeit mit 40 000 Euro Schulden pro Kopf geboren, weil die Großeltern ihr Scheißleben auf Kredit finanziert haben. Ein Einfamilienhaus, ein Peugeot, dann zwei, ein Fernseher pro Zimmer, Flugzeugträger, französische Streitkräfte in Afghanistan und, als Krönung des Ganzen, ein ewig langes Leben. Der Skandal ist die offene Rechnung, diese Epoche ist eine einzige offene Rechnung, aber egal, wie man es nennt, unsere Kinder werden dafür nicht geradestehen wollen, sie werden den Stecker ziehen und die Beatmungsgeräte in den Krankenhäusern lahmlegen. Dann wird es keine Epoche mehr geben, sondern Krieg, wollen wir nicht etwas zu trinken bestellen, einen Aperitif.

Du fragst, ob er Kinder hat.

Er antwortet, einen Hund, nur einen.

Hör auf, Laure, stöhnt deine Mutter, die unter der Erde alles mitansieht, hör auf, diesen Idioten anzustarren, als ob du ihn malen wolltest, und betrachte die Dinge, wie sie sind.

In einem großspurigen Restaurant, das wie ein Gewächshaus angelegt ist, wachsen Clematis bis zur gläsernen Decke hinauf. Ein weißer Mann im Anzug, schätzungsweise einem Lanvin-Anzug, schildert dir beim Essen das

Ausmaß der Katastrophe und hört sich selbst zu, wie er die brutalen Kämpfe vorhersagt, die ihm erspart bleiben werden. Du trägst Marineblau, weil es das neue Schwarz in diesem Jahr ist, er trägt es, seit er denken kann. Und schon bist du glücklich.

Der Kellner fragt, diesmal recht nachdrücklich, ob ihr inzwischen gewählt habt.

Du suchst die Speisekarte, sie liegt vor dir. Ein großer, fleckiger Spiegel, auf dem mit Filzstift die Vorspeisen, Hauptgerichte und Käsesorten aufgelistet sind. Zwischen der Seezunge für 38 Euro und den rohen Pilzen, erkennst du deine Föhnwelle von vorgestern, staunst über deine Hand, die wie eine Muschel an deinem Ohr liegt, über deine leicht geweiteten Pupillen, und mit Überraschung nimmst du dein Mona-Lisa-Lächeln zur Kenntnis. Er bestellt die Seezunge, du das Tatar.

Du kaust eifrig Brot, um dein unangebrachtes Grinsen zu unterdrücken. Und du bemerkst laut, wie lächerlich kurz diese Speisekarte ist, wie winzig klein die Portionen auf den Tischen sind. Klar, in dem Moment, wo Überfluss ein Traum von Armen ist, profitieren nur die, die keinen Geschmack haben, von einer großen Auswahl. Einstweilen gibt es zwanzig Gramm aufgetauten Fisch für 40 Euro, wenn die Epoche ein Skandal ist, dann in der Tat hier. Du sprichst absichtlich mit vollem Mund, im Namen derjenigen, die hart kämpfen, die wirklich etwas wert sind, und zwar nicht in Dollar gerechnet. Damit muss endlich Schluss sein.

Er rückt seinen Stuhl instinktiv ein Stück zurück, verdeutlicht den Abstand, den du zwischen euch suggerierst, das wird dir eine Lehre sein. Er spricht, wie du isst, ohne Luft zu holen. Heute Morgen, sagt er, haben die Märkte auf fallende Kurse gewettet, ein Signal, das bekanntermaßen dem Schlimmsten vorausgeht. In welchem zeitlichen Rahmen und in welcher Form, das weiß man natürlich nicht, man wartet ab, daher diese unerträgliche Spannung, die jede Epoche zu einem Moratorium macht. Er könnte ebenso gut das Gegenteil behaupten, es wäre genauso wahr und genauso sinnlos. Denn es gibt keine Epochen mehr, sondern nur noch verschiedene Versionen und Narrative. Jedenfalls kommt er zu dem Schluss, dass er bereit ist für dein akademisches Dingsbums. Skandal, offene Rechnung, Moratorium, verschiedene Versionen, vier Aspekte, das ist gut, was denken Sie, Laure?

Du denkst, was für Gemeinplätze, was für eine Sprücheklopferei. Du denkst, dass sich zwischen einem Restaurant und einem Kolloquium eine Kluft auftut, die man Reflexion nennt, aber du sagst, großartig. Du möchtest nun deinerseits ein paar geniale, halb gare Phrasen über den Tisch springen lassen, in deinem Kopf formt sich jedoch nichts außer einem Bild. Wenn du diesen Mann malen müsstest, dann mit Öl auf Holz, nach Art der Florentiner, deren Märtyrergesichter den inneren Kampf zwischen Engel und Versuchung widerspiegeln. Ja, genau so.

So ein Quatsch, spukt deine Mutter ungeduldig herüber. Als ob du einen Pinsel halten und mit deinen zehn Fingern irgendetwas zustande bringen könntest.

Die Tür des Restaurants schwingt auf, lässt frische Luft herein und fällt wieder zu, immer wenn ein Zweier- oder Dreiergrüppchen von Führungskräften aus dem Dienstleistungssektor den Laden mit 60 Euro Spesen pro Nase verlässt. Du weißt nicht, wie dein Essen geschmeckt hat, du hast nicht darauf geachtet. Plötzlich rückt er seinen Stuhl wieder heran, schiebt seinen Teller beiseite, löst diese Hände voneinander, die dir einfach keine Ruhe lassen, und du verstehst. In der ungefilterten Sprache des Körpers heißt das, er kommt auf dich zu.

Oder er hat einen Krampf, hörst du deine Mutter sehr tief aufseufzen.

Du bestellst einen Kaffee, er auch. Er stützt seine Ellbogen auf den Tisch, seine blassen Hände suchen und umklammern einander. Du möchtest sie ergreifen, aber du weißt aus Erfahrung, dass man Vögel, die man fängt, dabei auch töten kann.

Mach dich vom Acker, krakeelt deine Mutter unter ihrer Steinplatte als Stimme der Frauen, die zwar tot sind, aber Bescheid wissen.

Du sammelst ziemlich unvermittelt deine Siebensachen ein. Einen Bleistift, deine Poserbrille, dein Telefon, das acht verpasste Anrufe der Schule deiner Tochter meldet, nichts Außergewöhnliches. Du stehst auf und schraubst deine 1,73 Meter, die ihn zu verblüffen scheinen, Richtung gläserne Decke. Er ist zu spät gekommen, hat dich bisher nur im Sitzen gesehen. Du sagst, ich muss gehen, wartest eine Sekunde, bis er aufsteht, um dir zu folgen, wie es sich gehört. Er macht keinerlei Anstalten.

Der Schuft, bedauert die Mutter deiner Mutter im Himmel der glühendsten Fans von Prinz Philip.

Er sieht dich an, ohne etwas zu sagen, als wäre er erstaunt. Es entsteht eine Stille, in der du dich den ganzen Nachmittag einrichten könntest, um Kaffee zu trinken, unanständige Fragen zu stellen, Holzmalerei zu lernen.

Sofort bringst du deine Truppen um dich herum in Aufstellung, du hast ein Diplom und einen Lehrstuhl inne, und zwar als ordentliche Professor*in*. Du entschuldigst dich, Pardon, ich habe wirklich noch zu tun.

Warum wirklich, warum Pardon, wiederholt deine Mutter, den Mund voll Erde. Du hast noch zu tun, Punkt.

Das Sekretariat des Forschungslabors wird sich bei ihm melden, es tut dir leid, aber in einer Stunde musst du weg sein; was?, sagt er. Du stellst klar, ein Versprecher. Da sein, nicht weg sein. Da sein, um eine Vorlesung an der

Universität zu halten, zu der es jedes Jahr mehr Material gibt. Die Geschichte der Angst in Europa.

»Und Sie?«, fragt er.

»Ich, was?«

Ob du Angst hast, das weißt du ganz genau.

Als du dich zum Gehen wendest, lässt du deine Jacke fallen, keiner versteht, was du sagst, als du danke vor dich hin murmelst, du gibst in jeder Hinsicht ein schwaches Bild ab, das mag er zurückführen, worauf er will, du gehst jetzt und verschwindest bald unter der Stadt, ein Zug wird dich forttragen.

Epoche, Substantiv, weiblich, von griechisch *epoché*, Halt.

2. Juni, 14:30, KT 37,5°,
AF 15/min, HF 80/min, BD 150

Nach La Défense, sage ich, während ich mich in das Taxi zwänge, zum Nordturm, auf der Seite von Puteaux, und zwar schnell, solange er noch steht, nehmen Sie die D9, man wartet bereits auf mich. Dann frage ich mein Handy, als wäre ich ein bisschen irre, wie geht es dir, Carrie?, und sogleich leuchtet in einem beruhigenden Blass-, keinesfalls Schweinchen-, eher Kinderkrankenschwesterrosa die Care-App auf. Damit sie die Vitalwerte anzeigt, fragt man einfach, wie geht es dir heute, Carrie?, und zack, alles da. Ja, es ist ein bisschen entwürdigend, aber da kenne ich ganz andere Dinge. Körpertemperatur 37,5, kein Wunder, man ist ja beinah erstickt in dieser Orangerie, Blutdruck auf 150, auch nicht verwunderlich, ich bin total fertig. Ich habe so viel geredet wie sonst in zwei Wochen. 15 Atemzüge pro Minute, Herzfrequenz bei 80 Schlägen. Mehr nicht? Eigenartig. Ich hätte schwören können, dass sie mich mühelos auf 90 hochgetrieben hat, so wie sie mit ihren nackten Lippen über das Tatar hergefallen ist, als säße das Fleisch dem Tier noch auf der Hüfte. Oder die App spielt verrückt. Soll's geben, kommt aus China. 14 Uhr 45. Sie hat mich seit mindestens zwanzig Minuten vergessen. Ich habe mich so unauffällig wie möglich verhalten, das kann ich, wirklich, dezenter geht es nicht. Am Anfang interessierte sie sich vor allem für die Deko, am Ende hat sie vor Langeweile gegähnt, zwischendurch zur Tür gestarrt, als säße sie im Knast, und meine Visitenkarte hat sie genommen, ohne hinzusehen, um die Tischdecke damit abzubürsten. Eine solche Karte, mit abgeschrägten Kanten, 120 Gramm stark, die mit Head of beginnt, als Krümelfänger zu recyceln! Diese Epoche ist ein Rotz.

»Wir sind da«, sagt der Fahrer, während eine SMS des CEO mir auf Englisch mitteilt, dass man nur noch auf mich wartet.

Esplanade, Polygone, Drehtür, im rappelvollen Fahrstuhl geht es nach oben, zwischen zweitem und fünftem Stockwerk (Sicherheit und Wartung) steigen lächelnde Angestellte mit Ringen unter den Augen aus, die Luft ist schwer von aufgewärmter Hausmannskost, über das zehnte bis zum zwanzigsten Stockwerk (Forschung und Entwicklung) verteilt sich eine schlecht gekleidete, unfreundliche Belegschaft, es riecht nach Essen zum Mitnehmen. Und schließlich bin nur noch ich übrig, Vertreter des sportiven Personals mit hoher, nicht operativer Verantwortung, der sich ganz allein in den fünfunddreißigsten Stock aufschwingt und dabei jedes Mal aufs Neue ein Kribbeln im Unterleib spürt, nichts zu machen. Der Rausch der gläsernen Gipfel. Der sanfte Brechreiz des schlichten Gemüts, das auch nach zehn Jahren Firmen-zugehörigkeit den Schub eines im Keller installierten Motors für seinen eigenen Auftrieb hält.

Ein seltsames, nicht unangenehmes Gefühl, das mich in der Regel bis in den Empfangsbereich hinein beglei-tet. Dann hört es auf. Mir ist nicht zum ersten Mal zum Heulen zumute, als ich auf dem roten Teppich mit den braunen Streifen zur Landung aufsetze. Aber ich gehe weiter. Ich spüre keinen Boden mehr unter den Füßen. Zwischen mir und der Erde liegen vierunddreißig Stock-werke, zwölf Parkhäuser, zwanzig Meter Klimakanäle, und nicht zu vergessen, die U-Bahn. Ich bewege mich in Zeitlupe durch einen fünfzehn Meter langen Korri-dor, der mit künstlicher Angorawolle zu 1000 Euro den Meter auf Zementplatten zu 20 000 Euro den Meter aus-gelegt ist. Nein, 25, ab dem dreißigsten Stock steigen die Preise. Je höher die Zahl, desto beruhigender die Wir-kung. Noch zehn Meter, ich verlangsame meinen Schritt, bis ich quasi gelähmt den Konferenzraum erreiche, wo der rote Teppichboden wie Unkraut weitersprießt und die Stimme des Meisters ertönt:

»Da ist er ja endlich, Clément«, verkündet Oliver, der CEO, und wenn ich klar denken könnte, würde ich einen Anflug von Gereiztheit heraushören. Er kühlt mich bis auf die Knochen ab mit seinem Blick aus eisblauen Au-gen, die von feinen geplatzten Äderchen durchzogen sind. Was farblich übrigens viel besser zum Teppich pas-sen würde.

Jeder, der hier sitzt, hat normalerweise schlechte Laune, denn dies ist der Ort dafür: eine mitten am Tag einberufene Sondersitzung auf nahezu höchster Ebene einer Investmentbank, die seit zwei Jahren an der Börse schlecht gehandelt wird. Ein Lächeln hätte in diesem Raum den Effekt von Bermudashorts. Hier sitzen die CEOs, CFOs, CROs und CDOs versammelt, wichtige Posten, die sich nicht besonders klangvoll in eine andere Sprache übersetzen lassen. Sagen wir einfach, da sitzen Oliver, der oberste Chef, Safia, die Finanzdirektorin, und Grette, die Risikomanagerin. Was Amin, der Chief Data Officer, den lieben langen Tag macht, weiß ich nicht genau, und wenn er ehrlich wäre, müsste er zugeben, dass er es auch nicht weiß. Sie sind offenbar schon mittendrin im Thema, und natürlich sollte ich auf dem Laufenden sein, was Sache ist. Es ging bestimmt eine E-Mail dazu herum, während ich damit beschäftigt war, die Form der Brüste unter der APC-Bluse der Professorin zu erahnen.

»Clément, was sagst du zu diesem Scheißdreck?«

Wenn ich jetzt nachfrage, zu welchem, werde ich als das entlarvt, was ich bin: Ballast, unfähig, die Sprünge zu vollziehen, die das Agile-Handeln-in-der-wirtschaftlichen-Post-Covid-Transformation erfordert. Ich entscheide mich für eine Grimasse, die meine Haltung irgendwo ansiedelt zwischen Lustlosigkeit, weil klar war, was da auf einen zurollt, und Abwarten, weil nicht so klar ist, ob es einen treffen wird. Na bitte. Safia pflichtet mir bei und ist der Meinung, dass ohne den Chef der Marktaktivitäten ohnehin nichts entschieden werden kann. Dabei streichelt sie einen langen Pferdeschwanz, der sich wie ein schwarzer, glänzender Ölstrahl über ihre Schulter ergießt und mich auf Ideen bringen könnte. Aber ich denke immer noch an die Hochschullehrerin. An ihren Appetit im Gewächshaus.

»Hast du dir das Arschloch schon zur Brust genommen?«, fragt mich Oliver, bestimmt meint er denjenigen, der das aktuelle Drama zu verantworten hat.

Ich sage nein, die Chancen stehen fifty-fifty.

»Umso besser. Den mach ich fertig.«

Bingo.

Im Innenhof eines öffentlichen Gymnasiums stehen etwa fünfzig Mädchen erstaunlich ruhig zum Gefecht bereit. Auf die Mauern rund um das sogenannte Atrium haben sie mit Farbe ihre Parolen gepinselt, je nach Botschaft nimmt der Pazifismus ab und schwillt die Schrift an. Lüftet die Umkleidekabinen. Es stinkt wie die Pest. Macht Platz, oder wir räumen auf.

Und da sitzt du nun vor Fabienne Mertens, der runden, brünetten Schulleiterin, die dir gerade erläutern will, was es mit diesem Manöver auf sich hat, das fatalerweise von deiner Tochter, dieser Knallcharge, angezettelt wurde. Ihr schaut beide auf das stille Häufchen aus Jeans und Sweatshirtstoff neben dir, auf deine Tochter also, sie hat sich in ihr Schneckenhaus zurückgezogen, ohne Entschuldigung und mit reichlich Vorrat an Schießpulver. Eine lange schwarze Strähne ragt unter ihrer Kapuze hervor, ein untrügliches Zeichen, dass sich das Tier in seinem Gehäuse befindet. Véra, siebzehn Jahre alt. Bleichgesichtige Vertreterin einer klapperdürren und wütenden Generation, in der die Mittelschicht, darauf irgendwie nicht gefasst, ihre eigenen Kinder kaum wiedererkennt.

Du ziehst ihr die Kapuze vom Kopf, um Mertens zu demonstrieren, dass du die Zügel nicht schleifen lässt. Véra stülpt sie sich sofort wieder über, denn so kann sie auch. Mertens würde gern zur Sache kommen, wenn das mit dem Hoodie dann geklärt wäre. Danke.

Heute Morgen gegen 11 Uhr nahm das alberne politische Spielchen seinen Lauf, erster Schauplatz war der Literaturunterricht von Madame Dreux. Jedes Mal, wenn eine männliche Referenz genannt wurde, etwa der Name eines Romanciers, Dramatikers oder Dichters, verließ eine Schülerin wortlos den Klassenraum. Es ging in der Stunde um die Parnassiens, sagt Mertens und blättert in ihren Notizen. In dem sonst eher generalistischen Wirtschaftskurs von Monsieur Halimi lichteten sich ungefähr zeitgleich die Reihen bei jedem Keynes, Marx oder Stieglitz, den der nichts ahnende Pädagoge erwähnte. Im Philosophieunterricht, der eine besondere Fülle an biografischem Material liefert, hielt es zwischen Nietzsche und Schopenhauer eine einzige Schülerin auf ihrem Platz, und zwar deshalb, weil dann der Name Hannah Arendt fiel. Im Wahlfach Kunstgeschichte war die Stunde praktisch nach der Hälfte gelaufen, von Geschichte fangen wir lieber gar nicht erst an. In der Elften haben sie über das Jahr 1914 gesprochen, die Schüler sollten verstehen, wie Jean Jaurès und der Erzherzog von Österreich dadurch, dass sie so kurz hintereinander starben, den Ersten Weltkrieg auslösten; in der Zehnten war die Zeit direkt nach der Revolution dran, das Jahr 1793, die Schreckensherrschaft der Jakobiner. Auch dies ein Kapitel, bei dem das Lehrbuch weitgehend ohne Frauen auskommt, man könnte, wenn man akribisch suchte, höchstens auf die Verrückte verweisen, die Jean-Paul Marat abgemurkst hat. Was aber nicht geschah. Innerhalb von fünfundvierzig Minuten waren die Klassen fächerübergreifend um zwei Drittel ihres weiblichen Anteils geschrumpft. Aus naheliegenden Gründen ging der Unterricht nur in lauwarmen Fächern wie Naturkunde und Gymnastik reibungslos über die Bühne.

Die Mädchen versammelten sich im Atrium und rührten sich nicht mehr vom Fleck. Sie erwarteten Zusagen einer völlig überforderten pädagogischen Leitung. Während man die Journalisten am Schultor noch in Schach halten konnte, hatte Twitter bereits ein Lauffeuer entfacht. Wenn nun andere Schülerinnen in diesem Pawlow'schen Alter gleichziehen würden, wäre das landesweite Chaos perfekt, und die Subventionen wären futsch. Was dann, Madame?

Madame, das bist du.

Dann nichts. Du denkst an diesen Mann, nennst ihn bei seinem Vornamen. Du möchtest ihm sagen, Clément, unsere Epoche ist eine Überraschung. Schließlich zwingst du dich, mit diesem Theater um die Epoche aufzuhören – es ist eine Sackgasse –, und etwas zu finden, das du sagen kannst, um deiner Rolle gerecht zu werden.

2. Juni, 15:00, KT 36,6°,
AF 15/min, HF 80/min, BD 150

Zehn Minuten später verharre ich immer noch in derselben Position, außer dass ich ein ganz klein wenig tiefer
in den Starck-Sessel aus Plexiglas gerutscht bin, der ihre
Strumpfhosen angeblich schont, unsereinem allerdings
das Steißbein ruiniert. Ich beobachte und weiß von
nichts. Erst als Oliver mich fragt, ob es zweckmäßig
sei, die Börsenaufsichtsbehörde zu informieren, und ich
ihm antworte, was er hören will, nämlich nein, nähere
ich mich allmählich dem Kern des Problems. Noch
zwei oder drei Anhaltspunkte, dann weiß ich, um was
für einen Schlamassel genau es sich handelt, und werde
abermals dieses dämliche Spiel gewinnen, von dem die
anderen vier nicht ahnen, dass sie daran teilnehmen.

Man könnte meinen, dass ich mich nicht schnell aus
der Ruhe bringen lasse. Stimmt, denn es wäre unnö-
tig. Willkommen bei der EisBank, in einer strahlenden
Welt, in der nie etwas wirklich Schmutziges geschieht. So
wie die Pinguine stelle auch ich mich instinktiv auf das
Schlimmste ein, sonst würde ich mich zu Tode langweilen
und womöglich Eigeninitiative ergreifen, zum Beispiel
nach Gutdünken Aktiendepots auflösen, irgendetwas

Neues ausprobieren. Die Haupthorrorgeschichte, die in unseren Reihen kursiert, erzählt vom Börsencrash. Es ist nichts Ungewöhnliches daran, sich Dinge einzureden, die so nicht eintreten werden, in Wüstengebieten gilt das nach wie vor als die am weitesten verbreitete Überlebensmethode. Ich zum Beispiel sage mir, dass die Professorin, mit der ich zu Mittag gegessen habe, ihren Mann nicht mehr vögelt, mein Hund sagt sich, dass ich Gott bin, Frankreich, dass es von einem starken Mann regiert wird, die EisBank, dass sie untergehen wird, und der *Financial Times* erzähle ich, dass wir uns am Markt behaupten werden. Die Wahrheit ist, dass die Professorin mich nicht braucht, außer als Dekoration nächsten Winter im Hörsaal einer Provinzuni, und die EisBank wird noch viele Schocks abfedern, bevor sie eine leichte Erschütterung spürt. Die Tragödie, die echte Tragödie, ist immer nur eine Erzählung. Niemand hat sich '29 umgebracht, und Merrill Lynch gab es da schon, bloß unter anderem Namen. Wenn wirklich irgendwer gesehen hat, wie jemand an seinen Fenstern vorbei in die Tiefe stürzte und auf der Cedar Street aufschlug, dann hatte dieser jemand neben einem Haufen fauler Wertpapiere garantiert auch Krebs oder ein Problem mit seiner Freundin. Wie gesagt, wenn. Schöne Vorstellung, so ein Gleitflug, aber nicht sehr glaubhaft. Sie hätten es mit Gas oder einem Revolver hinter sich gebracht, das war damals eher in Mode. Und genauso das Jahr 2008, reine Fiktion. Lehman Brothers machen weiter Geschäfte, und die paar überschuldeten

Friseurinnen aus Atlanta, die man auf die Straße gesetzt hat … kleine persönliche Dramen, die nicht ansatzweise für eine Statistik taugen.

»Clément?«

Ich bin da. Na ja, wie man's nimmt.

»Wie kann es sein, dass wir mieser dastehen als die Generalbank?« Oliver kommt nicht darüber hinweg. »Und ich will jetzt nichts von einem feindlichen Marktumfeld und diesem ganzen Mist hören!«

Jetzt ist es raus, ich musste nur warten. Nun habe ich alle Elemente beisammen, um zu begreifen, worüber wir reden, ich kann mich einklinken. Wir haben miese Ergebnisse bei einem angeblich profitablen Wertpapierhandel eingefahren. So weit, nichts Neues. Aber dass wir schlechtere Zahlen schreiben als die Generalbank, die der Inbegriff für das Mieseste vom Miesen ist, das gab's noch nicht. Fehlt nur, dass es sich herumspricht.

»Keine Gewinnwarnung, bevor wir nicht alle Fakten auf dem Tisch haben, sind wir uns da einig?« Safia will mich mit einem furchteinflößenden Lächeln dazu bringen mitzuziehen.

Ihre zu weißen Zähne stechen gegen ihr zu schwarzes Haar ab. Wenn ich Chanel wäre, hätte mich das wahrscheinlich zu einer Bluse inspiriert, aber zu spät. Zu spät für alles, verdammt.

»Natürlich«, sagte ich.

Es sind Momente wie dieser, die mein Gehalt rechtfertigen, dessen Höhe den meisten Menschen absurd vorkommen muss; ich habe schließlich keinen Universalimpfstoff gefunden und auch nicht den Frieden im Nahen Osten verhandelt: Mein Job ist das Zurückhalten. Von Informationen, Gerüchten, Praktikanten, die Anstalten machen, die Handynummer einer Journalistin bei *Les Échos* einzutippen, und von Geschäftspartnern, die, sobald sie der Hauch eines unguten Gefühls anweht, dies kundtun wollen. Solange keiner auf der Welt das Problem kennt, gibt es kein Problem, selbst wenn es die Größe eines ganzen Landes hat – so in etwa lautet die Idee, die meiner Mission zugrunde liegt. Wenn die Welt vergessen hat, dass es einen siebten Kontinent gibt, nämlich aus Müll, oder, etwas naheliegender, sich nicht mehr an die Existenz Syriens erinnert, dann ist das Leuten wie mir zu verdanken. Ich brüste mich nicht damit, ich habe eine klassische Eliteausbildung genossen, ohne viel Trara. Das Zurückhalten ist eine Gabe, ich habe nichts dafür getan. Schon als Kind, als niemand in mir, dem siebenjährigen Dickerchen, die spätere Nummer 24 beim Paris-Marathon vermutete (zweieinhalb Stunden, eine kenianische Zeit), konditionierte ich mich. Ich unterdrückte das Atmen, das Schlappmachen, das Pinkeln, schluckte meinen Rotz runter, den Schmerz, die Tränen, die Empörung, verkniff mir die unwiederbringlichen Backpfeifen für andere, allerlei Worte und nicht zuletzt das Scheißen. Wie ein Verrückter habe ich mich zurückgehalten, und heute ist es ganz selbstverständlich mein Beruf. Ich sollte darüber mit den jungen Leuten reden.

Manche haben Angst vor der Zukunft, weil sie zu nichts zu gebrauchen sind.

»Clément?«

Ja, Chef.

»Viel hört man nicht von dir.«

Zum Glück.

Du sitzt weiterhin auf dem Büßerplatz vor der Direktorin und hörst dich angesichts des drohenden Schulverweises deiner Tochter plötzlich deine eigenen Unzulänglichkeiten eingestehen. Klar, Véra ist schwer zu bändigen, aber das Problem bist du, weil du es nicht hast kommen sehen. Und weil du zu wenig zu Hause bist, zu wenig zuhörst, überhaupt ist alles zu wenig, du gibst dir die Schuld, und zwar schaufelweise. Die Direktorin ihrerseits legt keinen Wert auf übertrieben viel Tamtam.

»Schade eigentlich«, meint Véra, die immer noch eins draufsetzen muss.

Wir werden das Thema Demonstrationsfreiheit in der dafür vorgesehenen Unterrichtsstunde noch einmal erörtern, sagt die Direktorin einigermaßen gefasst, sofern Véra über die nächste Klassenkonferenz hinaus an der Schule bleibt. Mertens will, dass sie die Versammlung ihrer Freundinnen schleunigst auflöst, und zwar vor dem nächsten Klingeln.

Durchs Fenster beobachtet Véra die geduldig ausharrenden, rauchenden und im Netz surfenden Teenagerkolonnen.

»Das sind nicht meine Freundinnen, das ist die kritische Masse. Und die löst man nicht auf, sondern nutzt sie.«

Fabienne Mertens, mit ihrem Latein am Ende, erwidert, dass Polizeikräfte auf dem Schulgelände die letzte Werbung sei, die sie gebrauchen könne, aber nun denn. Schließlich tippt Véra etwas in ihr Handy. Die Mädchen unten im Hof lesen es und zerstreuen sich sofort in alle Winde. Du bist beeindruckt.

Du hättest gewollt, du wärst sie und nicht du, die immer zwischen Abhängigkeit und Wut herumlaviert.

Um die Sache abzuschließen, erwartet Mertens, dass Véra sich laut und deutlich entschuldigt.

»Da geht es uns ganz ähnlich«, sagt Véra.

Und wieder bist du diejenige, die um Verzeihung bittet.

»Wir lassen uns hier nicht zum Narren halten, junge Dame. Sie wollen doch vor allem Aufmerksamkeit erregen.«

»Genau so ist es. Was soll ich noch tun? Mich ertränken?«

»Halt die Klappe«, sagst du, während in deiner Kehle vergeblich das Bedauern anschwillt, dass du sie nie aufreißen wirst.

»Wie du meinst.«

Völlig ermattet ziehst du von dannen, im Schlepptau deine Tochter, die immer für Wirbel sorgt.

»Du machst mich fertig, Véra.«

»Ich bin die, die aktiv wird, und du bist müde?«

Sie versteht nicht, wie du dich über ein Spiel, ein paar Farbspritzer, einen höchstens vorübergehenden Ausschluss vom Unterricht an einer zweitklassigen Schule so aufregen kannst. Soll sie sich wie du einfach an irgendetwas festklammern, ohne genau zu wissen, woran?

Du weißt sehr wohl, woran, und könntest es ihr sagen. Du klammerst dich an das, was du beherrschst, was dir Sicherheit gibt und dich zugleich fix und fertig macht. Die Familie. Wenn du loslässt, sterben Menschen. Du klammerst dich an Möbel und Rituale, du klammerst dich an Worte. Glück, Haus, Urlaub. Und je mehr du daran zweifelst, desto fester klammerst du, bist erschöpft, anhänglich und lächelst.

Sie würde antworten, Seeleute nennen so was eine hohle Muschel.

Aber schon schrillt die Glocke zur nächsten Unterrichtsstunde, und du musst nicht reagieren. Deine Epoche ist dieser Gong, der dich stets davor bewahrt hat zu handeln, das ist sie, die Formel, die du vorhin gesucht hast, um sie Clément zu verkünden.

Vor dem Schultor wartet ihr schweigend auf den Bus. Sie raucht. Du betrachtest pietätvoll dein mangelernährtes

Kind, das möglicherweise dazu bestimmt ist, eine Bombe zu bauen, deren Druckwelle dir in den Ohren rauschen wird, falls du die neuen Viruskombinationen überlebst. Du möchtest deiner Tochter gestehen, dass der Krieg der Geschlechter nie dein Krieg war, du hattest andere Dinge zu tun. Irgendwo geboren werden, durchhalten, dich losreißen, ganze Bücher bis zum Erbrechen auswendig lernen, einen Mann finden, ihn verlieren, Essen auftreiben, gebären, fast gefressen werden, neugeboren werden, einen neuen Mann finden, noch einmal gebären.

»Was ist? Willst du ne Fluppe?«

»Warum nicht.«

Du warst auch mal in diesem Alter. Du hast genau wie sie gedacht, dass das Leben aus unverrückbaren Wahrheiten und Eigensinn besteht. Heute weißt du, woraus es besteht. Aus Kompromissen, Wiederholungen, Vergessen oder Genesen. Zwischen diesen beiden Altersstufen scheinst du geschlafen zu haben.

»Sagst du es ihm?«

»Papa?«

»Ja. Deinem Macker.«

»Nein.«

2. Juni, 20:10, KT 37,2°,
AF 12/min, HF 86/min, BD 150

Drehtür, Parkplatz, Klassik-Radio auf Anschlag, *Türki-scher Marsch*, ich habe auf das Lenkrad getrommelt, als wäre ich taub auf beiden Ohren, aber Entspannung, ist ja nicht meine Karre, sie gehört der EisBank. Als Gegenleistung haben sie mich mit Haut und Haar. Ich habe mir den größten Wagen ausgesucht, den Kombi, der für Manager mit Kindern gedacht ist. Nicht meinetwegen, sondern wegen meines Hundes, er findet ihn toll, was ein echtes Argument ist, arbeiten zu gehen. Nanterre, Courbevoie, dann rein nach Paris, das Seine-Ufer entlang, nach Hause, zu Papa. Er erwartet mich, er bellt, er sabbert, er liebt mich, und er stinkt, was allein meine Schuld ist. Einen Berner Sennenhund einzuseifen, dauert ewig, und das letzte Mal habe ich an seinem Hals diese beunruhigenden Knötchen gespürt. Seit einem Monat kann ich mich nicht überwinden, ihn erneut abzutasten, weil ich Angst habe. Ich nenne ihn Papa, um meine hochheilige Mutter, die darüber nie ein Wort verloren hat, zur Weißglut zu treiben, und weil Papa in der Regel der Herr im Haus ist. Eine Regel, die für mich oft genug in einem Fiasko endete, bis ich mir eines Tages sagte: Stopp. Ab jetzt ist Papa der Köter. Irgendwo muss man schließlich anfangen.

Ein Glas Wasser, das Hemd in den Wäschekorb und wieder einen Kilometer die Seine entlang, zwanzig Minuten im leichten Trab, in denen ich mich am falschen Ende der Leine fühle. Vorbei am Monop' Daily, Pinkelpause an einer Platane, weiter Richtung Tuilerien, dann mein Versuch, schnurstracks umzukehren, in Vorfreude auf Rebecca War, German Pornostar, die ich gestern in HD auf ihrer Freundin hockend zurücklassen musste, weil mein Mobilfunkanbieter Glasfaserleitungen verlegt, wann es ihm gerade passt, und das in einer Hütte für 6000 Euro. Ohne Nebenkosten. Papa weigert sich, er will weiterpreschen bis zum Quai d'Orsay. Na gut, dann also nicht zurück. Papa hat einen exzellenten Deal mit mir gemacht, denn dass er als Hund sagt, wo es langgeht, damit konnte er nicht rechnen.

Sie hat mir geschrieben. Die Frau aus dem Gewächshaus, die Seltsame, die von gestern. Ich stand vor dem Institut de France, um die Angelegenheit wenigstens geografisch zu verorten, auch wenn sie wie so vieles nirgendwohin führen wird. Sie hat mir als Erste geschrieben, normalerweise warten die Frauen ab. Sie warten lange, weil sie nicht wissen, wie es weitergeht, es ist nicht offensichtlich, dass ich praktisch tot bin, sie warten ab, ob sich im Schützengraben auf der anderen Seite etwas regt. Aber es regt sich nichts. Totale Funkstille, in die man so ziemlich alles hineinprojizieren kann, was einem einfällt. Verachtung, schwul, Bastard, verheiratet, falsche Nummer.

Sie nicht.

Guten Tag, Clément, ich bin es, Laure, von der Uni Paris 13. Es tut mir leid, dass ich so schnell aufbrechen musste, aber vielleicht hätten Sie noch mal einen Moment. Ohne Abkürzungen, mit Raum zwischen den Zeilen, mit einem Doppel-s, wo es hingehört, und Sätzen wie aus einem Kitschfilm. Wenn ich darauf antworte, passiert etwas, dem einer zum Opfer fallen wird. Wenn ich nicht antworte, passiert das Übliche. Papa, Drehtür, Krisensitzung, keine Krise, Tinder, Drehtür, Frost, Parkplatz, Papa, Wichse, Tiefschlaf, kalte Wichse, Hundefutter, France Inter, Clément, raus aus den Federn, rein in die Reeboks, Sprint, Parkplatz, Frost, Sitzung, Sitzungen satt bis August, dann in den Flieger, Hilton, am Ende der Welt, Huren, Herbst, kurzer Winter, wenig Licht, kurzfristige Ziele, Bewertung, Bonus. Insofern ist ein *Guten Tag, Clément, ich bin es, Laure, von der Uni Paris 13,* ein befreiendes Aufatmen. Freude.

Panik.

Auf der Treppe habe ich kurz und bündig *ok morgen würde es passen* zurückgeschrieben, ohne Satzzeichen oder Großbuchstaben, womit ich demonstriere, wie egal es mir ist. Bis morgen habe ich keine Chance, mich zu präparieren. Absolut keine Zeit, ein vorzeigbarer Typ zu werden, Bücher zu lesen, eine einigermaßen optimistische Weltanschauung zu entwickeln. Morgen könnte ich

genauso gut mausetot sein, alles hängt davon ab, wie ver-
lockend das Pflaster unter meinem Balkon heute Abend
ist. Davon, ob Papa kräftig genug an der Leine zieht,
wenn ich mich über den Pont au Change beuge, wie im
letzten Winter, als ich auf dem Grund eines minus sieben
Grad kalten Wassers ins Reich der Toten gelangen wollte.
In Wahrheit war ich sturzbetrunken, und die Situation
bot sich an, in den Schlamm abzutauchen und zu gucken,
wen das etwas kratzen würde. Antwort: Meine Mutter,
reichlich spät, sie kam ins Krankenhaus, als ich schon
nicht mehr da war, und die Feuerwehr, die wiederum
sehr schnell vor Ort war. Vier Leute, darunter eine Frau,
denn die Gesellschaft verändert sich im Gegensatz zu
mir, vier Leute, um mich in meinem ruinierten Lanvin-
Anzug und mit einer Latsche weniger aus dem Wasser
zu fischen. Bilanz der Übung, 3000 Taler für den Anzug,
und für die Allgemeinheit, keine Ahnung. Was weiß ich,
was ein Feuerwehrmann die Nacht kostet.

Morgen. Ich habe Angst. Es ist zu früh, Laure, und vor
allem zu spät. Tief durchatmen, Clément. Ja, Herr.

23 Uhr 10. Ich war kurz davor einzuschlafen, weil mir
die Ideen ausgingen, womit ich mich wach halten könnte,
als ich den Outlook-Alert sehe und ruckzuck wieder
vorm Bildschirm sitze. Eine Nachricht der EisBank
von 22 Uhr 10, das bedeutet eindeutig nichts Gutes,
aber in dem Moment ist es nur ein kleiner Schock. Fünf

Geschäftsleitungen, darunter meine, sind für morgen 8 Uhr einbestellt. 8 Uhr, die Arschlöcher. Das heißt, noch vor Börsenöffnung in Frankreich, das stinkt so sehr zum Himmel, dass selbst Papa es gerochen haben muss. Es hat ihn aufgeweckt, er kommt nachsehen, was los ist. Schau, Papa, der Terminplanungsassistent bietet zwei Möglichkeiten an: Einladung annehmen, nicht annehmen, ja oder nein. Aber Vorsicht, das Nein meinen sie nicht ernst. Für ein Nein hätte man da oben nur im Falle eines gezielten Giftgasangriffs auf mich Verständnis, wenn überhaupt. Klar darf man Nein sagen und seine Leute in die Arbeitslosigkeit entlassen, diese Feinheiten sind wichtig und in der Verfassung verankert, daran erkennt man ein großes Land, in dem die Menschenrechte allmählich auch für Frauen und eines Tages bestimmt auch für Tiere gelten. Nur Geduld. Ihr habt doch jetzt eure Terroristen im Einsatz, und die sind noch jung. Ich nehme die Einladung aus freien Stücken an. Mein Name leuchtet in Grün auf. Ich bin der erste in Grün, siehst du. Die anderen haben noch nicht reagiert. Sie haben außer einem Telefon auch noch ein Privatleben. Ich gehe jetzt ins Bett, du kannst das Licht ausmachen.

Dunkle Nacht, ich träume von Sümpfen und Vögeln. Sie haben zu kurze Beine und versinken im Schlamm, aber es sind trotzdem Vögel. Was beweist, dass mein Unterbewusstsein kein reiner Schrottplatz ist.

3. Juni, 19:34, KT 37,2°,
AF 17/min, HF 95/min, BD 160

Ich bin zu spät, mit Absicht. Kreuze auf in meinem Normalzustand, irgendwo zwischen scheißegal und völlig am Ende. Ich habe die erstbeste Bar vorgeschlagen, die mir in den Sinn kam, und jetzt, wo ich davorstehe, stellt sich die Frage, wie ich ausgerechnet auf diesen Laden gekommen bin. Sie wird denken, dass ich es gern hässlich mag, dass ich auf Rattan stehe, auf Kellner, die es für Geld tun. Sie ist schon da, wirkt nicht besonders verärgert, sie kann warten, gutes Zeichen. Sie liest, aber nicht so, wie Frauen sonst lesen, sie ist völlig vertieft. Wie sehe ich aus. Darüber hätte ich mir heute Morgen Gedanken machen oder mich noch mal umziehen sollen, schön einen Fuß vor den anderen setzen, guten Abend, Pardon, guten Tag, ich weiß nicht, was ich sagen soll, wie immer, aber in diesem Augenblick stresst es mich mehr als sonst. Sie ist eine Frau und kein Meeting. Mein Schweigen geht hier nicht als geheimnisvolles Räsonieren durch, sondern lässt eher auf einen Einfaltspinsel mit schwitzigen Händen schließen.

»Sind Sie gerannt? Wo kommen Sie her?«

Aus einer versehrten Kindheit, dem inneren Exil, der ganze Mist, aber dazu später. Ich erwähne, ohne mich zu entschuldigen, eine Krisensitzung, wir haben bald nicht mehr genug Eigenkapital, der übliche Scheiß, ein Perrier, bitte. Ich kriege ein Fixum von 300', ist also schon in Ordnung, aber der Bonus ist dieses Jahr am Arsch. Ihr Gesicht dabei. Sie amüsiert sich, weil ich keine Zeit für Bücher habe, und wenn sie meinen Galoschen und meinen Zähnen aus New York nicht ansieht, dass sie sündhaft teuer waren, dann betone ich es eben noch mal. Ehrlich gesagt, würde ich die Hälfte davon hinblättern, wenn sie jetzt auf die Toilette verschwände, um ihr Make-up aufzufrischen, damit ich meinen Herzschlag und meine Gesichtszüge wieder unter Kontrolle kriege und mir das Hemd in die Hose stecken kann. Aber nein. Sie scheint sich gut zu finden, so minimal gestylt, gegenüber einem Vollidioten, der nicht mal rechts ist, sondern gar keine Haltung hat. Mir fällt nichts ein, was ich noch sagen könnte. Was ist das da, das sprudelige Zeugs mit dem Strohhalm drin.

»Ein Perrier, aber Sie haben schon eins bestellt.«

Kein Detail, auf das ich mich konzentrieren könnte, um die Situation zu retten, sie ist hübsch, von oben bis unten, beim letzten Mal fehlte mir diese Gesamtschau. Bestimmt gab es zahlreiche tolle Typen, die ihr eine Menge Kinder machen wollten, sie ist eine schiefe Ebene, diese Frau, ich werde umfallen und deshalb nun Folgendes tun. Bezahlen und mich losreißen, und zu Hause hobel ich mir schön einen.

Aber dafür brauche ich ein Detail, eine Brust, den

Hals, nein, nicht die verfluchten Augen, warum kann sie sich das Gesicht nicht für eine Sekunde bedecken, was ist eigentlich mit der Maskenpflicht am Tisch, muss man sich denn um alles kümmern? Oder ich fasse sie einmal und nie wieder an und versinke dann im Staub. Sie haben da, du, Verzeihung, Laure, etwas im Haar, ein Blatt oder so was, kann ich.

»Nein. Tief durchatmen, Clément.«

Ja, Madame.

Du solltest enttäuscht sein, darüber lachen, wenigstens nachdenken. Du solltest wissen, dass ein Mann, der sich mit der Höhe seines Jahresgehalts vorstellt, ein Idiot ist, per Definition käuflich. Ergriffen, mit feuchten Augen denkst du, der Arme, und dass ein Typ, der sich mit seinem Wert auf dem Arbeitsmarkt vorstellt, ein Sklave ist. In der Antike schmückten sich bereits die verstümmelten Thraker, die nach Gewicht gegen Gold oder Salz auf dem Jahrmarkt von Ephesus verkauft wurden, mit ihrem Eunuchentarif wie mit einem Adelstitel. Zwischen ihnen und Clément liegt die Erfindung der Freiheit und ihres Scheiterns.

Sag bloß. Dann sind letztlich also sie die Opfer, weint die Mutter deiner Mutter im Paradies der verheirateten Mädchen für alles Tränen vor Lachen.

Abgesehen davon, nichts. Kein Nachsinnen über das Tête-à-Tête vorhin auf den Rattanstühlen. Über seine Aufregung im Gegensatz zu deiner bemerkenswerten Ruhe, über deine nicht wiederzuerkennende Stimme, mit der du dich für sein Kommen bedankt hast, du denkst nichts außer: zu spät. Etwas beginnt, an dessen Ende du jemand anders sein wirst.

Inzwischen ist es 23 Uhr, und während die Börse nie schläft, sind bei dir zu Hause alle im Bett. Du kannst nicht die ganze Nacht hier auf dem Rand der Badewanne sitzen bleiben. Schau dich an, schon wie du im Slip dahockst, die Augen neonblau vom Aufs-Handy-Starren, siehst du aus wie ein Betriebsunfall. Vor einer Stunde hat er dir geschrieben: Wer bist du? Du dachtest, wie billig, was für eine Anmache, allerdings grübelst du seither über einer Antwort. Du bist es nicht gewöhnt, ein leeres Blatt abzugeben, Fragen zu überspringen, und dir ist danach, ein paar Geständnisse abzulegen. Dich ein wenig nackt zu zeigen, schließlich ist es Nacht, und er wartet. Wer bist du. Du bist keine Intellektuelle. Es ist bloß so, dass du einen Panzer brauchtest, eine Rüstung, denn die vergängliche Harmonie deiner Gesichtszüge wäre nicht ausreichend gewesen, man hätte dich zerstört. Du machst dir nichts vor. Du bist nicht das Ergebnis einer Kreuzung aus brillanter Schulbildung und außergewöhnlichem Durchhaltevermögen, wie er vorhin meinte. Du bist mit zwanzig einfach da hingegangen, wo Kaffee, Lehrer und Licht kostenlos waren. Du bist nicht stolz darauf. Es gibt aus deiner Sicht einen Unterschied zwischen einer freien Willensentscheidung und gesellschaftlicher Konditionierung. Dein Hochschulabschluss hat durch die Vermassung eine Abwertung erfahren, und die Inflation bläht dein Gehalt künstlich auf, damit stehst du am selben Punkt wie deine Eltern, automatisch. Nur ohne die Illusion von Wachstum. Du hast unerhörte Anstrengungen unternommen, um mitzuhalten, du bist kein schöner Schwan, eher ein Hamster. Du bist nicht blond, sondern ursprünglich aschbraun, sprich glanzlos. Du bist kein Vorbild. Meistens bist du nicht die, für die man dich hält. Und müde bist du auch nicht.

»Laure!«

Anton möchte schlafen, verständlicherweise.

»Ich bin im Bad!«

Lange wird er nicht mehr auf dich warten. Noch zehn Minuten, dann wird der Schlaf ihm für acht Stunden den Stecker ziehen.

»Weißt du, wie spät es ist? Du nervst echt.«

Im schwachen Licht der Badezimmerlampe setzt du die Übung fort und forschst in dir nach allen Wahrheiten, über die man Gutes sagen könnte, viele sind es nicht. Zu den Wahrheiten gehört deine Mutter, das, was sie ist: tot, aufdringlich und geschwätzig. Dazu gehören die Menschen, die du mit Gewissheit liebst. Véra, Anna, deine Freundin Gabrielle und Anton. Es ist erbärmlich, in dieser, noch dazu so kurzen Reihenfolge zu lieben. Eine weitere Wahrheit betrifft Anton, Annas Vater. Wie nah er dir einmal war, bevor er zu dem Mann wurde, der schlafen will, wenn du wach bist. Wie ein Wunder war er auf der Bildfläche erschienen und hatte Ordnung in dein Leben gebracht, als du mutterseelenallein warst, an der Hand ein Temperamentbündel von sechsjähriger

Tochter, deren Zeugung keine weiteren Spuren hinterlassen hat. Weder einer Liebe noch eines bemerkenswerten One-Night-Stands. Vom Winde zu dir geweht. Du warst mit fünfunddreißig bereits auf dem absteigenden Ast, die überraschend hohen Mieten in Paris und eine Doktorarbeit, die nie fertig werden sollte, schnürten dir die Luft ab. Anton wusste so genau, was zu tun war, dass er alles übernahm. Er wurde zum Organ deines Lebens schlechthin, gab ihm einen Rhythmus, Zeiten und Gewohnheiten vor. Bis dahin hattest du zwischen den Vorlesungen geschlafen und nachts gearbeitet, Véra hauptsächlich von Müsli und dich von Eiern und Quark ernährt. Gegessen wurde aus Schüsseln an einer Resopalplatte, die in die Küchenwand gedübelt und mit einer Stütze versehen war. Wie man einen Tisch deckt, lernte Véra jedenfalls so nicht. Alles war unklar, prekär, anstrengend. Mit Anton verbrachtest du auf einmal im Voraus geplante Urlaube, die sich nach den Schulferien richteten, du bist im April nach Dinard in die Bretagne gefahren und endlich auch nach Marokko.

Trotzdem haben sich eure Hände beim Spazierengehen nie richtig gefunden, eure Körper auch nicht. An seiner Schulter gab es keinen Platz für deinen Kopf, nirgends eine Kuhle, die seit jeher für dich geschaffen war. Aber damals dachtest du, für ein solches Einverständnis braucht es eben Zeit. Und heute denkst du nicht mehr daran.

Du hast erlebt, wie glücklich Véra damals war, wie sie in einem Jahr sechs Zentimeter zulegte. Du hast dich auf den neuesten Stand in puncto Hausrats- und Kranken-versicherungen gebracht und die kritische Tagespresse abonniert. Du hast ein Haus in Ville-d'Avray besichtigt, das ihr bald euer Eigen nennen durftet, nur zwanzig Minuten von La Défense entfernt. In einer sogenann-ten ruhigen Wohngegend, wo jeder hinter ohnehin ho-hen Zäunen auch noch Mammutbäume züchtete, aber es bot so ziemlich alles. Mehrere Schlafzimmer, ein großes Wohnzimmer mit Glasfront, von dem aus man in einen Garten und auf so etwas Ähnliches wie ein Gemüsebeet blickte, außerdem eine Gasheizung und eine Dämmung, die angesichts der Energiebilanz ein echtes Kaufargu-ment darstellte. Auf einmal hat dich interessiert, welche Holzarten sich für Parkettböden eignen, du hast dich er-kundigt, was der Quadratmeter Diele kostet. Im selben Jahr erwarb Anton die vier Wände seiner Hausarztpra-xis, was eure Schuldenquote auf ein Maximum trieb. In dem Moment machtest du Bekanntschaft mit der beru-higenden Grenze des Mehr- und Besser-geht-nicht. Wo ein Haus, da natürlich auch eine Terrasse, die von April bis Oktober mit Lampions geschmückt und mit Liege-stühlen von Leroy-Merlin ausgestattet sein will. Später hast du dir noch eine Hängematte zugelegt, allerdings nie zwei Stämme gefunden, die so nah zueinander stan-den, dass man sie daran hätte befestigen können. Du hast deinen Namen auf dem Wahlzettel deiner Gemeinde gelesen, in Ville-d'Avray rauschte deine Schwangerschaft im Nu vorüber, und zwar in einem richtigen Umstandskleid, nicht in Jogginghose wie beim ersten Mal. Du hast erlebt, wie Anna, das ruhige Kind, heranwuchs, ohne je etwas zu verlangen, du hast unkomplizierte Bekanntschaften geschlossen und das Viertel kennengelernt, Loire-Wein getrunken statt Selbstgedrehte geraucht, morgens ausgeschlafen und sonntags etwas unternommen, wie es sich gehört. Die Hängematte hat Véra am Ende in ihrem Zimmer aufgehängt. Und um den Gemüsegarten hast du dich nicht wirklich kümmern können, weil du zu oft Rückenschmerzen hattest. Dein beschauliches Leben rief geradezu nach Krawall. Erst dumpf, dann laut.

»Laure!«
    »Ich komme.«
    »Und mach im Flur das Licht aus! Anna weiß, wie man auf einen Knopf drückt.«

Die Nachrichten-App zeigt an, dass Clément noch online ist.

»Laure! Ich muss früh raus, verdammt!«

Da du nicht in einem Satz sagen kannst, was du bist, hältst du dich an das, was du hast – Mangel. Und an die einzige stichhaltige Wahrheit, den Körper. Genauer gesagt dieses Verlangen, das dir in die Muskeln schneidet und deine Nächte zu Tagen macht.

Diesem Mann, den du zweimal gesehen hast, schreibst du, ich bin scharf auf Sie.

Du lachst im Stillen darüber, dass du mit einem einzigen Satz Generationen von Anstand, Etikette, Geboten, Prinzipien, Respekt, Schamgefühl, Strafe, Takt, Tugend, Zurückhaltung dem Erdboden gleichmachst. Das ganze Alphabet muss dafür herhalten, hingegen fällt dir kein Wort ein, um auszudrücken, wie gut sich das anfühlt.

Du schaltest die Lichter aus. Perfekt bewegst du dich durch das vollständige Dunkel zum Schlafzimmer, ohne irgendwo gegen zu stoßen.

Erinnere dich. Du hast schon einmal deine Schattenseite für das Licht und dein Verlangen für dich selbst gehalten.

5. Juni, 19:44, KT 36,8°,
AF 17/min, HF 95/min, BD 160

Tagelang sieht man etwas auf sich zukommen, das sich vor- und wieder zurückbewegt, Mails, die sich lesen wie Telegramme von Trintignant aus Deauville, Subtext ohne Kontext, ein Mögen Sie Truffaut, Laure, knarrendes Parkett auf der Leinwand, Rollkragenpullis im Juni. Eiseskälte, von Sybille durchorganisierte Nachmittage und auf iCal eingestellte Zeitblöcke, 5674 ungelesene E-Mails, Verstopfung, Atemstillstand, ausgestreckte Hand, Aufeinandertreffen zurückzuckender Fingerspitzen. Die Partnerschaft mit dem Frauenhandball erneuern, ja oder nein. Die Börsenaufsichtsbehörde vor Veröffentlichung der beschissenen Quartalsergebnisse alarmieren. Auf gar keinen Fall, das wird vorübergehen, alles geht vorüber. Den roten Teppich austauschen oder sich von der Börse verabschieden, 5899 ungelesene E-Mails, darunter eine von Laure, zu später Stunde, ihre Antwort lautet Nein. Truffaut mag sie nicht besonders. Sie sagt oft Nein, Laure, mal sehen, ob es bei einem Nein bleibt. Pressemitteilungen, Ungewissheit bezüglich unserer Liquidität, Eiseskälte, Clément, die Maske, zur Hölle, Aufzug, Stellungnahme in Sachen Handball. Eine Ratingagentur hält sich zurück mit ihrem Urteil und Oliver über das Headset die Luft an. Da kommt mir doch glatt eine Idee. Liebe Laure, anbei der Link zu *Außer Atem*. Wenn wir schon keinen Sex haben, dann wenigstens Godard. Ich warte ab, ich liebe es. Nur noch eine Nachricht, nur noch einen Tag, dann höre ich auf, es ist nicht richtig, ein Spiel mit dem Feuer. Wenn sie so spät antwortet, heißt das, sie muss ein Kind ins Bett bringen, und einen Mann. Und plötzlich, mitten in der Nacht, diese unglaubliche SMS, die mir einen Fünf-Minuten-Ständer beschert und mich zwei Wochen lang stresst, na bitte, ein Eigentor, morgen höre ich auf, ich höre auf, wann ich will, ich kann mich immer noch weigern, sie zu küssen, allerdings ist sie es, die mich im Auto küsst, die sich gehen lässt, die die Augen schließt, als wäre da … keine Ahnung. Viel mehr als ich.

Im Halbdunkel einer Tiefgarage hat er dich in seinem Auto geküsst, ohne Anstand und Manieren, seine Zunge fuhr dir über Gaumen und beide Zahnreihen, während seine Mädchenfinger stoßweise in dich eindrangen. Er wollte nicht, dass du ihn anfasst, außer durch den Stoff seiner Jeans.

Das ist jetzt zehn Tage her, seitdem bist du völlig von Sinnen und sogar ein bisschen fiebrig.

Der elfte Tag. Draußen zwingt der Juni dieser undurchschaubaren, hinter Masken verschwindenden Stadt, die nun eher gedemütigt als demütigend wirkt, einen stickigen Lärm bei abartigen Temperaturen auf. Zum ersten Mal ähnelt Paris dir. Du hast keinen Hunger, regst dich über Kleinigkeiten auf, und manchmal riecht dein Schweiß süßlich. Du kannst kein Obst mehr essen, zu keinem Buch mehr greifen, ohne gleich ein fremdes Genital in deinen Mund oder deine Hand zu fantasieren. Nachts rauchst du wieder auf der Terrasse, angeblich wegen der Hitze.

Zwölfter, dreizehnter Tag. Du stellst dich tief schlafend, bis Anton aufsteht und verschwindet. Sobald du das Wasser in der Badewanne plätschern hörst, bleibt dir eine knappe Minute, um mit zwei Fingern die Erinnerungen an seine Mädchenhände aufleben zu lassen. Sobald das Plätschern verstummt, ist Schluss mit diesen pennälerhaften Ausschweifungen, die mit der Stoppuhr unter der Decke und hinter deinen geschlossenen Lidern stattfinden, du zitterst und zuckst, verkneifst dir aber ein Stöhnen. Anton kehrt ins Schlafzimmer zurück, um sich ein frisches Hemd zu holen, und als er dich noch immer im Bett liegen sieht, schnauzt er, dass bei diesem Tempo wohl er mal wieder derjenige sein wird, der Anna an der Schule absetzt, während die ersten Patienten in seinem Wartezimmer bereits mit ihren Keimen die Luft verpesten. Ab jetzt wird Anton dir keine Ruhe mehr lassen. Du entschuldigst dich, streckst dich, lobst dich selbst für deine Geduld und ziehst dich an.

Der fünfzehnte Tag. Inzwischen isst du mittags überhaupt nichts mehr. Zwischen den Seminaren gehst du sinnlos shoppen. Schminke, eine Tasche. Du guckst dir Unterwäsche an und entdeckst neue Materialien, die dir die Schamlosigkeit und das grafische Potenzial zu dünner Frauenkörper vor Augen führen. Der sechzehnte Tag ist ein Mittwoch, und du hältst ausnahmsweise eine Vorlesung an der Sorbonne. Auf dem Boulevard Beaumarchais blitzt dich in einem Schaufenster ein schwarzes Dessous-Teil an, ein Hauch von Nichts, es nötigt dich in den Laden, du sagst kaum guten Tag. Du löst das, sagen wir mal, Kleidungsstück vom Bügel, die handelsübliche Bezeichnung wird wohl Mieder oder Bustier lauten. Es lässt sich im Schritt über ein paar seidenbezogene Druckknöpfe öffnen und kostet ein Vermögen. Deine Mutter unter der Erde möchte wissen, ob das ein Witz sein soll. Unter Aufbietung all deiner Kräfte rufst du dir die Lektionen ins Gedächtnis, die du über das Sparen gelernt hast und über die Würde der Frauen, die über ihren Südpol hinausdenken können – und hängst das Modell zurück. Du verlässt den Laden wie eine Vernissage, enttäuscht und gelangweilt. Dann stürmst du zurück, schnappst dir das Bustier beinah mit den Zähnen. Als du an der Kasse 290 Euro liest, bombardierst du das Teil mit deinem großen Haushaltseinmaleins. 290 sind gleich fünf Paar Schuhe für die Mädchen, gleich ein neuer Wäschetrockner plus Roland Barthes im Quartformat, gleich drei Monatsbeiträge für die Krankenversicherung.

Ganz ruhig, Schätzchen, befiehlt dir vom Himmel herab die Mutter deiner Mutter, die den echten Krieg durchgemacht hat, erklär ihm einfach, wie man mit einer Hand die Druckknöpfe aufspringen lässt, denn das Leben ist kurz und Roland Barthes nutzlos.

Tag siebzehn. Du hast eine Nachricht von ihm erhalten, in der die Rede von deinen Lippen war. Abends an Tag siebzehn bringst du Anna ohne Gute-Nacht-Lied ins Bett und lässt Anton vor dem lärmigen Wochenmagazin eines Nachrichtensenders sitzen, jagst mit dem Auto von Ville d'Avray nach Paris, um Gabrielle in der

Rue Réaumur zu treffen. Schon beim Betreten der völlig überteuerten, schummrigen Hotelbar fühlst du dich wohler als zu Hause. Du nimmst dir die Zeit zu beobachten, wie Gabrielle telefonierend auf dich wartet, aufsteht und eine Kerze vom Nachbartisch greift, dann zum Sofa zurückkehrt, dich erblickt, dir zuwinkt und Laure ruft. All das tut sie mit der gut gelaunt Lässigkeit eines Menschen, der sich mehr oder weniger ständig an Orten wie diesem herumtreibt und zwar in mehr oder weniger allen Hauptstädten der Welt. Dein neuer, noch etwas steifer Trenchcoat raschelt hörbar, als du einschwebst und auf der niedrigen Sitzbank landest, doch Gabrielle fällt er nicht weiter auf. Es ist dein Gesicht, das sie erstaunt, du guckst, als hättest du irgendein chemisches Zeug oder etwas Explosives intus. Orgasmus oder Kokain. Sie nimmt dich in den Arm, umfasst deine Taille, deine Schultern und hält dir eine Predigt, von wegen du seist noch dünner geworden, da sei ja nichts mehr dran an deinen Hüften und Brüsten. Sie sieht dich an, sie spürt, wenn etwas in dir brodelt, schon immer, seit dem Internat, und sagt, schieß los. Dann hört sie dir aufmerksam zu, als du von dem Unbekannten erzählst.

Sie behauptet, dich noch nie so gesehen zu haben, und du sagst, mit so meinst du glücklich. Sie kommentiert das nicht, denn jeder Einwand käme einer Strafe gleich. Aber bald schon, beim zweiten Glas, zitiert sie die Bovary und deren übles Schicksal. Beim vierten bist du es, die zitiert, mit nach hinten geworfenem Haar, stolz, dass du deinen

Flaubert einwandfrei abfeuern kannst: »Immer wieder sagte sie: ›Ich hab einen Geliebten, einen Geliebten!‹ und sie berauschte sich an dieser Vorstellung, als wäre ihr eine zweite Liebesblüte zuteilgeworden.«

»Mädchenblüte«, sagt Gabrielle und klemmt dir die Strähne wieder hinters Ohr, die dir ins Auge hing.

»Wie bitte?«

»Mädchenblüte. Nicht Liebesblüte. Zumindest habe ich es so in Erinnerung.«

Sie lacht, dass ausgerechnet sie, die Ungebildete, die reich geheiratet hat, dich, die Frau mit den wer weiß wie vielen Abschlüssen korrigiert, dich, die seit dem Abitur ihr Leben mit Studieren verbringt. Du bist zu voreilig, du hast ihn doch noch gar nicht, den Liebhaber, du kannst der Affäre noch entkommen, sagt sie, als ginge es um den Tod.

Und bald ist es sehr spät, Zeit, nach Hause zu fahren.

Du würdest die Nacht gern in diesem für die *Fashion Week* aufpolierten Hotel verbringen, wenigstens noch ein Gläschen trinken, dich von den Vetiver-Schwaden der Tischkerzen einlullen lassen, bis die Bar schließt. Früher dachtest du dir nichts dabei, wenn du nach Hause gegangen bist. Jetzt ist Heimkommen wie Älterwerden, wie Verlieren.

Auf dem Weg zu deinem Auto in der Rue Saint-Martin, hörst du dich sagen, komm schon, das machen doch alle, ein-, zweimal zögert man, dann geht man in die Vollen, alle machen das. Gabrielle sagt, fast widerstrebend, ja. Alle.

Der nächste Tag, Tag achtzehn, ist vom ersten Lichtstrahl an die reinste Tortur. Du erträgst nichts und niemanden mehr, weder dich noch die anderen, nicht einmal die Kleidung auf deiner Haut. Anna putzt sich wie der erste Mensch die Zähne, kaum aufgewacht, hat sie gleich ein Mars gegessen. Du hast im letzten Monat darauf verzichtet, deine Kinder wie kleine Könige zu behandeln. Die Zahnbürste ist eine Giraffe, deren Körper zwei Minuten lang leuchtet, ein Scheißding, das gierig Batterien frisst, fünf Euro das Zehnerpack, geliefert von Amazon, derweil explodieren die CO_2-Schulden pro Jahr und pro Person. Aber Hauptsache Anna hat etwas im Mund, und du hast zwei Minuten Zeit für dein Parkhaus-Kopfkino. Das Auto, seine Zunge, seine Finger, seine zwischen deiner Haut und dem Leder des Sitzes vergrabene Hand. Du wünschst dir, dass er in diesem Moment vor der Tür steht, dass er dich überwältigt und kommentarlos wieder verschwindet. Und mit ihm deine schlaflosen Nächte, das Chaos, die Gefahr, alles zu verlieren, die Gewissensbisse, die irgendwann an dir nagen werden. Du wünschst dir, dass er herkommt, wenn es sein muss durchs Fenster, in dieses Badezimmer. Du würdest deiner Tochter sagen, geh im Garten spielen, das hat nichts zu bedeuten, Mama muss noch etwas erledigen, und schon wäre sie abgeschwirrt. Er würde dich ohne Worte unter der Dusche vögeln. Und sollte es nichts geben, was euch verbindet, würdet ihr es im Nahkampf innerhalb von zehn Minuten herausfinden. Danach würde er sich durch das Garagentor verdrücken, du würdest zur Arbeit gehen und ihn nie wieder sehen.

23. Juni, 07:15, KT 36,6°,
AF 17/min, HF 82/min, BD 160

Schweißgebadetes Erwachen, ich habe den Wecker nicht gehört, France Inter und Papa machen schon seit einer Weile Terror, jeder mit seinen Mitteln. Ich habe wieder von Vögeln mit schmutzigen Beinen geträumt, zum zweiten Mal, es ist also mit einer Ölpest vor Monatsende zu rechnen. Letzten Winter habe ich von einem 0:0 zwischen Marseille und Olympique Lyon geträumt, und am selben Abend kam es dazu. Ich habe die dreißig Meter von meinem Bett zur Kaffeemaschine noch nicht zurückgelegt, da entpuppt sich der Tag bereits als ein Scheißtag. Papa hat aus zwingenden Gründen, die zu diskutieren mir nicht obliegt, in den Flur gekackt. Außerdem waren meine Shorts noch feucht, weil der Wasserbehälter meines Trockners, der seinerseits anscheinend auf Teilzeit umgestellt hat, voll war. Ganz schlechter Start. Der Tag ist dabei, völlig zu entgleisen, und ich weiß nicht, warum ich mir das eigentlich mitansehen muss.

Rein in die Reeboks, in die feuchten Shorts, Quai Voltaire, acht Minuten hinter dem üblichen Zeitplan, wie zu erwarten, treffe ich keinen meiner üblichen Mitstreiter. Um diese Zeit laufen schon die Mädels, unkonzentriert, kreuz und quer, manche winken sogar, was soll der Quatsch. Im RER A wird es gleich ähnlich zugehen, aber wenn man um diese Uhrzeit ins Auto steigt, kann man sich direkt den Strick nehmen. Es sind einfach nicht dieselben Leute unterwegs wie um 7 Uhr, man muss sich auf alles gefasst machen.

Ich wollte gerade unter die Dusche springen, als ein Alert mich splitternackt in der Küche innehalten lässt. Der Kurs der EisBank ist um 12 Prozent gefallen, während der von den Kollegen im Nachbarturm um etwa den gleichen Wert gestiegen ist. Die Vögel, die im Schlamm feststecken, das sind wir.

La Défense, elektronischer Badge, Drehtür, Aufzug, fünfunddreißigster Stock, was riecht hier so. Das bin ich, es war keine Zeit mehr zum Duschen, willkommen in der Fortsetzung eines Tages zum Aus-dem-Fenster-Springen, hallo Sybille, Flur, noch dreißig Meter bis zur Chefetage. Nicht rennen, auch jetzt nicht, das wirkt unterwürfig, und unterwürfig bin ich schon genug. Tempo drosseln, ruhig atmen, konzentrieren, das hilft meistens. Sie sitzen alle vor dem Bildschirm. Auf den Märkten kursiert das Gerücht, das Rating der EisBank werde infolge unserer lausigen Ergebnisse, die wir ein bisschen zu spät veröffentlicht haben, herabgestuft. Ein unbestätigtes Gerücht, aber unterdessen rauscht der Kurs in den Keller.

Auf dem Bloomberg-Bildschirm im Raum blinkt die Aktie rot.

»Minus 10 Prozent«, kommentiert Oliver mit Grabesstimme.

»Minus 13 seit Öffnung«, merkt Amin an, der das Debakel per App auf seinem Telefon verfolgt.

Oliver bemüht sich, möglichst abgeklärt auf den Bildschirm zu starren, aber bei der Visage weiß man, dass er einen inneren Absturz erlebt. Der Typ ist selbst wie ein Bildschirm, auf dem man alles mitverfolgen kann. Gerade sieht er uns blank dastehen, einen Trakt des Turms untervermieten und uns die Telefonzentrale mit einem Viruzid-Hersteller teilen, der weltweit die Nummer eins in der professionellen Flächendesinfektion ist. Hinten im Raum telefoniert Safia. Mit Standard & Poor's, wie Grette mir mitteilt. Grette sieht immer noch top aus in ihrem Saint-Laurent-Wickelrock und mit ihren achtunddreißig Jahren, wie aus dem Katalog. Allerdings hat sie nach wie vor dieses kleine Problem mit ihrem leeren Blick, der einen davon abhält, weiter in dem Katalog zu blättern, schade. Morgen wird Grette eine Lagerfeld-Jeans tragen, weil Freitag ist, was mich einen Dreck interessiert. Ich bemerke es nur, weil es keine Tapete gibt. Die Wände sind vollkommen weiß, der Boden hoffnungslos rot mit braunen Streifen.

»Minus 14 Prozent, es stabilisiert sich.«

»Es geht weiter runter.«

»Ich muss mal pinkeln.«

Oliver schiebt ab, allgemeine Stille, unter den Achseln bisher alles halbwegs trocken, die Gesichter noch nicht ganz so lang wie auf einer Beerdigung, aber die Köpfe rauchen bereits vom Rechnen. Die linken Hirnhälften beginnen, die Höhe der Abfindung zu schätzen. Amin sieht aus, als überlegte er, ob er zusätzlich zu dem Geld, das er versteuern muss, mit dem Audi vom Hof fahren kann oder nicht, einstweilen rutscht die Aktie auf minus 15. Oliver kehrt zurück. Mit einem Blick bedeutet Safia ihm, dass er sich in ihr Gespräch mit der Ratingagentur einklinken soll. Um die Zeit totzuschlagen: Safia und Grette repräsentieren die Frauen im Vorstand, weil derzeit zwei von zehn Posten weiblich zu besetzen sind, beim nächsten Mehrheitswechsel sollen es fünf sein, das ist beschlossene Sache, wir werden Platz machen müssen. So ist es nun mal, nicht der Mühe wert, deswegen die Wände hochzugehen. Schwierig genug, die ganze Fassade ist aus Glas. Der Fensterputzer, der sich wie ein Trapezkünstler vom fünfunddreißigsten Stock abseilt, sitzt quasi mit am Tisch. Ich kann das Caterpillar-Dings an seinen Tretern sehen, es ist Mathias. Wir rauchen immer eine zusammen, wenn er donnerstags über meine Fenster wischt. Er war Maurer, aber da oben ist es besser, sagt er, sein einziges Problem sind überraschende Regenfälle. Gott, wie ich mich langweile.

»Wir sind downgegraded«, setzt Oliver wieder an, während ich mir Mathias' Leben vorstelle. Ein zukunftsträchtiger Job für 2700 netto, im Freien und mit der

Möglichkeit, sich jederzeit in die Tiefe zu stürzen. Wir denken einfach nie weit genug.

»Wir sind Doppel-A.«

Fußnote: AA entspricht etwa einer Drei in der Grundschule, Prädikat »mittelmäßig«. Man ist raus, öffentliche Demütigung, letzter Platz im Sackhüpfen. Olivers dampfendes Hemd verströmt bald ein deutliches Bankrott-Aroma, es riecht nach säuerlichem Hermès-Schweiß. Ich versetze mich wieder in seinen Kopf, um an seinem Narrativ teilzuhaben. Das ist wie Zola auf Netflix. Er sieht sich den Turm verlassen und eine neue Existenz in London aufbauen, wo die Schulen ein Schweinegeld kosten. Hier teilt sich der führende Desinfektionsmittelhersteller die Miete dann mit dem europäischen Data Center Nummer eins, das auf die Speicherung von Finanzdaten spezialisiert ist. Nur Mathias, der Kletterer, behält seinen Job an der Fensterfront. Ich persönlich würde mit dem Mac und dem Auto das Weite suchen, ohne mich noch einmal umzudrehen. Auch ohne Bedauern, denn Safia geht mit keinem unter 400 000 Jahresgehalt (plus Bonuszahlungen) ins Bett, wie Oliver mich kürzlich in einem trostlosen Gespräch unter vier Augen wissen ließ, das natürlich nie stattgefunden hat, sollte Safia mich, wenn sie eines Tages an der Spitze eines amerikanischen Fonds steht, zum Teekochen einstellen.

Eine Viertelstunde lang erzähle ich mir im Stillen diese schönen Geschichten, die nie passieren werden, und bin ganz ergriffen. Ich sitze da, kratze mich, versinke nach allen Regeln der Kunst in totaler Trägheit, wobei ich mir gleichzeitig den Anschein gebe, in höchster Alarmbereitschaft zu sein, dafür muss man die Zirkusschule besucht haben. Schweigend vergleiche ich die Quartale, um festzustellen, dass die Zahlen im Januar schlechter waren, nur erinnert sich daran schon niemand mehr, falls es überhaupt jemand bemerkt hat. Ich tippe den Anfang eines Märchens in mein Telefon, demzufolge alles in bester Ordnung ist, da wir dank unserer italienischen, schweizerischen und amerikanischen Partner einen Refinanzierungsplan haben, morgen werde ich den Schwindel publik machen. So was nennt man Beruhigung des Marktes, es beruhigt vor allem die Aktionäre. Der Markt macht, was er will.

Denn ihn gibt es wirklich.

Nachdem du Anna gehetzt an der Schule abgeliefert hast, nimmst du den RER in die falsche Richtung, zum ersten Mal. In der Fakultät suchst du den Prüfungsraum, irrst dich erst in der Etage, dann in der Tür. Deine Mutter unter der Erde plärrt: Das ist ein Zeichen, Laure, und ich weiß, wovon ich rede. Du wirst dich verrennen, meine Tochter, du forderst dein Schicksal heraus.

Du denkst, halt einfach die Klappe.

Zeichen sind etwas für Analphabeten, an Vorherbestimmung glauben nur Versager. Und mit einer Miene, als wüsstest du genau, wohin du gehst, trittst du mit Verspätung und ohne Entschuldigung über die Schwelle von Raum 221.

Ein Student steht bereits artig an der Tafel. Drei deiner Kollegen, Kader, Jean-Michel und Nicolas, genannt Saint-Nicolas, sitzen in der ersten Reihe, in stoischer Erwartung einer langweiligen und deprimierenden mündlichen Prüfung, es ist das letzte Hochamt vor den Ferien. Jean-Michel hat sich die Ärmel hochgekrempelt, seine Füße stecken in Espadrilles. Du sagst, hallo, bittest den

Prüfling um fünf Minuten Geduld, damit du dich in Ruhe auf deinem Platz einrichten kannst.

»Natürlich«, stammelt der Junge, er ist höchstens zweiundzwanzig.

»Alles in Ordnung, Laure?«, erkundigt sich Jean-Michel besorgt. »Du wirst doch nicht rot?«

Du setzt dich hin, holst Luft und konzentrierst dich auf den Studenten. Er ist fahrig, verkrampft. Unter einer sandfarbenen Leinenjacke mit Taschen trägt er ein T-Shirt mit revolutionärem Aufdruck (*Che Guevara, tu mirada nos guía*), das ihm wahrscheinlich als Ersatz für Selbstvertrauen dienen soll, er schwitzt an den Schläfen. Du durchschaust diese verwirrten Kinder sofort. Zu Beginn deiner Karriere hast du daraus manchmal den eitlen Schluss gezogen, furchteinflößend zu sein, aber das ist vorbei. Jean Michel beugt sich zu dir und möchte dich darauf hinweisen, dass er extra sein Poloshirt gebügelt hat, weil er wusste, dass er mit dir hier sitzen würde. Du bedankst dich bei ihm, während der Student seine Hände zum fünften Mal an seiner Kommunionsjacke trocken reibt. Wir sind ganz Ohr, seufzt Jean-Michel. Fassen Sie sich kurz, bittet Kader und sucht in der Uhr-App seines Smartphones nach dem Ikon für den Timer, der übrigens auch beim Kochen gute Dienste leistet.

Du hörst nicht zu, während der junge Mann die erstaunlichen Früchte von drei Monaten Recherche im

Historischen Archiv der Nationalbibliothek präsentiert. Du lauschst weiterhin dem wilden Durcheinander eines elementaren Bedürfnisses in dir. Als der Vortrag zu Ende ist, kommentiert Saint-Nicolas alle Punkte der mündlichen Prüfung und bietet dem Studenten an, ihm seine handschriftlichen Notizen zur Verfügung zu stellen. Kader legt eine überzogene Strenge an den Tag, die den jungen Mann zugrunde richtet, woher soll er wissen, dass sie eigentlich nicht ihm gilt. Kader macht ihn nur deswegen fertig, weil er sich wenigstens ein Mal im Quartal der Illusion seiner akademischen Macht hingeben möchte. Du dagegen entscheidest in völliger Unkenntnis dessen, was gesagt wurde, dass der Prüfling mindestens ein Gut verdient.

Du willst geben, du willst, dass man dich liebt.

Im Bus, der dich vom Campus fortbringt, schreibst du an Clément, ich will dich heute Mittag treffen, egal wo, Laure.

23. Juni, 10:15, KT 37,1°,
AF 18/min, HF 84/min, BD 160

Eisige Stille. Das Auge des CEO löst sich für einen Moment vom Trading-Bildschirm und nimmt unser Rück-
grat ins Visier, eins nach dem anderen. Amin sitzt gebeugt
über seinem Laptop, Safia hält sich starr und duftend im
exakt rechten Winkel zu ihrer Tastatur, während mein
Körper sanft zwischen dem Bildschirm des Macs und
dem Display des Telefons hin- und herpendelt.

»Was?«, faucht Oliver, als Hector mit einem Papier
in der Hand im Türrahmen steht. Hector, ex-blutjunger
Finanzbeamter, ist der inzwischen nicht mehr ganz so
junge persönliche Referent von Oliver, der die Intelligenz
des Burschen auf bösartige Weise unterfordert, indem
er ihn für Handlangerdienste einsetzt. Oliver schnauzt
Hector an, weil dessen Mokassins quietschen, Hector
entschuldigt sich, Hector steckt ein, denn sein persönliches Mantra lautet so: Wenn ich durchhalte, komme
ich um den schlecht bezahlten gehobenen Staatsdienst
herum und dann, Money money money, höre ich mit
siebenundvierzig auf zu arbeiten. Oder auch nicht.
Vielleicht arbeitet er heimlich an einem neuen Wirt-
schaftsmodell, das auf der Besteuerung großer Vermögen basiert, und ich ziehe nur alles in den Schmutz.

Hector reicht dem CEO seinen Zettel, der ihn liest und an mich weiterreicht.

»Hier. Das ist ein Kommunikationsentwurf für morgen, falls wir offiziell Doppel-A sind. Schau mal drauf, ist gar nicht so blöd.«

Ah, okay, ich habe mich vertan. Hectors persönliches Mantra lautet, dass er meinen Job übernehmen will. Ich lächle ihm zu, denn ich habe beschlossen, mir mit seinem Entwurf den Hintern abzuwischen, außerdem fliegt er im September sowieso wieder raus. Oliver verschleißt einen Referenten pro Jahr. Mein Telefon vibriert seit zehn Minuten unter dem SMS-Dauerbeschuss Frédéric de Bajons, eines ehemaligen Kommilitonen, der mittlerweile als Wirtschaftsjournalist bei Bloomberg tätig ist, obwohl er Chateaubriand werden oder sterben wollte, was nicht originell genug ist, als dass man sich länger damit befassen müsste. Er will wissen, was zum Teufel bei der EisBank los ist, und mit mir zu Mittag essen. Ich ernähre Frédéric praktisch das ganze Jahr über auf Kosten des Unternehmens, diktiere ihm majestätisch an der Bar seine Artikel in die Feder, ohne Gegenleistung, und übe so mit all meiner sozialen Überlegenheit Macht über ihn aus. Dabei ist er objektiv größer und stammt aus besserem Hause.

Während Hector auf quietschenden Sohlen abzieht, Sybille grübelt, was sie diesem Frédéric von Bloomberg antworten soll, der jetzt versucht, über die Assistentinnen vorzudringen, und Oliver sich fragt, was für einen

Blödsinn die Frédérics von Bloomberg und Konsorten wohl über den Schlamassel verzapfen werden, wenn es mir nicht gelingt, bis mittags eine Pressekonferenz zu organisieren, entdecke ich eine Nachricht von Laure. Oder vielmehr einen Befehl. Laure will sich in einer Stunde mit mir treffen.

Ich habe es geahnt, verflucht! Sie ist eine Überzeugungstäterin. Eine Leichtgläubige, Himmel, Herrgott, Sakrament, noch eine, die glaubt zu wissen, wie ein Mann tickt. Dass er sich aus seiner Deckung schon herausbewegen wird, dass er vormittags mal eben durch das Gewitter über die Esplanade läuft, während ihm die AA-Böen ins Gesicht peitschen. Dass er um 15 Uhr eine schlagkräftige Pressekonferenz abhalten kann, wenn er um 13 Uhr noch die goldene Mitte einer Frau absteckt und sich zwischendurch schnell ein Club-Sandwich reinzieht. Dass Männer bei all diesen Gegensätzen, die sie vereinbaren müssen, mit dem Finger in der Nase durch die Welt laufen, und die besonders entspannten sogar mit einem weiteren im Arsch. Was soll die verdammte Scheiße?

Kurz habe ich Lust, ihr zu schreiben, ich bin ein kleiner Junge, Laure, und ein Krüppel. Wenn man mit mir zusammen ist, muss man mich entweder an die Hand nehmen, um die Straße zu überqueren, oder einen Rollstuhl schieben. Aber ich beherrsche mich. Sie packt die Sachen an, wie wir hier über vielversprechende Mitarbeiter sagen würden. Man muss Initiative zeigen, sich darstellen, mit der Zeit gehen oder aber sich aus dem Staub machen. Ich empöre mich eine Weile, schwitze und habe bald das Gefühl, diese Epoche, das bin ich: Erschöpft um kaum 12 Uhr mittags, sitze ich in der Chefetage beim Schwanz-vergleich mit der Generalbank, suche auf Booking.com nach einem Zimmer im Umkreis von vier Kilometern, um eine Frau bei Laune zu halten, die im September, beim Quartalsrückblick, begreifen wird, dass ich im Juni nicht besser war.

Als du gerade das Tor zu deinem Garten öffnest, antwortet er mit einer Adresse am linken Seine-Ufer. Warum so weit weg, in La Défense gibt es doch sicher das ein oder andere Hotel mit Panoramablick? Egal, du rennst ins Haus. Siehst dich mit den Augen eines Mannes in den Spiegeln an der Wand vorbeihuschen und erkennst in deinem Hüftschwung die aus dem Takt gekommene Traumtänzerin. Du denkst, Vorsicht!, allerdings zum letzten Mal.

Du durchwühlst die Schublade mit der neuen Unterwäsche, du weißt genau, was du suchst. Du ziehst dich um, wie eine Frau, die sich freut, mit ihrem Körper immer noch beeindrucken zu können. Du berührst dich, eine Art barbarisches Vorspiel, intime, unanständige und unbefangene Handgriffe. Du beschließt, dir das Haar zusammenzubinden.

Er erwartet dich auf einem Trottoir der Île Saint-Louis am Quai Bourbon. Er trägt eine Krawatte, dazu hat er die B-Seite seines Gesichts aufgelegt, die strenge, maskuline. Wieder einmal umgibt ihn die Aura eines Eispanzers, seine übliche Ausstrahlung, wie du später erfährst, wenn er von seiner Bank kommt. Bestimmt nennt er sie deswegen EisBank, wegen des inneren Temperatursturzes, den sie bei ihm auslöst, als brauche er Schlaf oder suche die Auslöschung. Als kleines Warm-up und um dieses Eis zu brechen, informiert er dich darüber, dass hier, am Quai Bourbon 19, Camille Claudel von 1864–1943 lebte. Eine Tafel an der Fassade bezeugt diesen Umstand mit einer verblüffenden biografischen Notiz und dem Auszug aus einem Brief der Bildhauerin an Rodin.

»Da ist stets etwas Abwesendes, das mich quält«, liest Clément mit tonloser Stimme vor und fügt hinzu, dass ihr nicht hier absteigen werdet. Es ist kein Hotel.

Er packt dich am Arm, was dabei körperlich von ihm ausgeht, was er dir vermittelt, ist dir fremd. Aber dann erinnerst du dich. Es ist lange her. Es ist Angst. Du hast ihm den Tag versaut, sagt er dir im Gehen und zwar mit genau diesen Worten, denn für ihn steht es bereits fest. Du musst zur Kenntnis nehmen, dass es schlimm ist, ihn zu stören. Und was dich betrifft, dass es gar nicht so einfach ist, einen Seitensprung zu machen und gleichzeitig den ganzen Rest zu erledigen. Zu gehen, zu atmen.

Dein Geheimnis beginnt am Mittag. Du hast noch nie am helllichten Tag ein Hotel in der Stadt, in der du eigentlich alles erlebt hast, von innen gesehen. Mehrere Koffer und ein Brüsseler Paar mit Kind blockieren die Rezeption. Ein Kind gehört in die Schule, Belgien hin oder her, lästert Clément, um über seine Panik hinwegzutäuschen. Ihr wartet auf einer Sitzbank, bis der Rezeptionist ihm, ohne aufzuschauen, ein »Sie sind der, der vorhin reserviert hat?« zuruft. Clément winselt »Ja, der bin ich« zurück und zieht den Knoten seiner Krawatte, der ihm fast die Luft abschnürt, noch straffer. Eine mechanische, selbstmörderische Geste, die du schon bei deinem Vater nicht mitansehen konntest. Du setzt eine Miene auf, als hättest du mit der Angelegenheit nichts zu tun, und denkst über die Gewalt nach, die die Geschichte den Männern en passant antut.

23. Juni, 12:45, KT 36,6°,
AF 19/min, HF 88/min, BD 160

Der Typ am Empfangstresen mustert mich mit einem Blick, dass ich ihn förmlich denken höre: schon wieder ein Kunde auf dem Weg zum Schafott. Oder er hat mich gehört, meinen inneren Hilferuf, Hilfe, wenn ich diese Frau anfasse, muss ich sie erledigen, denn sonst bin ich erledigt. Glaube ich aber nicht. Die meisten Menschen sind heutzutage ziemlich gut schallisoliert, um den anderen zu hören, muss man es wirklich wollen. Jedoch lässt er mich nicht aus den Augen, als wäre er hier, um zu verstehen, nicht bloß, um Frühstück zu servieren, Kondome einzusammeln und Handtücher zu falten. Er interessiert sich für mich.

»Der Zimmerschlüssel, Monsieur.«

Er hält ihn mir schon eine Weile hin. Ich habe nicht auf seine Finger, sondern in den Mond geguckt.

Sie und ich warten, worauf auch immer, am Fuß der Treppe. Ich erzähle ihr von heute Morgen, von dem Haufen im Flur und meinen feuchten Shorts, nicht, dass sie irgendwelche Luftschlösser baut. Wir können hier nicht Wurzeln schlagen, wir stehen im Weg, wir müssen weitergehen. Ich weiß, dass es eine Reihenfolge gibt, vorneweg oder hinter ihr her, ich werde mich wieder vertun.

Auf gut Glück marschiere ich als Erster los, mal sehen, ob es Protest gibt. Und wenn schon, ich bin sowieso dabei, mich in diesem Wildweststreifen abzuschaffen, jeden Tag ein bisschen mehr. Ich nehme die Stufen nach oben, ein Treppenabsatz, dann niedrigere Stufen, dann eine Tür, dann ein Zimmer, das mir die Sprache verschlägt, was man halt so kriegt für 200 Euro in einem Viertel, wo der Kaffee 6 kostet. Fünfundzwanzig Quadratmeter empfangen mich mit einem Für wen hältst du dich, Kumpel, es gibt Schlimmeres. Was soll's, ich bin Kummer gewöhnt. Ich überschlage die Entfernung zwischen mir und der Dusche. Mit drei Schritten bin ich in der Kabine, wasche mich endlich. Und eventuell verschwinde ich einfach durch den Abfluss, gelange über die Kanalisation in die Kläranlage des Département Hauts-de-Seine, werde als Püree hinaus ins Meer gespült und kann zu guter Letzt als kleiner steinzeitlicher Fisch neu anfangen, aber was erzähle ich da nur?

»Bleib, Clément.«

Ich hatte doch gar nicht auf laut gestellt. Die Frau ist stark.

Laure hat bereits das korallenrote Kleid abgestreift, ihre Arme schimmern goldbraun, ganz schön früh im Jahr für Bikinistreifen an den Hüften, ich dachte, sie arbeitet tagsüber. Anscheinend gehört zu ihrer Vorstadthütte auch eine Terrasse, auf der sie es sich bequem machen kann. Ich versuche, mich auf irgendeinen Schwachsinn zu konzentrieren, weil sie umwerfend aussieht und mir vor allem viel zu nah kommt, sich über sämtliche Abstandsregeln hinwegsetzt. Ich hatte vergessen, wie schwierig es ist, plötzlich nackte Haut vor sich zu haben, ohne Bildschirm dazwischen. Sie hat etwas von einem Kätzchen, es lauert in ihrem Blick und auf ihrer Stirn und in ihren Händen, sie terrorisiert mich, also lege ich ab und sage, bitte schön, mehr habe ich nicht zu bieten. Nicht mehr als einen knorrigen Körper, blass, mit einem Stich ins Grüne, an dem ansonsten alles dran ist, vermute ich. Keine Ahnung, wo ich auf ihrer Schwanzskala rangiere. Sie strahlt mich an wie ein Scheinwerfer, bestimmt nimmt sie gerade ihre Bewertung vor. Ich will es hinter mich bringen, es wird nicht klappen, so viel steht fest, ich stehe mir selbst im Weg. Und wie!

Kein Grund zur Panik, Laure, hörst du dich den-ken, als ihr die Tür zu einem mit Lilienmustern tapezierten Raum öffnet, in dem ein kurzes Bett, ein Schreibtisch und zwei altmodische Sessel stehen. Durch ein einziges, schmales Fenster weht stoßweise der Geruch der Seine herein.

Du willst, dass diese Krawatte, gemacht, um Männer an die Leine zu legen, und dieser Anzug eines besseren Angestellten verschwinden. Er zieht sich aus, und wider Erwarten führt er sich auf wie ein kleines Mädchen. Er ist in Wahrheit unerfahren. Zart, verängstigt. Er bittet dich wegzuschauen, aber das kannst du nicht mehr. Er ist nicht unbedingt schlecht gebaut, nur schlecht gewachsen. Die Entwicklung nahm in der Kindheit irgendwann ohne Rücksicht auf diesen Körper an Fahrt auf, und das hat überall Spuren hinterlassen, an den Knien, an den Schultern. Er hockt sich nieder und umklammert deine Beine, wie ein Kind, das sich auf seine Mutter stürzt. Du streckst dich vor ihm aus, in einer Geschwindigkeit, die jeder Vernunft und Ironie spottet, erliegst du ihm. Sein Kopf taucht ab zwischen deine Schenkel.

Er kriegt keinen hoch, und du kommst im Grunde

auch nicht ans Ziel. Es tut ihm leid, aber überrascht ist er nicht. Das passiert ihm öfter, sagt er. Er spricht von seinem Penis wie von einem pflegebedürftigen Angehörigen, der immerzu Versprechungen macht und einfach nicht sterben will, lästig, enttäuschend. Er hat sich Rat gesucht, natürlich. Und? Und nichts.

»Liegt es an mir?«, fragst du, weil deine Mutter dich aus dem Grab heraus daran erinnert, dass du alles, was sich regt, zunichtemachst. Marienkäfer, Hoffnungen, dein Potenzial.

Natürlich liegt es an dir. Du hast etwas gefordert. Man fordert aber nicht, Laure, sondern wartet ab. Du hast gesagt, komm, und er hat gehorcht, obwohl es zu früh war, dem anderen zu gehorchen. Es wäre angebrachter gewesen, ihr hättet euch angeschaut, euch angeschmachtet, euch zurückgehalten. Er sagt es nicht, aber du bist ja nicht taub. Etwas Stummes schreit dir unter seiner Haut entgegen, er steht da wie ein senkrecht aufgerichteter Fisch, seine Augenlider senken sich über zweitausend Jahre Scham, seine Hände liegen wie Muscheln aus der Kreidezeit über einem Geschlecht in Kreuzform. Was für ein Albtraum, ein Mann zu sein, schießt es dir wieder durch den Kopf. Du könntest ihm sagen: Ich bin eine Frau mit kurzem Atem, Warten bringt mich um. Du gehst davon aus, dass auch er nicht taub ist. Er fragt dich zum zweiten Mal: »Alles in Ordnung?«

»Ja, klar.«

Lügnerin. Du hast noch nie gewusst, wie du mit so

etwas umgehen sollst, mit entwaffneten Männern und schlaffen Muskeln, mit plötzlich aussetzender Lust und mangelnder Blutzufuhr. Du könntest ihn küssen, aber du kennst ihn nicht.

Doch du willst, dass es schön ausgeht, auch wenn es bisher eher missglückt ist, also beschließt du, dass eure Körper den Irrtum dieses Zimmers überleben werden. Du sagst, dass du kaum mehr schlafen konntest, so sehr drängte es deinen Körper in seine Arme, wie ein Soldat kehrst du an die Front zurück. Ihr stellt euch ungeschickt genug an, sodass es eigentlich nicht schmutzig zugeht. In der Schule würde man sagen: hat sich bemüht.

23. Juni, 13:05, KT 37,2°,
AF 16/min, HF 80/min, BD 140

Während ich mein Bestes gebe, was im Moment einem Minimum entspricht, wächst in ihrem Blick etwas zwischen Erstaunen und der Bitte um Vergebung, dass sie eine Brechstange in Schaumgummi verwandelt hat. Das machen sie mit Absicht. Wo lernt man, so zu gucken wie eine heilige Krankenschwester, die niemals an den Männern verzweifelt, nicht einmal an einem wie mir. Natürlich bringt die Bude mich nicht gerade auf Touren, mit diesen Vorhängen, die noch nie eine Reinigung gesehen haben, dieser abgefuckten Klimaanlage, die auf 18 Grad eingestellt ist, und diesem schief hängenden Bild. Solche Buden haben mir noch nie irgendwo weitergeholfen, und Gott weiß, dass ich rumkomme, ich habe schon schlimme Löcher gesehen. Bei manchen Leuten ist es der Geschirrspüler, der sie nervt, das leidige Problem mit dem Sieb, bei anderen sind es die Kinder, hier ein gebrochener Arm, da ein Badeunfall, und mich machen eben solche Zimmer fertig. Laure fragt mich, ob alles okay ist, ich erspare uns beiden die Antwort, die mir auf der Zunge liegt. Sie wird die Frage sowieso in dreißig Sekunden wiederholen, jede Wette. In der Zwischenzeit werde ich das Gemälde wieder ins Lot bringen, wenigstens das.

»Alles okay, Clément?«

Na bitte. Was meinst du wohl?

»Aber ja, natürlich.«

Nein. Ich hätte es anders gemacht. Keine Ahnung, wie, vielleicht im Meer oder auf der Motorhaube eines Autos, jedenfalls nicht hier. Ich hätte mir noch drei Wochen Zeit gelassen oder mich ein weiteres Jahr mit den kalifornischen Bildern auf meinem Smartphone begnügt, mir monatelang vorgestellt, wie ich auf ihr kleine Tode sterbe. Sie wäre durchgedreht, so viel hätte sie an uns gedacht. Dann, wenn ich sie bereits erobert hätte, wäre ich bereit gewesen. Kein Ruhmesblatt, ich weiß, aber ich bin auch nicht als Held 1971 geboren.

»Clément, kann ich etwas tun?«

Lieber Gott, erschieß mich einfach.

»Ja oder … nein?«

Ja oder nein, immer eine Option haben, so typisch für unsere Zeit, willst du oder willst du nicht, mit oder ohne, mit oder ohne Garantie, das oder nichts. Und dazwischen nirgends ein Ort, an den man sich verkriechen kann, um auf den Frühling zu warten. Ich möchte, dass es einmal aufhört, für eine Stunde. Aber schon liegt ihre Hand auf meinem Bauch, beeilt sich, nach unten zu wandern, Unterstützung zu leisten. Ich spüre die Erleichterung nahen, ein Geschenk, um das ich nicht gebeten habe. Natürlich funktioniert es, auch mein Minimum kennt Grenzen, ich bringe die Sache in ihrer Hand zu einem Abschluss, stumm, empört, wie jedes Mal denke ich, aha, so fühlt sich ein Orgasmus an. Dafür also zieht man in den Kampf.

»Tut mir leid.«

Ihre Haare in meinen Augen, sie fragt, woran denkst du. Ein Satz, der wie ein Bulldozer alles plattmacht, zusammen mit *Ich verlasse mich auf dich*, aber so weit sind wir noch nicht. Das kommt erst in fünf Minuten oder in zehn Jahren. Ich sage, auf die Gefahr hin, damit eine Debatte loszutreten, die Wahrheit.

»Ich war noch nicht bereit.«

»Das wärst du nie gewesen«, antwortet sie mit der Stimme einer Frau, die glaubt, mich zu kennen, mich geschaffen zu haben. Sofort packt mich wieder diese Angst, die doch kampfesmüde, gerade im Rückzug begriffen war. Um ihren Obsessionen ein bisschen Futter zu geben, erzähle ich von einer Frau, die mir das Herz gebrochen hat, was ziemlicher Quatsch ist. Dann erzähle ich ihr von der Einsamkeit, die mich umgibt, von der EisBank, die mir die Eier gefrieren lässt, was stimmt. Jeden Tag ein bisschen mehr. Und außerdem muss ich jetzt gehen. Ich sage ihr, wie spät es ist. Die Kinder kommen gleich aus der Schule, sagt sie aufgeregt. Ich suche meine Krawatte. Sie findet sie und möchte sie wegwerfen. Schon geht es los.

Während ich den Knoten zuziehe, teilt sie mir mit, dass sie Anfang Juli noch in der Stadt ist, danach bis August in Italien, falls ich will. Falls ich was will? Ich glaube, du willst, und zwar mich retten. Aber das wird kein Urlaub sein, sondern eine Mission, du gehst dabei drauf oder lässt mich draufgehen, ich werde das Arschloch oder das Opfer sein. In beiden Fällen werde ich einen Abgang machen, du wirst mich suchen, es steht schlecht um uns, merk dir eines, Laure: Wenn ich gewollt hätte, dass mich jemand findet, wenn ich überhaupt irgendetwas gewollt hätte, dann würde ich nicht mit einem Berner Sennenhund zusammenleben.

»Gehst du, Clément?«

Ja, Schatz.

Bald bist du allein. Du sitzt in der Duschwanne, eine Frau, die zusammengerollt unter einem Wasserstrahl hockt, und befreist deine Haut mit der bernsteinfarbenen Hotelseife von seinem Duft. Danach fällt dir nichts Besseres ein, als dir den Duschkopf zwischen die Knie zu klemmen und dir vorzustellen, wie das Pariser Wasser in den jahrhundertealten, dreckigen Kupferrohren nach oben steigt und zwischen deinen Beinen hervorquillt – bis du kommst. Du ziehst keine Schlüsse daraus, dass du weiterhin ganz allein für dein Plaisir sorgst.

Das Zimmer ist leer. Nein, er ist nicht in der Zwischenzeit zurückgekehrt, weil er deine Wärme vermisst oder bereit wäre, eine erneute Niederlage zu kassieren. Es genügt nicht, etwas zu wollen, Laure. Er ist gegangen. In Räumen, von denen du annimmst, dass sie verglast, bis ins Letzte durchsichtig sind, geht er wie gewohnt seinen Aufgaben nach, die er als subaltern und gängelnd beschreibt.

Du trocknest dich in den kaum zerwühlten Laken und bleibst dort liegen, du würdest gerne schlafen, aber du hast zwei Kinder. Wer mit zwei Kindern schläft tagsüber irgendwo in Hotelbetten ein? Woher sollst du so etwas wissen, man hat dir nichts beigebracht, außer, dass du dich festklammern musst. Du suchst nach einem Wort für Erschöpfung, nur präziser, Kampf, Kapitulation, du formst unwillkürlich Sätze ohne erkennbare Bedeutung. Du kauerst auf diesem Bett, das einen Preis hat, dein Blick ist an die Decke geheftet, noch triffst du Entscheidungen. Du triffst die Entscheidung, der abstrakten Gestalt, die sich dir vorhin für einen kurzen Moment zwischen Anzug und Laken gezeigt hat, in jedes Zimmer zu folgen. So lange, bis die Leidenschaft das Blut in Wallung bringt. Einen Sommer, ein Jahr lang. Du triffst die Entscheidung, alle Tage mit Leben auszufüllen. Du verschreibst dich einer Sache, der du bis dahin vielleicht gar keine Beachtung geschenkt hättest. Einer Silhouette. So etwas passiert nicht einfach, es ist eine bewusste Entscheidung. Das müssen wir unseren Töchtern sagen, eine wichtige Erkenntnis.

Du schreibst Véra, sie möge Anna bitte abholen. Niemals wirst du in einer Stunde an der Schule sein, und wenn, in welchem Zustand. Du wartest ihre Antwort nicht ab, sondern schläfst ein, in einem Bett in der Stadt, die dich vor zwanzig Jahren mit einem Versprechen und ihrer Größe gelockt hat.

Später verlässt du das Zimmer, überrascht, wie locker und ungezwungen du aus einem Hotel treten kannst.

Draußen empfängt dich der Fluss, er weiß: Du bist gestrandet, wie ein Schiff.

Noch eine Stunde, Linie 7, RER, Vorortzug, dann bist du zu Hause. Deine Kinder sind da. Anna beschwert sich, dass die Nachbarin sie wieder nach Hause gebracht hat, sie zieht ein Gesicht wie sonst was.

»Wie eine Heulsuse«, sagt Véra.

»Mama!«

»Hast du sie denn nicht abgeholt?«

Sie hat deine Nachricht zu spät gesehen, verteidigt sie sich. Und außerdem, was soll das, sie ist schließlich nicht die Mutter, was macht dein Typ eigentlich den ganzen Tag? Du versuchst, so konkret wie möglich darauf zu antworten, und flehst sie an, ihrer Schwester, die sie schon seit drei Stunden hütet, Abendessen zu machen. Du musst arbeiten, Praktikumsberichte beurteilen. Daneben musst du Wäsche aufsetzen und das Obst, das niemand isst, in Kompott verwandeln. Eines Tages wirst du Clément schreiben, dass du dir, bevor du ihm begegnet bist, vorkamst wie am Fließband einer Fabrik.

Du brauchst eine geschlagene Stunde, um die Schmutzwäsche zu sortieren. Du machst lauter Unsinn, beispielsweise mischst du Rot mit Weiß. Du kniest vor der Waschtrommel und denkst an den kommenden Juli, die nicht enden wollende Vereinnahmung deines mütterlichen Körpers durch den Sommer, das notwendige

Kofferpacken, die übel riechende Langeweile der Strände, die immer gleichen Pools und Temperaturen. Und schon geht dir die Puste aus. Du suchst nach Gründen, die eine unbescholtene Mutter haben könnte, sich kurzfristig aus dem Familienurlaub auszuklinken und drei Wochen allein zu Hause zu bleiben. Was bloß könnte so unvorstellbar wichtig sein?

Du stellst die Maschine auf Mischwäsche ein, 40 Grad und Schleudergang bei 1200 Umdrehungen, du weißt nicht mehr, was du in die Trommel gesteckt hast. Wirst du ja dann sehen.

23. Juni, 13:55, KT 36,2°,
AF 16/min, HF 70/min, BD 140

Ich habe die Zimmertür hinter mir zugezogen und einen Moment gewartet. Ich bleibe oft auf Treppenabsätzen stehen und drehe mich eine Weile im Kreis, hin- und hergerissen zwischen vor und zurück. Dann hörte ich sie »Hallo« sagen und bin gegangen. Bestimmt hat sie eine ihrer Freundinnen angerufen, davon hat sie jede Menge. Noch als ich unten vor dem Hotel ein umherirrendes Taxi heranwinke, habe ich im Ohr, wie sie von der lahmen Aktion gerade eben berichtet, dann vergesse ich. Esplanade, ich vergesse, Drehtür, ich vergesse, in die Fünfunddreißigste ohne Zwischenstopp, ich vergesse im Präsidentenaufzug, dem letzten augenfälligen Überbleibsel der Monarchie. Die sonstigen haben wir gelernt zu tarnen. Landung, Teppich, ich vergesse, Oliver, der sein Leben auf dem Flur verbringt, erzählt mir am Illy-Kaffeeautomaten, dass er mit einer sehr hübschen Finanzsekretärin zu Mittag gegessen hat.

»Und du?«, fragt er.

Ich habe das Leben des anderen gelebt, des Mannes, der existiert, der herumvögelt. Na ja, fast.

»Lust auf einen widerlichen Kaffee?«

Plötzlich fühle ich mich unter meinesgleichen, was

sehr selten vorkommt. Vor allem in Bezug auf Oliver, der, weil er aussieht wie ein Rugbyspieler und einen aus sehr blauen Augen anstarrt, bei Mitarbeitern wie Kunden, einfach allen, absurde Vorurteile weckt, sie gehen auf Verdacht davon aus, dass er breite Schultern hat und ehrlich ist. Dabei ist er eine Hyäne, und obendrein hat er Asthma. Ich schaue ihn über den Becher hinweg mit einem Blick an, der signalisiert, ich gehöre zum Clan, ich bin auch so einer, der die Frauen der anderen fickt, während sie – die anderen – bei uns Kredite zu variablen Zinssätzen aufnehmen, um ihnen – den Frauen, die wir ficken – eine allenfalls mittelmäßige Hütte zu kaufen. Es ist der Blick des ultraliberalen Drecksacks, der Überdruss empfindet angesichts der immensen Auswahl an Körpern, die durch den freien Zugang entwertet wurden, der immensen Auswahl an freien Frauen, die nichts verlangen, kein Geld, keinen Schutz, keinen Job, keine Worte, keine Vergebung, und der deswegen nun bei den verbotenen Frauen wildert. Immens als Auswahl reicht nicht, bringt mir den ganzen Rest. Ein strahlender und zugleich düsterer Blick, aufgeräumt, aber auch leicht gruselig. Sehr schwer hinzukriegen.

»Geht es dir gut, Clément?«

Wahrscheinlich habe ich einfach nur dümmlich geguckt.

Die Herdenwanderungen Mitte Juli führen euch wie jedes Jahr in einem Airbus auf dem Rollfeld von Orly zusammen. Ihr verteilt euch zu viert auf zwei Reihen, nachdem Gabrielle und ihr Mann Boris im vorderen Teil des Flugzeugs in der Business-Class Platz genommen haben. Anna ahmt die Gesten der Kabinenchefin übertrieben ausgreifend nach. Sie wird ihren Sitznachbarn noch die Augen ausstechen, mahnt Anton.

Du fröstelst. Nicht wegen der Klimaanlage, die noch nicht eingeschaltet ist. Es ist dein Körper, der sich beklagt, der das nunmehr freudlose Ritual des gemeinsamen Urlaubs infrage stellt, sich einsam fühlt. Ohne ihn.

Véra bittet darum, erst zur Landung wieder geweckt zu werden, Anton bemerkt, dass es erstens keine feuchten Reinigungstücher gibt und dass zweitens der Zustand der Sitze tief blicken lässt, was den Zustand der Fluggesellschaft angeht, die laut *Le Monde* bald zahlungsunfähig sein wird. Anna möchte wissen, ob Flugzeuge oft abstürzen, und du antwortest, nein, nie. Na bravo, sagt ihr Vater und korrigiert: doch, manchmal schon. Manchmal verschwinden Flugzeuge sogar. Du lädst die Presse herunter, tust zumindest so, und hoffst, dass vor dem Start noch eine Nachricht von Clément eintrifft, dabei schreibt er nie. Ein Air-France-Steward fordert dich auf, dein Handy auszuschalten, Boris kommt den Gang zu euch herunter mit dem Vorschlag, auf den du gewartet hast: Er würde den Sitzplatz mit dir tauschen, dann kann Gabrielle mit ihrer Freundin plaudern. Anton antwortet an deiner Stelle, dass ihr gerne als Familie zusammen-bleiben wollt, die Freundinnen hätten schließlich drei Wochen Zeit zum Plaudern. Der Steward kommt zum zweiten Mal vorbei, er wirkt zunehmend angespannt und schickt Boris höflich in seinen Businesstrakt zurück. An-ton bedauert, dass Boris ihn jetzt schon nervt, schade eigentlich, es geht ja gerade erst los. Du würdest am liebs-ten aussteigen, aber das Flugzeug hebt bereits ab. Anton erkundigt sich, ob du vorhast, länger zu schmollen, dann folgt er Véras Beispiel und schläft ein. Du starrst auf die Leuchtsymbole und wartest auf die Erlaubnis, dich ab-zuschnallen und die Toilette aufzusuchen. Kaum gesche-hen, schaltest du dein Handy wieder ein und kletterst über die Deinen hinweg.

Die Kopfhörer in den Ohren spielst du in Dauerschleife eine archivierte Nachricht von Clément ab. Zwanzig Mal gibt seine Stimme dir die Details einer alten Hotel-buchung durch, während du sorglos auf der nack-ten Brille sitzt und mit beiden Händen deinem unter

Hochspannung stehenden Geschlecht Erleichterung verschaffst.

Du kehrst zurück an deinen Platz, setzt dich seelenruhig wieder zwischen die Mädchen. Seit Juni zähmst du auf diese Weise Tag für Tag an jedem beliebigen Ort das unter deiner Haut lauernde wilde Tier, das allzeit bereit ist, dem Ruf eines Schwanzes zu folgen. Anna findet, du warst lange weg, und hat sich schon Sorgen gemacht, fast hätte sie ihren Vater geweckt. Du hast dir deine Stützstrümpfe angezogen, sagst du, das erste Mal verkehrt herum, sodass du von vorne anfangen musstest.

Diese Art, dich zwischen den beiden Welten hin- und herzubewegen, indem du lauter Unfug erzählst, um deine Zügellosigkeit zu decken, ist dir in weniger als einem Monat in Fleisch und Blut übergegangen. Du akzeptierst, dass du heute diese Person bist. Es wundert dich nicht besonders, dass du letztlich doch zu denen gehörst, die du früher auf dem Schulhof immer beneidet hast, zu den Verruchten, die in Klamotten steckten, die eben so als Shorts durchgingen, von denen du glaubtest, sie würden ihre Jugend gedankenlos in einem Durcheinander aus Lippen, Vornamen und Sperma verbringen. Du warst fünfzehn. Diese duftenden, verfluchten Mädchen kamen dir vor wie von einem anderen Planeten, du fühltest dich wie ein Junge, und das war damals der eigentliche Schmerz. Nicht die Klamotten, nicht die Lehrer oder die Pickel, sondern genau das. Dieses Gefühl, dass in dir keine wilde, lustvolle Frau schlummerte, dass du um diese Lücke herum leben und wachsen, allen etwas weismachen und durchhalten musstest.

In dieser Zeit lerntest du Gabrielle kennen, eine von den Wilden. Gabrielle, die einige Reihen vor dir bestimmt gerade einen Skandinavien-Krimi liest, während Boris großzügig Champagner bestellt, der, wenn er später lauwarm bei euch ankommt, Anton den Rest geben wird.

Gabrielle zählte wie du zu den Internen, aber ihr habt euch nicht das Zimmer geteilt. Anfangs kam sie vorbei, um dir einen Make-up-Entferner oder ein Wörterbuch zurückzugeben, dann wurden die Ausreden dünner, bis sie schließlich ohne jeden Vorwand auftauchte. Sie vergaß anzuklopfen und füllte das winzige Zimmer mit ihrem großen Körper, ihrem großen Lächeln, ihrer vollen Stimme, ihrem Duft nach Vanille und ihrem bittersüßen Blondinenschweiß. Von Mal zu Mal blieb sie länger, sie lieh dir ihre Klamotten, las laut aus deinen Büchern vor, ahmte vor dem Spiegel des Kiefernholzschranks Fanny Ardant nach, lachte über deine Angst vor Männern und deine Gewissheit, niemals irgendjemandes Frau zu sein. Eines Abends küsste sie dich auf dem leeren Flur, der zu den Klassenräumen führte, um dir zu beweisen, dass du, wie sie es formulierte, normal seist. Dass da etwas unter deiner und ihrer Zunge pulsierte, das auch in deinem Bauch pulsierte. Sie könnte es dir zeigen, wenn du wolltest. Du sagtest Nein. Aber später, an einem Sonntagabend vor dem Sommer, leckte sie dich sanft, diesmal in ihrem Zimmer, in lila Laken, die nach Vanille dufteten, während ihre Mitbewohnerin Clotilde, der es egal war, schlief.

Wir fliegen gerade über die Alpen, informiert uns der Pilot, rechter Hand sehen Sie den Mont Blanc.

Ihr kommt am frühen Nachmittag in Florenz an. Anton trägt dir auf, dich zur Europcar-Station zu begeben, während er und Anna auf das Gepäck warten. Aber gern, lieber so als umgekehrt, Liebling. Er findet, dass du heute noch mehr durch den Wind bist als sonst, du würdest es fertigbringen, die Koffer zu verpassen und das Kind zu verlieren.

2. August, 19:15, KT 36,6°,
AF 19/min, HF 88/min, BD 160

Papa, heute gegen 10 Uhr ist etwas passiert. Mein Job, also zu schweigen, dafür zu sorgen, dass niemand redet und nichts geschieht, hat mich in die Chefetage geführt, wo mir ein Auftrag beschert wurde, der genau zur rechten Zeit kommt. Ich soll nach Italien fahren, nach Siena, um der Banca dei Pellegrini die Hammelbeine lang zu ziehen, da sie seit der offiziellen Bekanntmachung des AA-Ratings droht, uns im Stich zu lassen, obwohl unser Refinanzierungsplan auf ihren Schultern ruht. Ruhte. Banken sind wie Paare: Auf dem Papier unterstützen sie sich gegenseitig in Zeiten schwerer Prüfung und Krankheit, Treue, Pillen, gemeinsamer Abwasch, die eine leiht sich Geld von der anderen. Solange man einander begehrt. Aber mit der Eselsmütze, die man uns vorübergehend auf das Logo gestempelt hat, stoßen die Toskaner uns plötzlich von der Bettkante, läuten das Ende der Beziehung ein, und das nicht einmal per SMS. Ludovico Pardi, Generaldirektor der oben genannten italienischen Bank, lässt sich ziemlich bitten, an einem Treffen in Paris teilzunehmen, was typisch für ihn ist. Das kann alles bedeuten, versucht Oliver sich keine Sorgen zu machen. Vielleicht ist er positiv auf Corona getestet, zweifelt das Ergebnis aber an.

Siena im August. Ein paar Kilometer von Laure entfernt, nur ein paar Weinberge. Ich dachte: My Lord, ein Zeichen. Die Neigung, überall Zeichen zu erkennen, normalerweise ein Symptom bloßer Dummheit, lässt, zumindest vorübergehend, die Diagnose auf Verliebtheit zu. Dieses Etwas, das einem zustößt, das ganz Große. Ich hörte nicht mehr zu, als Oliver sagte, wie er sich die Sache vorstellte, im Wesentlichen war es mir klar: abheben, landen, Ludovico Pardi finden, ihn daran erinnern, dass es der Fehler seines Lebens wäre, wenn er jemals daran dächte, sich von dem gemeinsamen Deal zurückzuziehen. Zweieinhalb Stunden Flug, um mein fast fließendes Schulitalienisch zum Einsatz zu bringen, die dritte Fremdsprache ist mein Trumpf, deshalb ergeht der Abflugbefehl an mich.

»Nimm Hector mit«, und schon ist der Spaß verdorben.

Ja, Hector. Den Handlanger aus Bercy mit dem vierstelligen IQ und den Deichmann-Mokassins, der an meinem Stuhl sägt. Er spricht kein Wort Italienisch, aber sie halten ihn für einen Talisman und stellen ihn mir zur Seite, da sie begriffen haben, dass ich keinen grünen Daumen mehr für irgendwas habe. Ich wurde einmal als High Potential gehandelt, Papa, das hättest du sehen sollen. Ich stand jeden Tag auf und ging jeden Abend ins Bett mit einem Grinsen, so breit wie dieser Käse, der beim Landwirtschaftswettbewerb gewonnen hat – mit demselben Grinsen ist Hector eine Stunde nach der Marschorder in meinem Büro aufgekreuzt. Er habe bereits die Tickets für heute Nachmittag gekauft, Economy-Class, die Firma werde die Solidarität sicher zu schätzen wissen. Klar doch, die Firma, 30 Milliarden schwer, wird die durch ein Flugticket für 200 Euro bekundete Solidarität zu schätzen wissen, er sah so aus, als glaubte er das tatsächlich.

Solidarität war vor allem zwei Stunden später gefordert, als wir uns eine Armstütze teilen mussten, die Knie in der Rückenlehne des Sitzes vor uns verkeilt, und mein Schälchen mit Hühnchen oder Fisch auf seinem Zara-Sommerkaschmirpulli landete, geschieht ihm ganz recht. Es wären andere Plätze in unserer Reihe frei gewesen, aber er hatte darauf bestanden, neben mir zu sitzen, anscheinend rieche ich doch noch nicht so stark nach Tod. Ich wartete, bis Hector sich die Augenmaske aufsetzte, und schaute mir einen Film über die Liebe an, der sich mir nicht erschließen wollte.

Im Taxi begann meine Macht zu bröckeln. Er zahlte, bevor ich merkte, dass wir angekommen waren. Er war richtig in Fahrt und nicht mehr zu bremsen, er ging vor mir durch die Tür der BDP, und zwar nicht, um sie mir aufzuhalten, das kannst du mir glauben.

Bei dem Meeting empfing uns nicht Ludovico, der hatte offenbar wirklich die Grippe, sondern Mary. Eine Frau mit Brüsten, bei denen es mir mein Gondoliere-Italienisch verschlug. Hector nutzte die Gelegenheit, um mir mit seinem London-School-of-Economics-Englisch in die Parade zu fahren, kläglich versuchte ich, mich hin und wieder vage mit einem *magari* einzubringen, zu dem ich lächelte und mit den Händen gestikulierte. In Gedanken hatte ich sie allerdings längst woanders, die Linke nämlich auf dem Hintern von Laure, während ich in der Rechten einen Aperol Spritz hielt. Ich hatte auf einmal Lust, so ein italienisches Landei zu sein, im Arm eine Frau, die am Vorabend angereist war, noch ein bisschen müde vom Flug und den Reisevorbereitungen, und deren blasse Schenkel zum ersten Mal seit August letzten Jahres unter einem kurzen Rock zum Vorschein kamen, den sie im Schlussverkauf erstanden und zerknittert aus ihrem Samsonite hervorgeholt hatte.

Ich überließ Hector, der mit seinem Vornamen für leichte Siege prädestiniert war, seinen leichten Sieg. Auch die nächste Runde ging an ihn, scheiß drauf. Wir waren noch nicht draußen, da berichtete er schon wie ein Kranker von seinem BlackBerry aus. Ich hätte es am Abend getan, vor allem in Anbetracht dessen, was zu berichten war. Nämlich, dass wir Ludovico nicht getroffen hatten, dass wir ihn in vierundzwanzig Stunden sehen würden und wie die Idioten dastanden.

Nachdem ich meinen energischen Kollegen losgeworden war, rief ich Laure an und sagte, rate mal, wo ich bin. Sie dachte sofort, dass ich ihretwegen gekommen sei. Auch sie legt sich gern Geschichten zurecht, soll sie nur. Ich ließ sie in dem Glauben, weil ich hörte, wie Luft in ihre Lungen strömte. Dann rief ich meine Mutter an, um zu erfahren, ob sie die Schlüssel gefunden und dich gefüttert hatte. Sie erinnerte mich daran, dass du ein Tier bist, ihr gehe es übrigens gut, danke der Nachfrage, abgesehen von ihrem Auge. Ich sagte, dazu wollte ich noch kommen, lass mich ausreden, also, wie steht es um dein Auge. Schlecht also, aber bestimmt nicht so schlecht wie um mein Seelenheil, zumal sie ihr Auge Gott anvertraut, dem heiligen Omer, der von Blindheit heilt, und dem heiligen Benedikt, der sich als Schutzpatron mit breitem Wirkungsspektrum um so ziemlich alles kümmert. Wir legten auf.

Ich war wieder mit Laure zusammen, ich war verrückt nach ihr, in unserem Versteck zwischen Olivenbäumen. Sie wollte nicht reden, sie ist nicht wie du. Sie will in erster Linie, dass wir übereinander herfallen, glaube ich, als wäre es ein Spiel. Sie interessiert sich nicht für mich oder nur manchmal, wenn sie wissen will, was für ein Kind ich war. An dem Tag habe ich sie gewarnt. Vorsicht, Laure, man kann sich verlieben, genauso wie man rechts werden kann, wie sie damals zu Nazis wurden. Durch Zufall, aus Versehen. Aufgrund eines Missverständnisses, einer Bettgeschichte am richtigen Ort, der Sonate Nummer 23 zur richtigen Zeit.

»Wieso sagst du das, Clément?«

Um mich zu hören. Und um dieses Etwas zu pulverisieren, bevor es mich pulverisiert. Und, klappt es?

»Geht so.«

Geduld.

Atemlos wiederholt er deinen Namen und dann, sieh mich an, Laure, sieh mich an. Blaue Lider, gerötete Augen, trockene Lippen. Du suchst einmal mehr die Geschichte zu der Erschöpfung, die sich auf seinem Gesicht abzeichnet. Du rechnest eine weitere Nacht ohne Schlaf, zum Gewicht von fünfzig Jahren auf Erden hinzu, in denen er sich auf niemanden verlassen hat.

»Ich tu dir doch nicht weh?«

Radio Uno, Klimaanlage auf 21 Grad, ein Miet-Alfa von Avis, darin ihr. Rundherum wachsen Olivenbäume, und Italien wartet immer noch auf den Prozess gegen Battisti. Im Radio wird eine Hitzewarnung ausgegeben, was die Mütter ermutigt, ihre Kinder in die kühlen Kirchen zu schicken, ganz sicher bist du dir nicht, ob du es richtig verstanden hast. Du hast Italienisch nie wirklich gelernt, überhaupt hast du nichts Nützliches gelernt. Du hast dir im Grunde deine ursprüngliche Dummheit bewahrt. Der Beweis, du kennst nur die Geheimnisse deiner Haut unter seinen Fingernägeln. Seine Hand arbeitet sich vor, und dir stockt der Atem, du stellst dir das Dunkel vor, in dem sie wühlt. Du sagst, tiefer.

»So?«

Nun bringt er die ganze Hand zum Einsatz, du hast das Schwarz-Rot eines Vulkanschlots vor Augen, aber nein, das bist ja du. Die Kommunisten fordern im Radio, dass man die im Lehrplan vorgesehene Schullektüre überprüfen soll. Ein katholischer Roman ist in Ordnung, aber nicht zehn. Die Benzinpreise, die galoppierende Rezession, und im Norden muss Venedig gerettet werden, alles wie gestern. Noch einmal Battisti, weil es nie vorbei sein wird, *Felicità*, dann Riccardo Cocciante. Die achtziger Jahre überall, du, die du deine Beine nicht mehr spürst, inbegriffen. Du schnappst nach Luft. Er fährt dir mit seiner freien Hand über den Mund und stellt das Streicheln an den unteren Randzonen ein, du setzt es fort, besser. In der Zwischenzeit hast du ihn gebissen, das sieht dir ähnlich.

Io non posso stare fermo con le mani nelle mani, lässt Cocciante seine Stimme mühelos anschwellen. Cocciante erinnert dich an deine Mutter, daran, wie sie in der Küche seine Lieder mitsingt, wie sie leise sagt, das ist ein Mann, der seine Gefühle in die Welt hinausbrüllt, und dann mit einer Traurigkeit, die du Fernsein nanntest, hinzufügt, mach lauter, Laure. Dabei wolltest du, dass er endlich Ruhe gibt, wolltest einfach nur in seine Plattencover-Mähne greifen. Riccardo Vincente Cocciante, geboren in Saigon. Du hast dir vorgestellt, wie du deine Finger in seine Locken drehst, um sie auseinanderzuziehen. Ein alter Knacker, ein Italiener, na bitte. Ich glaube, schon damals warst du auf Abwege geraten, eine wankelmütige

Sklavin des Gefühls, die seit jeher ein Tier päppelte, das auf einem Rücksitz zusammengebrochen war.

Du kommst. Unmittelbar davor hat er gesagt, nimm. Du dachtest, er macht das gern, geben. Du hast nichts kapiert, aber du hast Zeit. Gerade tauschst du mit ihm ein paar schlichte Worte und salzige Flüssigkeiten aus, während das Italien jenseits der beschlagenen Scheiben krampfhaft an den alten Zuständen festhält. Wie falsch es damit liegt.

Ihr bleibt noch eine Weile zusammen, mehr oder weniger in der Horizontalen, ohne etwas zu sagen, zwei aneinandergeschweißte Körper. Für einen Augenblick weint er, nur kurz, entschuldigt sich dafür und löst sich von dir, weil ihn etwas juckt. Er sagt, das hier hat nichts mit Verliebtsein zu tun, Verliebtsein hält er für abgeschmackt und halsbrecherisch. Ich werde wie Glatteis auf deinem Weg sein, sagt er, während er sich auf dem Sitz wieder anzieht, und du lächelst dazu, behauptest, dass du mit Bauchlandungen bestens vertraut bist. Allmählich kennst du ihn. In jedem seiner Worte spürst du den Winter, aus dem er kommt. Den Frost der EisBank, den Frost einer einsamen Kindheit in Kirchen, Herrenhäusern und den Armen von Au-pair-Mädchen, die Mutter in der Messe, der Vater an den Schalthebeln der Macht, irgendwo in der Fabrik. Als Kind gewiegt von Frauen, die dafür bezahlt wurden, und als Erwachsener gestreichelt von Frauen, die dafür bezahlt wurden, hat er sich daran gewöhnt, für unwahrhaftige Liebe in die Tasche zu greifen und auch, dass sie ein Ende hat. Mit einer Ausnahme. Dieser Rassehund, der ihm von der Gare de l'Est aus gefolgt ist.

»Bleibst du nackig? Musst du nicht zurück?«

»Doch.«

Klapprig und klebrig rennst du, ohne anzuhalten, zweihundert Meter durch das Val d'Orcia. Das Licht der Toskana, das die Olivenbäume weiß schimmern lässt, die Luft in Gold und Grün teilt und eins wird mit der Geschichte der Malerei, lässt dich gerade ziemlich kalt. Du bist nichts als der Raum, den seine Hand in dir gegraben hat. Du spürst ihn beim Laufen, du umkreist ihn in Gedanken und denkst an sonst nichts. Du wolltest Aperol, Sprudelwasser und Tomaten kaufen. Du wirst sagen, der Laden war geschlossen, du hättest nach Pienza gemusst und wieder zurück. Jeden Tag sind weniger Wahrheiten aus deinem Mund zu hören, bald werden es keine mehr sein. Du wirst mit Lügen und Illusionen leben, wie selbst Menschen von Format es tun.

Als du das Haus erblickst, hast du noch nicht ganz wieder in dein Alter, noch nicht ganz wieder zur gewohnten Verfassung zurückgefunden. Lang, weiß, teuer – die Villa, die Gabrielle in der *Elle* entdeckt hat, ähnelt ihr. Ihr teilt euch die Kosten. Zwei Drittel übernehmen Gabrielle und Boris, ein Drittel du und Anton, entsprechend der finanziellen Haushaltslage jeder Partei und im Sinne des Sozialismus, in den ihr hineingeboren wurdet. Es ist ein modernes, einstöckiges Gebäude, zu dem ein Weg durch einen weitläufigen, trockenen und duftenden Garten führt. Man geht an einer Reihe junger Feigenbäume vorbei, dann um den Swimmingpool herum, bis man am Eingang vor dem Wohnzimmer steht.

Du setzt einen Fuß vor den anderen, siehst sie. Sie dich nicht, noch nicht. Sie sind zu fünft auf vier Liegestühlen am anderen Ende des Beckens versammelt. Zwischen dir und der Gruppe ein Schwimmkorridor, scharf gezogen wie ein Bindestrich. Du bist plötzlich nicht mehr in der Lage, dich vorwärtszubewegen, alle Befehle zwischen deinem noch weichen Hirn und deinen vom Laufen endgültig erledigten Gliedmaßen sind aufgehoben, die Nerven überreizt. Keine Ahnung, wie du es bewerkstelligen wirst, so kurz nach dieser Vögelei in unmittelbarer Reichweite, gleichmäßigen Schrittes auf die Deinen zuzugehen. Aber alles zu seiner Zeit. Vorerst geht es darum, den Pool zu umrunden und dir etwas Verblüffendes auszudenken, irgendeine aufsehenerregende Lokalmeldung, die du ihnen zurufst, damit sie dich bloß nicht zu deiner Siesta in den Olivenhainen befragen. Habt ihr das gehört? Battisti hat versucht, sich in seiner Zelle zu erhängen! Zum Beispiel. Anton würde sofort eine Nachrichtenseite aufrufen, und bäuchlings auf euren Handtüchern würdet ihr über Linksextremismus und Terrorismus der alten Schule sprechen, ganz so, als handelte es sich um eine Erinnerung aus Schulzeiten. Véra würde anmerken, dass in puncto Anarchismus noch nie wirklich etwas passiert ist, woraufhin ihr das Thema wechseln würdet. Das Menü für heute Abend, das Wetter.

Endlich erspähen sie dich zwischen den Feigenbäumen.

»Mama«, ruft Anna und stürzt sogleich auf dich zu.

»Am Pool wird nicht gerannt«, mahnt Gabrielle vergeblich.

»Da bist du ja«, stellt dein Mann im Ton deines Vaters fest.

Mit einem Mal steigt dir der flüchtige Duft nach Meer in die Nase, den heimliche Liebschaften hinterlassen. Noch drei Hüpfer, und Anna liegt in deinen Armen. Kinder riechen alles. Du springst in den Pool.

»Aber dein Kleid!«, schreit Anna.

Ihre Schwester informiert sie, dass es Schlimmeres gibt als nasse Klamotten, unterdessen brennt das kühle Wasser auf der beschädigten Flur deines Körpers, du siehst dich plötzlich als Vierzehnjährige. Die bretonische Küste und das Meer, das sich in den Granithöhlen bricht. Damals verprassten deine Eltern ihre Bezüge vom Bildungsministerium für die Miete eines feuchten *Ker Loïck*, das zwanzig Minuten vom Meer entfernt lag, und du hast für siebzig Centimes Wassereis gelutscht. Am Strand von Toul-Bihan, auf dem Höhepunkt des Klassenschmerzes, hast du, erst weiß, dann rot, dann unfähig, richtig zu kraulen, unbekannte Frauen beobachtet, die sich in Arena-Badeanzügen auf Strandseglern austobten. Seitdem lebst du Stunde um Stunde über deine Verhältnisse. Du tauchst wieder auf.

»Wenn die Kinder das täten, würden sie dafür angeschnauzt.«

Du bist einundvierzig Jahre alt. Niemand wundert sich wirklich darüber, dass du in voller Montur ins Wasser springst. Du bist launenhaft, man nimmt dich, wie du bist.

»Was hast du denn getrieben, mein Schatz? Hast du einen kleinen Ausflug gemacht?«

Exakt.

Deine Brüste zeichnen sich unter der durchnässten Baumwolle ab, du stehst vor ihnen, untadelig und triefend, Gabrielle trällert zur Melodie von *Pull marine*, dass du dir dein kleines Marinefarbenes auf dem Grund eines Pools ruinierst. Sie wird drüber hinwegkommen, seufzt Véra, über dieses blöde Kleid. Es ist 18 Uhr. Battisti isst im Gefängnis zu Abend, und deine Kinder haben keinen blassen Schimmer, dass Isabelle Adjani die schönste Frau der Welt war. Du legst dich in deinen nassen Klamotten auf die Steinplatten.

»Zieh dich an«, schlägt Anton vor, mit dem Hinweis, dass du dich sonst erkältest.

Du lachst. Anton wundert sich laut darüber, dass du dir schon wieder so einen Quatsch erlaubst, dass du dich seit Tagen vor der Kleinen konsequent zum Narren machst.

»Wo gehst du hin?«

Dich richtig waschen. Du kannst nicht glauben, dass Clément, sein Alfa, der immer noch in zweihundert Meter Entfernung geparkt steht, seine Hand und seine Lippen nicht in deinem Blick zu erkennen sind. Anna kräht, dass sie mit dir kommt. Anton findet, dass sie zu anhänglich ist, aber das ist der Preis der letzten Monate, erklärt er Boris. Ihre Mutter hat sie vernachlässigt, so sehr war sie von ihren Studentinnen und Studenten mit Beschlag belegt.

Du kehrst auf die Terrasse zurück, wie du mittlerweile aus Häusern heraustrittst. Ins Leere lächelnd und als ob der andere jedes Mal auf der Treppe stünde, hinter ihm die Sonne. Gabrielle sagt, ohne dir damit ein Geheimnis zu verraten, dass du umwerfend aussiehst im Augenblick. Du lachst über alles, trinkst als Erste, nimmst als Erste Platz, legst die Füße auf den Tisch. Die Mutter deiner Mutter, die ihre an der Tafel sitzenden Söhne im Stehen bediente, freut sich dort oben. Véra stellt ihren Stapel Teller ab, um dich mit deinem Handy zu fotografieren. Die PIN, wie alle deine PINs, entspricht ihrem Geburtstag. Du musst sie ändern, es ist zu gefährlich. Und schließlich hast du auch andere Geburten hinter dir.

»Die Messer bitte rechts, unter die Serviette. Und die Gabeln mit den Spitzen nach oben«, fleht Gabrielle.

Véra legt das Besteck wie befohlen hin und verspricht, sich einzuhämmern, dass das Tischdecken ein Akt der Zivilisation ist. Sie dachte, dass man in diesem Stadium, also nach der Erfindung der Verbrennungsöfen, der Macheten, der mit dem Betonmischer gefertigten Massengräber und den hundert Frauenmorden pro Jahr pro Demokratie, genauso gut wieder vom Boden essen könnte. Zum Glück kann man sich auf die Hüterinnen des Tempels der Haushaltskunst verlassen, danke. Gabrielle schaut dich an, und du schaust sie an, zwischen euch bedarf es keines weiteren Kommentars.

»Mach von mir aus nur eine einzige Sache, aber die richtig!«, regt Anton sich auf. »Geh bitte das Salz holen! Und entschuldige dich. Die Dinger, die man unter die Teller legt, fehlen auch noch!«

»Sets. Irgendwann wirst du es hinkriegen. Denk einfach an den Buchstaben Zett, aber Achtung. Schreibt sich mit S vorne.«

»Bitte, sei so gut. Stopp.«

»Stopp? Dafür ist es zu spät, Mann. Sieh dich doch um.«

Sie wird nicht aufhören. Er weiß es. Sie wird heute Abend wie jeden Tag zu weit gehen. Bei dieser Schlagzahl wird sie sich unweigerlich eine blutige Nase holen.

»Ich gebe auf.«

»Nicht doch, Anton. Das ist die Nervosität.«

»Wann immer deine Mutter sich dazu bemüßigt fühlt, darf sie eingreifen.«

Ein klassischer Fall von Kapitulation vor dem Feind.

»Warst du nie siebzehn?«

Nein. Als er siebzehn war, ist sein Vater gestorben, esst doch bitte die drei restlichen Stückchen Coppa auf dem Brettchen, mit siebzehn Jahren musste er erwachsen werden, musste sich sowohl um das Haus als auch um seine Mutter kümmern, ohne dabei in Medizin durchzufallen. Er will nicht pathetisch klingen, kann jedoch behaupten, dass er sich seine Existenz ganz allein aufgebaut hat.

»Und ist irgendwann das Ende in Sicht?«, erkundigt sich Véra interessiert.

Ihr lacht, alle. Und das nicht etwa, weil sonst das große Heulen angesagt wäre. Sondern weil ihr schon einen in der Krone habt. Anton bittet Véra, sich ihre albernen Sprüche bis September zu verkneifen und für die Schule aufzubewahren. Man kann gar nicht hinhören, sie ist unerträglich. Bestürzung, das ist es, was an diesem Tisch seit einer Stunde um sich greift.

»Das Gefühl kenne ich, seit ich denken kann«, erwidert Véra und ergänzt, dass sie übrigens nicht mehr zur Schule gehen wird.

»Das möchte ich sehen.«

»Musst nur die Augen aufmachen. Ich stehe vor dir.«

Sie lässt euch wissen, dass niemand mehr sie benoten wird. Nie wieder, das war's, ab jetzt ohne sie. Du wunderst dich nicht weiter. Deine Tochter gehört zur Welt der Neinsager. Aber die anderen wollen mehr wissen, um sich noch prächtiger zu amüsieren, also erklärt sie, was dahintersteckt. Die Idee ist, so schnell wie möglich aus dem System der Differenzierung nach Noten auszubrechen, das einen hinterhältig darauf vorbereitet, die Brutalität des Systems der Differenzierung nach Geld, Alter und Körbchengröße zu akzeptieren. So sieht's aus.

»Wunderbar, mein Schatz«, versichert Anton, der nicht

zugehört hat, »würdest du in der Zwischenzeit bitte den Käse holen? Dafür gibt's auch keine Note.«

»Klar, Alter. Sonst noch was?«

»Ja. Geh nicht mit leeren Händen in die Küche.«

Natürlich. Vielleicht könnte Gabrielle sie kurz aufklären, in welcher Reihenfolge sie das Besteck vom Tisch nehmen soll, damit sie nicht den Lauf der Geschichte durcheinanderbringt. Dann verschwindet sie, ohne etwas mitzunehmen, und die Käseplatte wird nie ihren Weg zu uns finden. Anton ist überzeugt, dass Véra uns eines Tages ins Gesicht spucken wird, Gabrielle ist der Meinung, dass es eine Phase ist. Selbst Intelligenz sei nur eine Phase. Sieh uns an.

Später leert ihr zu viert die restlichen Flaschen, wartet auf die Sterne und versorgt euch gegenseitig mit den Bildern des Tages. Du entdeckst den Schnappschuss, den Véra vorhin gemacht hat. Du brennst, sogar auf dem Foto. Du schickst es an Clément, damit er es weiß, damit es nicht aufhört. Véra kreuzt wieder auf und lässt euch unmittelbar an ihrer Stimmung teilhaben. Sie verachtet in euch den reichen Westen, der seine Urlaubsbilder den Armen direkt in die Fresse postet, die wiederum träumen leider nicht mehr von Rache, sondern von 5G, und deswegen werden auch sie zu Opfern der Datenriesen.

»Okay. Danke. Dir auch eine gute Nacht, meine Süße.«

Du hast nicht die Absicht, die Tafel zu verlassen. Deine Tochter wird vielleicht einmal Gutes vollbringen. Das ist dein Tribut an die sterbende Erde. Du hast gegeben, und jetzt hast du Sex. Du erzählst den anderen von deinem Entschluss, dir morgen das berühmte Pferderennen anzuschauen, den Palio, der jeden Sommer auf dem zentralen Platz in Siena stattfindet. Und um mittags in Siena zu sein, musst du um 8 Uhr losfahren. Du bezweifelst, dass jemand Lust hat, dich zu begleiten, aber fragen kostet ja nichts. Anton kann es nicht glauben. Du, um 7 Uhr aufstehen? Du, die du seit Juni kaum vor zwölf aus den Federn kommst, als hättest du keine Kinder, keinen Hunger, keinen Mann. Aber für Pferde, die man im harten Galopp auf die Menge loslässt, willst du im Morgengrauen aufstehen, nur zu. Du machst, was du willst, glaubt er dich informieren zu müssen, aber pass bitte auf, wenn du den Fiat ausparkst. Die Selbstbeteiligung liegt bei 800 Euro.

Du antwortest nicht, denn du hast bereits geantwortet. Du betrügst ihn. Du verrätst diese Worte, diese Werte, diesen Ton. Im Kopf konjugierst du das Verb zum ersten Mal ohne Umschweife. Ich betrüge dich.

3. August, 12:15, KT 37,6°,
AF 19/min, HF 88/min, BD 160

Am selben Abend ist es mir gelungen, Ludovico allein
zu sehen. Wir waren uns bei Rothschild begegnet, und
überraschenderweise konnte er sich daran erinnern. Er
rief mich an, Treffen *subito*. Während sich das Bürschlein
im Hotel *con l'aria condizionata* vorbereitete und in Erwartung des nächsten Tages das Trinken verbot, saß ich,
schon ordentlich einen im Tee von der örtlichen Reb-
sorte, ich glaube, es war ein Angelico, mit dem Paten zusammen, dem ich lachend zu verstehen gab, wenn du uns
im Stich lässt, werden wir deinen Ruf auf den Finanz-
märkten ruinieren. Er hat das sofort kapiert, oder zumindest so getan, damit war die Sache erledigt, und ich
erzählte ihm von Laure. Das interessierte ihn deutlich
mehr.

Am nächsten Morgen beim Frühstück habe ich Hector, während er sich den Mund mit Brioche vollstopfte,
brühwarm von meinem Abend berichtet. Der Bissen
blieb ihm fast im Hals stecken. Ich habe ihm gesagt,
Hector, ich musste reagieren. Ludo hat angerufen, also
bin ich losgerannt, hätte ich dich etwa vorher in aller
Ruhe wecken oder bis zum nächsten Tag warten sollen?
Sechs Stunden können darüber entscheiden, ob unsere

Finanzierung flöten geht, wir sind schließlich nicht hier, um die schöne Landschaft zu bewundern. Die Firma kann in vierundzwanzig Stunden am Ende sein, denkst du auch mal an die Firma, Hector? Ich wiederholte seinen Namen alle drei Wörter, wie man es bei Kindern oder bei Opfern macht, die unter Schock stehen, damit er das Ausmaß seiner Unzulänglichkeit besser fassen konnte. Ich habe nicht gewartet, bis er alles hinuntergeschluckt hatte, um ihm den Gnadenstoß zu versetzen. Zwar ging ich damit das Risiko ein, dass er erstickte, andererseits war ich nicht abgeneigt, das Krankenhaus Santa Maria della Scala zu besichtigen, es ist das älteste in Europa, erbaut im 13. Jahrhundert. Ich erzähle dir das, um das dokumentarische Niveau unserer Gespräche anzuheben, dir zu zeigen, dass ich große Hoffnung in die Ausbildung von Hunden setze. Dann also der Todesstoß: Keine Sorge, Hector, ich habe mit Oliver gesprochen, er dankt uns. Ich konnte sehen, wie er an sich halten musste, jeder ist mal am Zug. Er rang sich ein »super« ab, das sich wie Suppe anhörte, der Arme. Ich sagte, wie bitte? Woraufhin er abgedampft ist, und du, Papa, hast dank dieser kleinen Anekdote einem Ereignis beigewohnt, das sich auf der Skala der zeitgenössischen Barbarei blicken lassen kann. Ich würde sagen, eine Sieben. Eine Sieben in unserem Bereich, natürlich. Eine Sieben auf der Skala, die für die EisBank gilt. Die andere Welt, in der man noch an etwas glaubt, hat ihre eigenen Maßstäbe.

Später traf ich den lieben Hector mit Sack und Pack in der Lobby wieder, ich hatte mir gerade in der Hotelboutique eine Gucci-Bermudashorts gekauft. Denn ja, ich bleibe noch, Hector, in der Tat. Ludovico hat mich als Repräsentanten der EisBank in seine Loge in Siena eingeladen, damit ich den Palio einmal miterlebe, einen Tierwettkampf, der im Stadtzentrum veranstaltet wird, aber ohne Stiere. Nur Pferde, davon allerdings Dutzende. Danach fände bei ihm zu Hause eine Art toskanisches Tanzfest statt, wo ich mir als französischer Gast die Ehre geben würde. Ich könnte gut darauf verzichten, Hector, aber es ist nun mal mein Job, du weißt ja, wie das ist. Kurzum, wir sehen uns am Montag.

Da ihm noch drei Stunden bis zum Check-in blieben, schlug ich ihm einen Freundschaftsdrink vor. Er hatte aber so überhaupt keine Lust mehr auf meine Visage, schon gar nicht auf mich in Bermudashorts, was ich sehr gut verstehen konnte. Er sagte, Nein, er wolle noch ein paar Einkäufe erledigen. Ich habe ihn in dem Glauben gelassen, dass er es war, der mir einen Korb gab, wo ich doch so gern mit ihm über seine Eltern geplaudert hätte oder über seine ungewisse Zukunft in der Firma, das alles bei einem Glas Prosecco, das er nicht verdient hatte.

Ich bin durch die Straßen Sienas flaniert, als wäre ich nur deswegen hergekommen, die Bermuda-Shorts waren sehr weich, sehr geschmeidig. Sodass ich mich bereits gefragt habe, ob es sich nicht um eine Badehose handelte, die Verkäuferin war Russin. Vor einer Tür blieb ich länger stehen, weil ein Mussolini-Adler darauf prangte, so was sieht man schließlich nicht alle Tage. Ich dachte, die seien alle mit dem Hammer zerschlagen worden, um Geschichte zu schreiben. Eine gepflegt gekleidete Frau trat aus dem Gebäude, sie hielt mich für jemanden, der zur Besichtigung kam. Tatsächlich stand auf einem Schild, dass im zweiten Stock eine Wohnung zu verkaufen sei. Ich habe Ja gesagt. Ich war ein Abenteurer, ich fühlte mich wohl. Und noch vor Ende dieses Tages würde ich Laure in einem von der Unesco finanzierten Ambiente wiedersehen, es war ein Fest.

Ich habe die zum Verkauf stehende Wohnung mit der Frau besichtigt. Zunächst aus reiner Neugier und um etwas Frische zu tanken, später wollte ich sie kaufen. Ich konnte mich für jedes kleine Detail begeistern, jaspisgrüne Fliesen im Badezimmer und eine kleine, direkt in die Wand gemauerte Madonna. Eine echte Ruine. Und die Gelegenheit, 200 000 Steine auf den Kopf zu hauen, einfach, weil es so schön war. Ich liebe es, das Geld auf mein Konto fließen zu sehen, ich habe eigens einen Alert dafür auf der Smartphone-App eingerichtet, aber dann weiß ich gar nicht, was ich damit anfangen soll, es gibt niemanden in meinem Leben. Also habe ich mir vorgestellt, wie ich mit Laure in dieser grünen Badewanne sitze, während du im Tierferienheim bist. Ich habe gefragt, wie viel. Sie sagte es mir, die Summe war wirklich lächerlich. Ich habe versprochen, mit meiner Frau darüber zu reden, und ein paar Fotos gemacht.

Fotos, die ich aus Spaß an Laure schicken wollte, als ich wieder im Hotel war. Vorher allerdings habe ich eines erhalten. Sie, mit nassem Haar, halb nackt, in Rot auf einer Terrasse. Im Hintergrund ragt ein Arm mit einer protzigen Uhr ins Bild. Der Horror. Nicht das Foto ist Horror, sondern, dass es jemanden gibt, der es geschossen hat, und ich das vergessen hatte. Gefühle reichen nicht, Papa. Das Problem sind die anderen. Der andere ist immer größer, hat mehr Haare, war als Erster da. Abgesehen davon, möchte man sich in Anbetracht der Minibar am liebsten die Kugel geben, ein Tomatensaft und zwei Bier. Wo steht, was ich wählen muss, wenn ich mir einen Whisky bringen lassen will. Das Zimmer hat ganz offensichtlich die Karte mit den Servicenummern gefressen, nur um mich zu ärgern. Der andere mit der Uhr liebt sie bestimmt, daran führt gar kein Weg vorbei, Laure mit ihrem Lachen, ihren dichten Brauen, ihrer Wut, diesem heißen Glühen, das sie zu Dingen treibt, die man eigentlich mit kühlem Kopf tut. Denken, sein Leben zerstören. Sie ist unwiderstehlich mit ihrer Angst vor großen Hunden und ihrer Liebe zu feigen Männern. Der andere muss sie geradezu vergöttern, ich würde sie mein Leben lang lieben, wenn ich er wäre, wenn ich die Mittel hätte. Armer Kerl, ich habe kein Recht, so zu denken, und nebenbei seine Frau zu vögeln. Ich sehe ihn vor mir, er ist unruhig, dreht sich im Kreis, zieht wie ein Verrückter an seiner E-Zigarette, knabbert irgendein Scheißzeug, um seine Zähne zu beschäftigen, er nimmt zu, er macht Fotos, was er jedoch nicht sieht, sind die Leerstellen. Und sie, sie blendet ihn mit den Höflichkeiten einer Ehefrau, mit den Worten einer Mutter, einer Nonne, mit einem Hier, schau mal, deine Pantoffeln, wobei ihre Hand wie ein Thermometer auf seiner Stirn liegt. Eine heuchlerische, verbrauchte Liebe, die allein für mich fortbesteht, für das Geheimnis. Oder aber er verspricht ihr ein zweites Kind, ein Haus in Italien, da es hier ja anscheinend Schnäppchen gibt. Sie tanzen ein bisschen betrunken, wenn die Kinder im Bett sind, sie erzählt ihm jeden Abend, was für ein beschränkter Typ ich bin, und er lacht. Dann ist er derjenige, der sagt: Armer Kerl. Schone ihn, sagt er, amüsiere dich, aber nicht zu sehr.

Ich habe die zwei Bier geleert und ein Spaghettifresser-Programm eingeschaltet. Auf einer Drehscheibe saß ein Macker mit einem Gesicht wie ein Müllschlucker, um ihn herum nutzlose Mädels in Shorts und Stöckelschuhen, die irgendein Glitzerzeug auf Brust und Wangen kleben hatten. Wenn sich die Scheibe drehte, konnte man die Girls von hinten sehen. Nichts, was man nicht bereits etliche Male gesehen hätte. Bei uns würde man sagen, wie im alten Rom. Da sind bestimmt EU-Subventionen im Spiel, so lange, wie das dauert. Ich habe den zu kalten Tomatensaft getrunken, mir wieder das Foto von Laure angeschaut, aber ich sah immer noch das Gleiche. Der Typ, der sie fotografiert hatte, der Wache hielt, stach einem sofort ins Auge. Er wittert mich wahrscheinlich schon, bald wird er mich bis in ihre Handtasche hinein, bis in ihre Träume verfolgen. Ich kenne diesen Zustand zwischen Kotzbrocken und Bluthund, in dem ein Mann sich dann befindet. Ich denke dabei nicht an einen Bluthund im Sinne eines Jagdhundes mit achtundsechzig Zentimeter Schulterhöhe und Schlappohren. Bluthund im Sinne von Schnüffler, Besessener. Sie wird es ebenfalls spüren, in Panik geraten, nachdenken. Sie wird mich verlassen. Zu früh werde ich zu meinem Chagrinleder und meinem kranken Hund zurückkehren, denn ich weiß genau, dass du krank bist, auch wenn du versuchst, es vor mir zu verbergen und wir beide aus Freundschaft gute Miene zum bösen Spiel machen. Sie wird mich verlassen, sagte ich mir, ich werde einen Winter weinen, maximal, ich werde im Büro schlafen und Angestellter des Monats sein. Dann werde ich mich trösten lassen, von einer, die mangels Liebe meine Traurigkeit nimmt, von einem dieser hässlichen Entlein, die uns reparieren, wenn wir, zerfetzt von scharfen Geschossen, uns blind in ihren geduldigen Schoß verkriechen.

Ich bin rausgegangen, habe die Tür des Hotelzimmers zugetreten, irgendwann muss man anfangen, sich zur Wehr zu setzen.

Bei der Vorstellung, im August mit vierhundert Leuten zwischen den Mauern einer mittelalterlichen Stadt eingesperrt zu sein, sich am Tag des Palio in der Umgebung von Siena einen Parkplatz zu suchen, steigen die anderen aus, wie sie erneut bekräftigen. Du bedauerst diesen Entschluss laut, aber nicht über Gebühr. Du hast gelernt, es nicht zu übertreiben. Du bist fertig zum Aufbruch, Gabrielle umarmt dich. In ihren Armen spürst du diese Sanftheit von früher, die dich freispricht.

»Sei vorsichtig, Laure, auf der Straße.«

Du würdest ihr gern im Dunkeln zuflüstern, dass dich heute ein gewaltiger Zwiespalt plagt. Ohne einen der Beteiligten zu alarmieren, ganz leise.

»Ich passe auf.«

Du rennst zum Auto, mit fast leerem Magen und nur einem Gedanken im Kopf. Du durchtriebenes Luder, entrüstet sich deine Mutter in ihrem Grab und vermacht dir ihren Selbsthass. Du gehst ihr gehörig auf die Nerven. Man könnte dir folgen, sich wundern, wie zackig du den Motor anwirfst, dass du, aufgeputzt wie für ein Rendezvous, zum Zirkus fährst. Du preschst los, und der aufgewirbelte Staub hüllt das Auto in eine Wolke, die dich von der Erdoberfläche verschluckt. Du gehst von der Fahne. Anna wird sicher gleich aufwachen und nach deinen Armen verlangen. Scheißegal.

Du findest einen Platz im ersten Untergeschoss des Parkhauses in der Via Fontanella, noch eine halbe Stunde bis zur verabredeten Uhrzeit. Du löst ein Ticket für den ganzen Tag. Am Ausgang, wo sich die Kassenautomaten befinden, sind Spiegel angebracht. Dort begegnest du der Frau, zu der dich die letzten hundert Tage gemacht haben. Schlank, brünett und ziemlich ruhig, ganz gewiss eher im Urlaub als verliebt. Verliebte machen die Dinge richtig, sie sagen die Wahrheit, verursachen die Katastrophe mit Worten, nehmen sich einen Anwalt, einen Koffer, die Tür. Du hingegen läufst durch eine Stadt im Süden, rauchst heimlich, findest Parkplätze, ohne sie zu suchen. Du bahnst dir in der bereits aufgeheizten Stadt deinen Junggesellinnenweg. An den rosa Steinbalkonen flattern die bestickten Fahnen der siebzehn Contraden der Stadt Siena. Du beziehst Posten an der Ecke der Via Rossini, wie vereinbart.

Seit der verabredeten Uhrzeit für das Treffen ist eine Stunde ins Land gezogen. Clément ist nicht erreichbar. Eine Stunde Verspätung an einem Sonntag ist keine große Sache. Du versuchst, mal wieder, dir deine Verzweiflung schönzufärben. Eine Stunde im August, im Süden, nicht der Rede wert. Du willst der Wahrheit, die sich aufdrängt, die bereits mit den Hufen scharrt, den Mund verbieten, so wie einige Männer in diesem Augenblick vermutlich ihre ungeduldigen Pferde am Rande der Piazza del Campo zurückhalten. Du erzählst Laure, dass Clément zu viel getrunken hat und noch nicht wach ist. Dass ihn ein Traum von dir noch für ein paar Minuten an sein warmes Hotelbett fesselt, dass er bald kommen wird. Aber von seinem Hotel kennst du nicht einmal den Namen, du hast beim letzten Mal vergessen, danach zu fragen, du warst zu sehr mit dir beschäftigt, mit dem Vergnügen, das du haben wolltest. Du wirfst dir vor, ihn auf ungute Art zu lieben, mit der gleichen Heftigkeit, die dich in diesem Moment schüttelt, da sich das Offensichtliche immer deutlicher abzeichnet. Dir bleibt noch eine Minute, um zu hoffen, noch zwei. Du suchst nach einer Website mit einer Liste der teuren Hotels in Siena, deine Hände zittern, deine Augen zucken, plötzlich beschließt du, ihn dir im Krankenhaus vorzustellen. Hör auf damit, es ist aussichtslos. Deine Geschichte ist schlecht, denn du weißt es besser.

Seit der verabredeten Uhrzeit für das Treffen sind zwei Stunden ins Land gezogen. Inzwischen ist eine absolut inakzeptable Nachricht eingetroffen. Auf die Frage *Was habe ich getan?*, hast du die Antwort *Es liegt nicht an dir. Ich muss zurück. Schönen Urlaub noch* bekommen. Er hat Siena verlassen.

Du könntest in Ohnmacht fallen. Eine Sekunde lang versuchst du, seinen Worten eine geheimnisvolle Bedeutung zu geben, die das Gegenteil von dem meint, was sie besagen. Du versuchst mit aller Kraft, wie Verrückte die Bibel lesen, zu erfassen, was nicht dort geschrieben steht. Aber du hörst nur dein Herz, das kopfsteht, das dir alles Blut in den Schädel pumpt. Ein Geräusch wie ein Sturzbach. Du denkst, atme, Laure, es wird vorübergehen, Frauen sterben nicht einfach so, im Stehen, ganz in Weiß, weil sie umsonst in der Sonne gewartet haben.

Italien wirkt mit einem Mal vulgär. Auf den Balkonen der notdürftig zusammengeflickten Wohnungen flattern Plastikfähnchen über Franchise-Eisdielen. Die Bräune, die du dir an dem gemieteten Swimmingpool zugelegt hast, hebt sich von deinem Kleid ab, das aussieht wie das Gewand einer Vestalin, in dem du dir jedoch vorkommst wie ein Flittchen. Um dich herum schwitzen Italiener, Kinder in Sandalen öffnen den Mund, um zu lachen oder etwas zu fragen, die Hitze brennt auf deiner Haut, die Stadt kocht, und es stinkt. Du zwingst deinen Körper zurück in die Gegenwart, und du könntest schreien, so weh tut es. Du läufst mit der Menge Richtung Campo, oder besser gesagt, sie nimmt dich mit. Von überallher drängen sich Menschen aller Nationen auf den vorübergehend aufgebauten Tribünen. In der Sekunde, bevor die ohne Sattel gerittenen Pferde auf dem heißen Platz eintreffen, scheint die Welt stillzustehen. Sie kommen nacheinander herein, ergreifend. Du denkst an ihn. Wenn die

121

Tribünen einstürzen, wirst du unter den Trümmern sterben, und wer wird ihn dann informieren?

Du suchst ihn in der Menge. Du glaubst immer noch daran.

Das Geräusch der trappelnden Hufe auf dem Boden ist unbeschreiblich und geht in Fleisch und Nerven über. Die Sommerkörper vibrieren im Rhythmus des Galopps, der eigentlich kein Rhythmus, sondern ein Beben ist, die Nachfahren der siebzehn Contraden schwenken die Wappen ihrer Clans, denn heute ist ein Festtag. Im Mittelalter warf man vor die galoppierende Horde Verbrecher, die binnen einer Minute eins mit dem Staub wurden.

Er ist nicht gekommen. Wie ein Kind, das vom Karussell gefallen ist, begreifst du ganz allmählich, dass es vorbei ist. Und für einen kurzen Moment blitzt in dir der Gedanke auf, dass dieses Ende eine Gnade ist, was indes schnell wieder vergessen ist. Auf dem Platz stürzt ein Pferd beinahe, dann aber doch nicht. Und während die wettkämpfenden Reiter weiterhin glauben, das Tier, auf dem sie sitzen, im Griff zu haben, ist dir klar, dass darüber das Tier entscheidet.

Drei Stunden später sitzt du auf einer Terrasse am Corso, trinkst allein, und Clément ist inzwischen zu einer Episode geworden. Es gibt ein Davor, das zu Ende ist und von einem Danach abgelöst wird, das beginnt, wann immer du willst. Wenn du dein Glas ausgetrunken hast, deine gedemütigten Glieder wieder bewegen kannst. Wenn du im Dunkel der Nacht heimkehrst, dich wie ein Schatten ins Haus schleichst, ganz so, wie eine, die es faustdick hinter den Ohren hat, oder eine, die schwer enttäuscht wurde.

4. August, 15:15, KT 36,2°,
AF 17/min, HF 80/min, BD 150

Im Taxi, hinter der Stadtgrenze von Siena, redete ich mir ein, dass es gut war zu verschwinden. Zwanzig Kilometer weiter, dass es sich dabei um die Beste Idee überhaupt handelte, Beste mit großem B wie Bibel, wie Baptisterium. Nebenbei bemerkt, wir näherten uns Florenz, dort befindet sich das schönste Baptisterium, das ich kenne, gegenüber der Kathedrale Santa Maria del Fiore, wo ich als guter Junge vor dem Flug eventuell noch ein Stoßgebet loszuwerden gedachte, wenn das Taxi mal einen Zahn zugelegt hätte. Natürlich verkörperte ich das Gute, denn das Böse war sie, die aus einem liebevollen und somit in Ehren zu haltendem Zuhause floh, um dem Erstbesten in einem Auto einen zu blasen. Arme Seele, sie hatte sich dermaßen reingeritten. In Florenz angekommen, warf ich mir das Büßerhemd des Bastards über, der sich in sein Business davonstiehlt (ich kann die großen Bs schon nicht mehr zählen, so viele sind es, die den rechten Weg markieren), und rettete sie im wahrsten Sinne des Wortes. Indem ich sie verlor, rettete ich sie. Was mich betrifft, war die Sache geregelt, denn ich blickte wieder in die richtige Richtung. *Wendet euch zu mir und lasst euch erretten. Jesaja, 45,22.* Meine Mutter hat sicherlich viele

Fehler gemacht, aber wahr ist auch, dass ich ohne den Puffer der katholischen Dialektik schlaflos im Dunkel umherirren würde. Den Whisky der Gerechten habe ich mir am Flughafen gegönnt, die anderen im Flieger, alle Schuld vergeben und erlöst vom Bösen, wer bietet mehr.

Meine Überzeugung hat genau eine Stunde und fünfundvierzig Minuten gehalten. Ich glaube nicht mit Leib und Seele, Maman, trotz Ihrer steten Bemühungen, mir das Gottvertrauen derart einzubläuen, dass es Spuren hinterlässt. Als ich in Roissy landete, war ich nur noch ein arrogantes und bedauernswertes Stück Scheiße, in dieser Reihenfolge, eher arrogant als bedauernswert, ich schaffte es nicht, mein Telefon in die Hand zu nehmen und »Entschuldigung« zu tippen, mit meinem Namen dahinter. Und niemand in Reichweite, bei dem ich mich hätte beschweren können, denn der Hund war ja bei Ihnen. Ich wende mich übrigens aus keinem anderen Grund als dem seiner Abwesenheit an Sie, eine reine Stilübung, bitte interpretieren Sie da nicht zu viel hinein.

In der Küche brennt kein Licht, Véra erwartet dich dort, mit nichts anderem beschäftigt, als im Schein des Eiswürfelspenders auf dich zu warten. Du bereitest Kaffee zu.

»Um diese Uhrzeit, echt jetzt?«

Das Zischen der Bialetti wird alle aufwecken, stimmt. Du lässt von deinem Vorhaben ab. Véra geht ins Bett, da alles in Ordnung ist und die Pferde dir nichts anhaben konnten. Kaum ist sie aus dem Lichtkreis des Kühlschranks herausgetreten, siehst du sie nicht mehr.

Du legst dich auf das Sofa, um dort die Nacht auf dem Sofa zu verbringen. Du wirst sagen, dass dir heiß war. Noch weinst du nicht. Du weißt, ohne bisher die Erfahrung gemacht zu haben, was auf dich zukommt. Bald wirst du alles dafür geben, damit er dich anruft. Du wirst beten, wirst wieder den Pfaden der Kindheit folgen, der Litaneien, als der liebe Gott noch ein Kassenschalter war. Gib ihn mir zurück, ich werde auch brav sein. Du wirst dir die Haare schneiden, wirst Männern begegnen, die so groß sind wie er, so heißen wie er, und es wird dich der Länge nach zerreißen. Du wirst gereizt sein, Anna wird sich ohne Grund ihre erste Ohrfeige einfangen, du wirst Sex mit deinem Mann haben, und es wird vorüberziehen wie ein Gewitter. Mit der Zeit wirst du in Langeweile versinken.

Du stehst auf und erbeutest, in Ermangelung von Kaffee, einen letzten Schluck Grappa. Auf unsere Liebe. Auf die Kriege, die wir im Innern, in aller Stille führen. Bis aufs Messer.

2. September, 08:15, KT 36,6°,
AF 19/min, HF 80/min, BD 140

Heute, Papa, war der erste Tag nach den großen Ferien. Ein Tag im Jahr, an dem bei schlechten Schülern die Lust zu sterben besonders ausgeprägt ist, und als der RER einfuhr, habe ich mich wieder einmal dabei ertappt, dass ich eine Bewertung der Relevanz des Vorhabens vornahm. Kannst du dir vorstellen, ich würde jede sich bietende Gelegenheit nutzen, um zu krepieren? Dann käme ich ja zu nichts anderem mehr. Und am Ende würdest du bei meiner Mutter landen, was man niemandem wünschen will, nicht einmal aus Spaß. Also, RER, Grande Arche, allmählich kennst du das alles, die Rolltreppe, die mich auf der Esplanade ausspuckt, Polygone, der wie ein Phallus aufragende Turm der Generalbank im Vordergrund, daneben unserer, etwas gedrungener, das Ensemble vermittelt einen ersten Eindruck von La Défense. Ein Spiel mit variabler Geometrie, irgendwo zwischen Riesen-Playmobil und dem vergeblichen, aber durchaus anregenden Wettstreit um den größten Zylinder. Falsch. Das ist wirklich nur ein Eindruck, es gibt nichts, was ernst zu nehmender wäre, irgendwo auf der Welt kommen Menschen deswegen um. Glaube bloß nicht, dass wir nur die Tiere ausrotten. Und sieh mich nicht so an, sonst muss ich wieder an sie denken, daran, wie sehr ich mich seit zwei Wochen quäle.

Also, Esplanade, Drehtür, dann direkt in den fünfunddreißigsten Stock, ohne Dekompressionsstopp, zu einer Weltuntergangsversammlung, wie sie seit zwei Jahren fast täglich stattfindet. Hinzu gesellt sich der kleine September-Nervenkitzel. Denn Krisen wie Hochzeiten lieben den September, um sich in Szene zu setzen, wegen des milden Klimas in den gemäßigten Breitengraden und weil alle wieder zu Hause sind und ihrem Urlaub nachtrauern. September 1929, September 2008, September 2011, September 2020. Das Gesetz der Serie bereitet uns auf den kalten Schweiß vor. Wobei in diesem Augenblick, hier im fünfunddreißigsten Stockwerk, an einem 2. September, die dringendste Frage lautet: Gibt es neue Leute auf der Etage? Das heißt, neue Frauen, selbstverständlich schöne Frauen, denn aus Respekt vor den Kunden gewährleisten wir ein Minimum an Casting. Ob wieder ein paar dieser hübschen Überqualifizierten dabei sind, die das Geld lieben, aber bereits eine Vermögensstrategie auf Basis einer soliden ehelichen Fusion im Pariser Westen angeleiert haben und in dieser Hinsicht keinesfalls auf mein Zutun setzen? Leider nein. Auch in diesem Jahr entspricht niemand diesem Profil. Abgesehen von Grette, die aber nicht neu, sondern bereits ein bisschen abgetakelt und in Bezug auf mich sowieso schon lange raus ist, seit ich nämlich versucht habe, sie auf dem Flug von Paris nach New York ohne ihre Zustimmung zu küssen. Seither hat sie Angst vor mir. Sie lässt immer die Tür offen, sobald wir uns zu zweit an irgendeinem Ort in diesem Hochhaus befinden, der noch über eine Tür verfügt, davon gibt es praktisch keinen mehr. Sie steigt nie in ein Taxi mit mir. Darin erkenne ich ihre deutsche Logik; man kann schließlich nicht mit offener Tür fahren. Wenn ich mir überlege, wie viel Aufwand es bedeutet, sich so zu kleiden, dass man nicht als Objekt der Begierde durchgeht, könnte einem glatt die Lust vergehen, eine Frau zu sein. Und das will etwas heißen.

Es gibt eine zweite Frage, die sich an einem 2. September bei der EisBank stellt – nein, es ist immer noch nicht die Frage nach der Sparquote der privaten Haushalte, wen interessiert der Scheiß, wir sind hier nicht beim Bundesamt für Statistik. Es ist die Frage nach dem Bräunungsgrad. Nicht, dass da ein Wettbewerb bestehen würde, na ja, letztlich doch. Und übrigens war das Erste, was ich bei meiner Ankunft feststellte, dass ich ihn klar verloren hatte. In meinem langweiligen Dunkelbraun sah ich aus, als hätte ich bei meiner Mutter, die das fürwahr nicht verdient hat, im Garten gearbeitet. Mein Nacken und meine Unterarme waren verbrannt wie bei einem Typen, der niemanden hatte, der ihm sagte, creme dich ein, Liebling, weil es einer der zur Auswahl stehenden Personen völlig schnuppe und die andere damit beschäftigt war, es ihrem Mann und ihren Kindern in Italien zu sagen, aber ich will nicht schon wieder anfangen. Zugegeben, ich hätte in San Francisco etwas gegen den weißen T-Shirt-Abdruck am Arm machen können, wenn du mich an die frische Luft gelassen hättest, anstatt einfach in die Hoteldusche zu pinkeln. Und wenn wir nicht beschlossen hätten, an Tag zwei nach der Landung zurückzufliegen. Achtundvierzig Stunden, Zeit genug, um zwei randvolle Minibars à 250 Dollar zu leeren und eine Escortdame für 600 Dollar aufs Zimmer zu bestellen. Ich nenne Zahlen, um mich wieder auf Betriebstemperatur zu bringen, die Sommerpause ist vorbei. Plus 1000 Dollar für das Zimmer, 1200 inklusive Berner-Sennenhund-Zuschlag. Für ein Kinderbett, hatte ich gesehen, wären es 400 Dollar Zuschlag gewesen. Als ob es da einen Größenunterschied gäbe, und ein Kind jagt auch einem Ball hinterher und scheißt in den Sand, so wie du wiederum am liebsten Süßigkeiten frisst. Da ich nonstop betrunken dort war, hat mich diese Ungleichbehandlung schockiert. San Francisco ist ja nicht unbedingt als Hauptstadt der Diskriminierung bekannt, man muss nur unter die Brücken schauen, ins Zeltcamp der Obdachlosen: alles Weiße. 600 Dollar also, um dem Mädel von Laure zu erzählen und ihr gerade noch meine Rasenmäherbräune vorzuführen. Ich weiß nicht, warum ich dir das erzähle, du warst ja dabei. Sie war nett zu dir, Rebecca, sie wollte dich mitnehmen. Ich habe Nein gesagt. Vielleicht hätte ich dir die Wahl lassen sollen, stattdessen habe ich meine Überlegenheit in der Nahrungskette ausgenutzt. Wo war ich stehen geblieben?

Ja, Meeting, Mitarbeiter, Sonnenbräune. Und ich habe verloren, wie ich heute Morgen zur Kenntnis nehmen musste. Eine Entdeckung, die ich zum ersten Mal bei meiner Geburt machte, als ich in das enttäuschte Gesicht meiner Mutter und auf unsere damalige Tapete mit den schwarzen Hibiskusblüten auf blauem Grund blickte, und die sich seither fast tagtäglich wiederholt. So was bezeichnet man bei uns als Prägung. Ich rede mit dir, als wären wir, du und ich, nicht beide aus ein paar Tropfen Sperma entstanden, du hast bestimmt auch irgendwelche Prägungen erfahren, für wen halte ich mich. Safia, patiniert wie eine Bronzefigur, war offensichtlich mit dem Boot unterwegs. Und anschließend beim Dermatologen für das Peeling danach, irgendeine sanfte Kur, um den durchgegerbten Hochseesegler-Effekt zu vermeiden. Tiefenwirksam, hydratisierend, strahlend. Darüber ihr Haar, noch teurer als im Juli, weich und glitzernd wie ein frisches Laken. Laure hat Haare wie Stroh, sehr viel weniger zahm, man muss also mit allem rechnen, was mir letztlich besser gefällt. Gefiel. Verdammt, es will mir nicht in den Kopf. Es gefiel mir besser. Ich stelle nacheinander fest, ohne jeden Zusammenhang, nur um des Kontrastes willen, dass Laure mir nicht mehr schreibt und mich nie als Arschloch beschimpft hat. Sie ist nicht wütend. So ist das eben, wirst du mir sagen, wenn man eine Flamme nicht schürt, erlischt sie. Ja, es muss so weit sein, Laure brennt nicht mehr. Und das wollten wir doch auch, Papa, oder? Ausnahmsweise habe ich einmal etwas gewollt, mehr oder weniger explizit, da werden wir uns nicht beschweren.

In Sachen Hautfarbe war Oliver der Gewinner, er hatte den Teint eines Mannes, der eine Woche vor allen anderen aus dem Urlaub gekommen ist, weil die Firma ihn am 10. August zurückbeordert hat, er konnte sich nicht länger auf die faule Haut legen, denn er ist wichtig. Es ist eine Bräune, die man unmöglich imitieren kann, genauso wenig wie, am anderen Ende des Spektrums, die eines Penners. Der dezente, nachlassende Farbton, den jemand hat, der unter Glas arbeitet und sich bereits seit zwei Wochen mit kommunalem Wasser wäscht, während du als nicht ganz so unentbehrliches Rädchen im Ge- triebe, dich noch satt mit Kokosöl einbalsamiert und dir auf dem Rasen Melanome eingefangen hast. Und warum musste Oliver nun wieder nach Hause? Dazu kommen wir gleich, denn genau das steht auf der Tagesordnung.

Amin, der CDO, hat einen Indikator dafür ermittelt, dass die Krise voranschreitet. Eine Zahl in einer Tabelle, die natürlich nur er sehen und verstehen kann, was die Sache perfekt gruselig macht.

Amin, das ganze Jahr über blassorange, sieht wirk- lich zu Tode verängstigt aus, und ich bin neidisch. Wer vor Angst stirbt, muss noch Grund zur Hoffnung ha- ben, Papa, warum er und ich nicht. Außerdem, guck dir den Wichser nur an, nicht mal den Ansatz eines Bauches hat er. Unbändiges Haar bis in die Stirn und über die Ohren. Das kann Oliver auch von sich behaupten, hat ihn aber 10 000 Steine pro Zwiebel gekostet, außerdem eine misslungene Implantation, bevor die Setzlinge Wurzeln trieben, und eine schwarze, kratzige Mütze. Amin hat uns seine Zahl erläutert, ängstlich schnatternd wie eine kapitolinische Gans. Stille. Da die anderen ausnahmsweise so stumm blieben wie sonst nur ich, musste ich mir etwas Neues suchen, um mich zu unterscheiden. Mir fiel nichts ein, weshalb ich gehustet habe, nach alter Schule, also freiheraus. Stille. Die anderen machten sich daran, in ihren Smartphones nach einer fehlenden Lösung für das Phantomproblem zu suchen, vielleicht haben sie auch bloß ihre Fotos sortiert. Ich habe mich wieder in meine Mühle begeben, wie Camille Claudel auf das Abwesende gelauscht, das mich quält, und immerzu Laure, Laure, Laure gedacht. Die allgemeine Sendepause durfte nicht zu lange andauern, womöglich würde ich ihr noch eine Nachricht schicken, nur, um mich zu beschäftigen. Ich spürte, wie die SMS sich ihren Weg nach oben bahnte. Sie war jetzt etwa auf Oberschenkelhöhe, ich hielt sie noch zurück. Laure würde sofort oder gar nicht reagieren. In beiden Fällen wäre es dumm gewesen, ihr zu schreiben. Ich versuchte, über die stockende Interbankenfinanzierung zu sprechen. Ich hätte über alles geredet, um die Frequenz meines Privatradios zu ändern, aber Oliver ist eingeschritten, ich solle nicht noch eins draufsetzen. Meine Nachricht an Laure lag mir nun im

Magen, wahrscheinlich bin ich total rot geworden, aber ich blieb standhaft.

»Meine Damen«, hörte ich Oliver sagen, »meine Herren, ich glaube, das war's dann fürs Erste.«

Woraufhin er Amin und die Mädels gebeten hat, noch zu bleiben. Damit war klar, für welche Damen und Herren es das wohl fürs Erste war, nämlich vor allem für mich. Die SMS schnürte mir noch nicht die Kehle zu, sie hatte den alles lähmenden Plexus erreicht.

Der offene Kommunikationsbereich war wie leer gefegt, dort habe ich mich versteckt. Und dann stand Sybille auf einmal hinter mir und wollte wissen, wie lange ich mich schon so ganz allein umschlungen hielt, mitten im Raum, in stabiler Seitenlage auf dem Teppich. Ich hätte ihr beinahe eine ehrliche Antwort darauf gegeben. Seit meiner Kindheit halte ich mich selbst fest, damit von Zeit zu Zeit auch jemand anders einmal auf die Idee kommt, das zu tun, ich kann schließlich nicht immer alles alleine machen. Aber ich habe nichts gesagt. Die SMS befand sich jetzt auf Höhe des Frontallappens, bereit zum Abflug. Mir ist eingefallen, dass ich mich seit dem Johannistag, dem 23. Juni, nicht mehr selbst hatte umarmen müssen.

Ich sage das nicht, um eine Ausrede zu suchen. Am liebsten hätte ich mir eine Pfote gebrochen. Du wirst mir entgegnen, eine Pfote weniger hindert niemanden daran, eine SMS zu schreiben.

Der Bus 27 bringt dich nach Cergy-Université, weil du keine Lust mehr hast, Auto zu fahren. Die vertraute Umgebung von der Avenue de la Poste über die Trois-Fontaines bis zum Boulevard de l'Oise kommt dir vor wie ein tragischer und ekelerregender Spiegel. Die Tristesse der zu breiten Straßen, der Rasenflächen, die zu groß sind, um zu grünen, und der erdrückenden Gebäude dieser als modern ausgerufenen und inzwischen enttäuschten Zementstädte haut dir deine eigene Diagnose um die Ohren. Jeden Morgen bist du betrübter als am Tag zuvor. Im Stillen wiederholst du einunddreißig beziehungsweise die Anzahl der Tage, die seit dem 3. August vergangen sind. Bei vierzig hörst du auf zu zählen, denn das ist die Sprache der Verrückten. Du quetschst dich wie zu Ferienlagerzeiten hinten in den Bus, auf dem Boulevard du Port schließt du die Augen. Du übst, dein leeres Herz zu spüren, deine zugeschnürte Kehle, deinen ganzen Körper, der taub ist für seinen Namen. Übung macht den Meister, auch wenn es darum geht, mit etwas abzuschließen.

Campus, Fakultät für Literatur und Geisteswissenschaften. Hier bist du wieder dort, wo du mit achtzehn Jahren angefangen hast und deine Tage beenden wirst. Du bist ein Produkt der kostenlosen Bildung, vom System geprägt und konserviert, um es am Laufen zu halten, schade, dass du nichts anderes gelernt hast, als abzuschreiben. Wenn du wenigstens eine anständige Lehrkraft wärst. Aber du arbeitest nicht mehr, jedes Jahr spulst du fast unverändert dein Programm ab. Du bist faul geworden, weil du gegen dich selbst gelebt hast, du hast ins Leere gekämpft, und der Kampf hat dich ausgehöhlt. Heute, da ein Restaurantflirt dich dahinrafft, weißt du, dass es Mut erfordern würde, um diese Festung zu erstürmen, die du nie verlassen konntest, Mut, den du aber, dir ist auch klar, wo, schon aufgebraucht hast. So übst du dich, zwischen Eingangshalle und Sanitärgel-Automat, in Bitterkeit. Du wirst entschieden älter. Du hast deine Mutter gar nicht mehr nötig, um dich in Trümmer zu legen. Du kannst dich inzwischen sehr gut selbst herabwürdigen. Du versuchst, zu der Ironie zurückzufinden, an der die Liebestolle des Sommers in dir zerschellen wird.

Der Desinfektionsmittelspender am Eingang ist leer. Umso besser, sagst du zu Catherine, der Leiterin des Fachbereichs, die sich darüber aufregt. Wir müssen uns eh irgendwann von diesem Scheiß verseuchen lassen, damit wir endlich erfahren, was danach kommt. Du trainierst für die Niederlage.

Der Fachbereichsrat hat es geschafft, mindestens zwei Drittel der Lehrkräfte zu versammeln, eine Anwesen-

heitsquote, die an einem 2. September einem Voll-
treffer gleichkommt. Die meisten Dozenten haben
sich in puncto Sonnenbräune zurückgehalten, und
übrigens auch mit bissigen Bemerkungen, die sonst
bei der kleinsten Kleinigkeit fallen, sobald es etwa den
Anschein hat, dass sich irgendwer für seine 1900 Euro
netto nicht so sehr ins Zeug legt wie andere. Seit dem
10. August seid ihr aufgerufen, neue Lehrinhalte zu er-
arbeiten, es hat ja sowieso niemand das Geld, ferner ge-
legene Ziele anzusteuern als Nordportugal, Italien, die
Hochbretagne oder Kurzflüge nach Prag und Amster-
dam zu buchen. Wir reden über den Schulbeginn der
Kinder. Du verschweigst deinen jämmerlichen Triumph
am Ende des Sommers: Véra hat sich bereit erklärt,
wieder am Unterricht teilzunehmen, in einer Privat-
schule, die sie nichts ahnend aufgenommen hat. Zum
ersten Mal seit Juli schaltest du den Bildschirm deines
PCs ein. Er wird nie davon erfahren, wie sich Cléments
Haut anfühlt, von seinem Duft nach Buche und Zucker,
von eurem hemmungslosen Einvernehmen unter den
Olivenbäumen und von euren angebrochenen Schäfer-
stündchen. Catherine packt ihren bewährten Dattelkuchen aus. Er ist ein bisschen angebrannt, sorry, sie
war am Telefon, möchte sich jemand opfern, den Rand
zu essen, unter der Kruste schmeckt er lecker. Hat
irgendwer die Stundenpläne ausgedruckt, hat jeder die
Tagesordnung gelesen, in diesem Fall die schlechten
Neuigkeiten? Im Juni hatten sich um die hundert

Studentinnen und Studenten für unseren Aufbaustudiengang angemeldet. Die sechzig Besten wurden genommen. Allerdings haben bisher nur siebenundzwanzig ihre Teilnahme bestätigt, die anderen scheinen etwas Verheißungsvolleres aufgetan zu haben, und darüber informiert man uns erst heute.

Deine Kollegen sind empört, du nicht. Du hast geahnt, dass zwischen Juni und September alles den Bach runtergehen würde. Seit einunddreißig Tagen weißt du es.

Wir werden diesen Studiengang noch ein bisschen aufmöbeln müssen, sagt Catherine, wenn wir nächste Woche damit an den Start wollen, und jetzt heißt es, die Wartelisten nach den Kandidaten zu durchforsten, die bei uns zunächst durchgefallen waren und die bisher nirgends eingeschrieben sind.

»Nach dem Müll also«, übersetzt Kader und beklagt dieses mittlerweile jedes Jahr stattfindende Fischen im Trüben, dass man einer blinden Schnittstelle die Macht einräumt, einen ganzen Fachbereich an der Universität lahmzulegen. Jean-Michel, eher praktisch veranlagt, fragt, wie viele. Wie viele junge Leute müssen wir in der freien Wildbahn einsammeln, damit der Hörsaal in den Augen des Ministeriums angemessen voll ist. Und dann wirft eine Unbekannte eine Frage auf, deren Antwort möglichst lange hinausgezögert wird: Wie wirkt sich dieses Stopfen der Löcher von unten auf das Niveau der Abschlüsse aus?

»Oh, Entschuldigung!«, unterbricht Cathy die Frau.

»Ich möchte nicht versäumen, euch unsere neue temporäre Referentin für Lehre und Forschung vorstellen, Anne-Laure Vintemillia.«

»Die könnte meine Schwester sein«, sagst du, weil dir nichts Besseres einfällt.

»Du hast eine Schwester?«, fragt Jean-Michel neugierig. »Kann man die mal kennenlernen?«

Hallo, Anne-Laure, und herzlichen Glückwunsch. Wir hatten so viele Bewerbungen, und die ausgewählten Kandidatinnen waren wegen ihrer vielen Doktortitel bei gleichzeitiger Verknappung der Stellen überqualifiziert, geradezu einschüchternd.

Die Neue wird mit der Vorstellung des aktuellen Hygienekonzepts für die Erstsemester und dem Seminar »Forschungsmethoden auf der Grundlage digitalisierter Bestände« betraut. Sie sagt danke und denkt, die Drecksäcke.

Du bist wie sie gewesen. Vielleicht etwas scheuer, weniger zart, nicht ganz so schlau, mit Radio Head in einem analogen Sony-Kopfhörer. Du zeichnest mit deinem Kuli Kreise und Pflanzenmuster auf einen Block mit Briefkopf des Graduiertenkollegs.

»Arbeiten Sie immer noch an den Epochenbezeichnungen?«, erkundigt sich die temporäre Referentin, sie kann nicht wissen, wie anachronistisch ihre Frage ist.

»Wir können uns ruhig duzen, Marie-Laure.«

»Anne-Laure.«

Vor ein paar Jahren hättest du dieses nette Mädchen

auf einen Tee aus der echten gusseisernen Kanne in dein Büro eingeladen. Du hättest versucht, sie zum Lachen zu bringen, herauszufinden, woher sie kommt und warum sie solchen Einsatz zeigt. Der Dattelkuchen sieht schon ziemlich angegriffen aus. Catherine freut sich, uns zu verkünden, dass die Fakultät im nächsten Jahr eine neue Dozentenstelle besetzen wird. Natürlich kann man nichts versprechen, aber das Profil, das diesen Sommer für den Posten entwickelt wurde, entspricht in etwa dem unserer neuen temporären Referentin, die sich bis dahin bewährt haben wird. Das Leben meint es gut mit dir, nicht wahr, Anne-Marie?

»Anne-Laure«, sagt Anne-Laure.

»Sind wir fertig?« Catherine packt zusammen und waltet, mangels Alternativen, über die Krümel ihres Kuchens.

»Reden wir nicht mehr über die Lehrinhalte?«, fragt Anne-Laure besorgt.

Wenn das so weitergeht, wird sie sich demnächst mit der Organisation des Tags der offenen Tür herumschlagen müssen, du solltest mit ihr reden. Catherine hat dich beim Herumkritzeln beobachtet. Sie freut sich, dass du dir Notizen in Abwesenheit der Sekretärin gemacht hast, die noch in Lannion, im Herzen der Bretagne, bei ihren Eltern festsitzt. Schreibst du dann das Protokoll – sie sagt das PR – und schickst es an alle? Ich habe schon den Kuchen gebacken, sagt sie im Scherz, aber nur halb.

Dein Telefon vibriert.

Du liest seine schwammigen Worte, deren Bedeutung keine Rolle spielt. Etwas in dir löst sich, und du bist plötzlich im Juli. Du lächelst so offenherzig, dass man dich nackt sieht.

»Tu scheinst gute Neuigkeiten zu haben!«
    »Steht die Finanzierung vom Ministerium für das Kolloquium?«
    »Wir werden es auf Fabula bekannt geben, hast du schon einen Aufhänger?«

Ja. Die Liebe ist ein Objekt der Abstraktion, das durch die Bereitschaft des Subjekts, den Preis dafür zu vergessen, ins Unendliche projiziert wird.

»*Non ancora.*«
    »Wie bitte?«
    »Noch nicht. Aber ich werde mir Gedanken machen.«
    »Wollen wir nicht jetzt darüber sprechen? Wir könnten zusammen eine Formulierung finden.«

Du suchst nach einem Vorwand, um Clément, ohne vorher nach Hause zu fahren, innerhalb der nächsten Stunde wiederzusehen und die Nacht mit ihm zu verbringen, du hast dir alles Mögliche ausgedacht. Eine späte Sitzung zu Semesterbeginn, dann ein Überfall auf die Linie B, weshalb du im Bahnhof ausharren musstest. So was kann passieren. Das Chaos lauert an jeder Ecke.

»Mir fällt schon etwas ein, aber danke.«

Und so nahmst du von einem Tag auf den anderen den Faden deines Liebesabenteuers wieder auf. Verfielst aufs Neue einer mit Lüge und Wollust verknüpften Gewohnheit. Es war Oktober.

20. Oktober, 23:15, KT 37,1°,
AF 19/min, HF 88/min, BD 160

Laure ist fast vollständig rasiert und isst Gemüse, Pasta, Käse, wenig Fleisch. Sie trinkt bei Tisch ein Gläschen Wein, lässt das Brot immer liegen, schläft viel, hauptsächlich zwischen 23 und 9 Uhr morgens, außer wenn sie Seminare leitet, dann nicht ganz so lange. Das heißt, sie geht um zehn ins Bett und steht um sechs wieder auf. Ich erzähle dir das, weil es die einzigen unumstößlichen Fakten sind, die mir zur Verfügung stehen. Ansonsten habe ich nur Eindrücke, die viel zu positiv sind, als dass sie die Realität objektiv beschreiben könnten. Ich habe das Gefühl, sie ist noch glücklicher als im Juni, wenn sie mich sieht, und sie leidet zunehmend darunter zu lügen, das Kolloquium, um das es ursprünglich ging, ist ihr inzwischen vollkommen egal. Ich bin ihr Kolloquium. In Hinblick auf die Weihnachtsferien hat sie für ihre Familie einen Aufenthalt in einem Skigebiet gebucht, obwohl es unwahrscheinlich ist, dass sie dabei sein kann: Sie leidet in höchstem Maße an der Bergkrankheit, wärmere Gefilde sind ihr lieber. Das hat sie einmal ganz nebenbei fallen lassen. Ich glaube, sie will, dass ich sie im Winter irgendwohin in die Sonne entführe.

Generell habe ich den Eindruck, dass sie erwartet, etwas geboten zu bekommen.

Siehst du, wenn man einmal anfängt, sich mit seinen Eindrücken zu beschäftigen, gibt es keine Grenzen mehr. Es gehört zu den Dingen, bei denen man nie auf Grund stößt, wie bei Dummheit. Daher die Angst, die Beklemmung, der Drang, sich wieder Pasta-Gemüse-Käse zuzuwenden, die jüngsten Veränderungen des CAC 40 zu beobachten und deinen Napf mit hypoallergenem Trockenfutter zu füllen, du musst nicht danke sagen. Ich könnte es auf sich beruhen lassen. Aber Laure, die vor nichts zurückschreckt, was sich nicht schickt, hat mich gefragt, ob sie mich glücklich mache. Was mich vor ein formaljuristisches Vakuum gestellt hat, denn ich hatte ja nur diese nebulösen Eindrücke, es gab keinen einzigen handfesten Beweis. Keine Zahlen, keine Fakten. Also habe ich Nein gesagt, ich finde, es reicht, wenn einer von uns lügt. Das kam sehr schlecht bei ihr an, der Ton hat sich sogleich verschärft, dann, vollkommen lächerlich, hat sie ihren Drink gezahlt und ist abgehauen, seither reut es mich.

Seither suche ich nach Beweisen, die ich ihr liefern könnte, und stell dir vor, es haben sich Spuren von Glück manifestiert. Und zwar im Rahmen einer Hormonbestimmung, dafür nehmen sie dir Blut ab, Kostenpunkt 200 Taler. So was kann sich nicht jeder leisten, wird nämlich nicht von der Krankenkasse erstattet. Es besteht kein gesteigertes Interesse daran, dass das gemeine Volk anhand konkreter Zahlen entdeckt, dass es durch und durch arm ist, sich bis aufs Blut über den Tisch ziehen lässt, was keine Redewendung, sondern ein wissenschaftliches Faktum ist. Es könnte aufbegehren, ich meine, so richtig. Dann müssten wir tatsächlich etwas für die Kaufkraft tun, vielleicht sogar davon abgeben. Aber die Pinguine würden nicht loslassen, die EisBank wäre umzingelt, wir müssten in die Menge schießen, mein Gott, habe ich einen Durst. Bleib sitzen, ich besorge mir noch einen Drink. Und bringe dir ein Aspirin mit, ich mag es nicht, wenn du so zitterst.

Hier. Das Glas für mich, für dich die Schüssel. Zurück zur Hormonbestimmung. Laut meinem Arzt weise ich alle Indikatoren für Freude auf, und zwar bis zum Anschlag. Oxytocin, Dopamin, Serotonin, Phenylethylamin. Die Endorphine scheinen richtig Party zu machen. Ich habe dir gerade sämtliche Hormone des Wohlbefindens aufgelistet, die im Zusammenspiel eine äußerst euphorisierende Komposition ergeben, was meine derzeitige und ungewöhnliche Überlebensfähigkeit erklärt. Stell dir vor, dir wird die teuerste Gratisinjektion der Welt unter die Haut gespritzt. Denn am Ende hat alles seinen Preis. Man stiehlt eine Frau, was man gern vergisst. Es ist Teil des Nutzenpakets, scheiß auf den Preis. Aber du solltest wissen, dass du dein Blut bei längerer Abwesenheit des Stimulans innerhalb von achtzehn Monaten erneuern und dich in den ruhigen, unglücklichen Zustand zurückversetzen kannst. Ja, das ist eine lange Zeit, aber so lange wiederum auch nicht. Bei Heroin muss man mit zehn Jahren für eine Grundreinigung rechnen, wenn du in der Musikbranche tätig bist, sogar mit fünfzig.

Ich habe noch weitere Beweise. Ich habe während der Vorstandssitzung eine Liste erstellt, Inventur gemacht, wie Lebensmittelhändler sagen würden. Eine Bestandsaufnahme der materialisierten guten Momente. Wenn sich die Freude wie 28 Grad auf der Haut anfühlt, wenn man sie hören kann, wimmelnd und symphonisch, wie Käfer im Sommer, obwohl es wie aus Kübeln regnet. Solche Momente. Ich spreche in Bildern, damit du mir eventuell folgen kannst, und vor allem, weil ich gerade voll aufdrehe, ich muss einen Dopaminschub haben. Ich lege einfach mal los, von vorn. Na ja, von vorn oder durcheinander, man muss bei einer Inventur nicht alles sortieren, Hauptsache, man vergisst nichts, es handelt sich schließlich um ein offizielles Dokument. Also, erstens, dieses eine Mal im Park von Saint-Cloud, als ich in ihrem Schoß, den ich kaum kannte, eingeschlafen bin. Sie strich mir zärtlich über die Augenbrauen. Ich fragte: »Hast du Termine?«, und sie antwortete: »Ich habe alle Zeit der Welt, schlaf ruhig.« Verdammt. Zweitens, der Tag, an dem ich sie kennengelernt habe und mir klar war, dass es um etwas ging. Ob wir uns wiedersehen würden oder nicht. Ich wiederhole mich, aber merke dir, wenn grundsätzlich nichts in deinem Leben passiert und es zufällig doch einmal dazu kommt, ist das Ereignis später automatisch abrufbar. In dem Moment selbst überwältigt es dich. Wenn also etwas passiert und außerdem den Weg über den Körper nimmt, dann trumpft das Animalische in seiner ganzen Pracht auf. Einmal habe ich mich in den Hörsaal in Cergy gesetzt, wo sie eine Vorlesung hielt, sie hat mich nicht gesehen. Sie sprach über sterbenslangweiliges Zeug, und ich konnte sehen, dass ihr die jungen Leute mehr am Herzen lagen, als sie behauptete. Sie hatte fettiges Haar, trug eine erschütternd hässliche Bluse, es war ein Tag, an dem wir nicht verabredet waren. Sie hatte Ringe unter den Augen, rieb sich die Lider und sagte, einen Erben Bourdieus zitierend, dass die Dissonanz der Individuen zu einer Harmonie ihrer Vorlieben führe. Ich hatte das Gefühl, das ist meine Frau. Und mich überkam das dringende Bedürfnis, ein Notizheft hervorzuholen, aber ich war gekommen, wie ich bin: mit leeren Händen und völlig dissonant. Das andere Mal im Kino. Sie trug einen Rock über einer Strumpfhose. Ich streichelte zerstreut über ihre Oberschenkel und spürte plötzlich zwischen Strumpfhose und Slip nackte Haut. Es waren Strümpfe. Ich kraulte ihre frei zugängliche Muschi, bis Gary Cooper aus dem Knast kam. Es war ein alter Streifen, der im Champollion lief, wo schon ganz anderes gelaufen ist. Das Champollion existiert seit dreiundachtzig Jahren, und zwischenzeitlich hat die Befreiung der Sitten stattgefunden, ich war also nicht der erste Filou, der dort saß. Als Kind habe ich mir ernsthaft die Frage gestellt, wie Schauspieler, von der Stummfilmzeit bis heute, auf das Verhalten des Publikums im Kino blickten. Nun, an jenem Tag stellte Laure sie mir: Was, glaubst du, denkt Cooper auf der anderen Seite der Leinwand wohl von uns? Mir blieb die Spucke weg. Dann das Mal in einer Brasserie, wo sie Pommes frites aß und ich Russische Eier, wo wir uns nicht unterhielten, sondern dem Gespräch der Nachbarn lauschten. Zwei sehr alte Männer, die sich einst in der Geschäftsstelle des RPR kennengelernt hatten. Ich fühlte mich wohl. Irgendwann sprach einer der alten Männer von Philippe Séguin, dem früheren RPR-Parteivorsitzenden, wie von einem Freund. Es roch in dem Lokal nach aufgewärmtem Frittieröl. Anschließend hatten wir sehr guten Sex. Ich weiß, es klingt idiotisch. Ein anderes Mal fragte ich sie im Bett, was zum Teufel treibst du mit einem Typen, der mit einem Hund zusammenlebt, nur jedes zweite Mal einen hochkriegt und bei nächster Gelegenheit fünfzig wird – sie konnte sich kaum mehr halten vor Lachen. Es gab noch vier oder fünf weitere Male, die ich dir erspare.

Zwischen solchen Momenten gibt es nur schlafen, essen, pinkeln.

Du wirst mir sagen, es geht fast immer bloß um Sex. Sie würde mir sagen, bei dir doch nicht. Ich nehme an, wenn du überhaupt etwas sagen könntest, würdest du zuerst fragen, warum wir eigentlich deine Haufen aufsammeln und in einer Plastiktüte verstauen. Woraufhin ich dir sagen würde, weil das von uns verlangt wird. Es gab einen

Beschluss dazu und ein Rundschreiben der Präfektur. Sogleich würdest du es bereuen, fünf Minuten lang Zugriff auf die gesprochene Sprache gehabt zu haben, du würdest wieder offline gehen, für immer, und dann säßen wir hier zu zweit und würden saufen.

An jenem Morgen, da alles seinen Namen trug, der Duft des Kaffees, der Dampf des Wassers, ein gewisses Grün vor den Fenstern, ein gewisser Wind, hast du, weil du so ergriffen warst und die anderen noch schliefen, mit deinem Geheimnis telefoniert, im Wohnzimmer stehend. Er ist rangegangen, er wollte gerade los zum Joggen.

Du hast ins Leere gestarrt, der Illusion ins Auge geblickt, und gesagt, ich liebe dich. Mit 4G ist die Stille perfekt, nichts knistert, man hört alles. Jeden Atemzug, jedes Rascheln und das Ungeheuerliche, das den Worten vorausgeht. Er hat sich mit der Hand über seinen Acht-Stunden-Bart gestrichen, und, lange bevor es formte, hast du es mit dem Ohr gehört, das du als Kind immer auf Muscheln gepresst hast, du hast sein Ich auch gehört. Die Stille hatte diese schwere Körnung, dieses Gewicht von Erde, das sie sonst nie hat. Solltest du einmal alles vergessen, diese Sekunde wird dir noch lange im Ohr bleiben.

Kurz darauf ist Véra hereingekommen, ohne dich gleich auf die Wange zu küssen.

»Sag guten Morgen, mein Engel.«

Sie hat sich umgedreht, ihr schwarzes Haar an deiner Wange gerieben, seit dem Kindergarten sagt sie dir so guten Morgen, wie eine Katze, sie riecht nach Federbett, Shampoo und Tabak. Du sagst, du hast Kaffee gekocht, weil es ja stimmt. Du sagst, dass noch Brot von gestern übrig ist.

»Keinen Hunger.«

»Geht's dir nicht gut?«

»So mittel. Doch.«

Draußen ein gewisses Grün, ein gewisser Wind.

»Du wirst zu spät kommen. Ich liebe dich.«

»Ja. Meine Skihose ist übrigens voll kurz. Ich nehme mir ein bisschen Kleingeld aus deiner Tasche.«

Anton und Véra begegnen sich auf der Schwelle zur Küche und begrüßen sich mit einem Grunzen, das nicht frei von Zuneigung ist. Fünf Jahre hat es gedauert, bis sie nicht mehr nur in Unterhose zum Frühstück auftauchte, rechnet Anton, es wird uns zehn Jahre kosten, bis sie guten Morgen auf Französisch sagt. Die Aussicht, mit ihr in den Skiurlaub zu fahren, erscheint ihm so verheißungsvoll, wie sich einen Strick zu nehmen.

Deine Idee vom Familienzusammenhalt kostet ihn 1700 Euro, man sollte den Preis seiner Flausen im Kopf haben.

Das Brot von gestern ist verbrannt.

»Scheiße! Laure!«

Du schließt die Augen. Du denkst an deine Erwachsenenspiele.

30. Oktober, 14:15, KT 36,6°, AF 19/min, HF 88/min, BD 160

Sie hat gesagt, ich liebe dich, und meinte damit mich. Ich habe es geschafft zu weinen, wirklich, ohne zu lachen, und hätte fast meine Mutter angerufen, um es ihr mitzuteilen. Ich habe nämlich den Verdacht, dass meine Mutter einen finsteren, mittelalterlichen Fluch über meiner Wiege ausgesprochen hat: Solange ich, seine Mutter, unfähig bin, dieses Ding zu lieben, soll dies auch keiner anderen Frau gelingen, amen. Bisher funktionierte es weiß Gott perfekt. Ich hatte selten dergleichen gehört, und wenn überhaupt, dann nur so ein oberflächliches, dahingesäuseltes *Ich liebe dich* beim Sex, mittendrin oder kurz vor Schluss, von Mädchen, die zu gebildet waren, um fick mich zu sagen, oder zu kompliziert, um sich zu bedanken. Ich habe erst gezögert und es dann getan, beinah überzeugt und mit lauter Stimme: Zehnmal habe ich zwischen Parkplatz und Empfangshalle danke, lieber Herr Jesus wiederholt, was eines Tages eine Fußnote wert sein sollte. Ich habe dich mit Religionsunterricht verschont, nachdem du als junger Hund bereits in Maisons-Alfort dressiert worden bist. Es ist schwer zu erklären; Jesus, das ist der Typ, der sagt: Ich werde wiederkommen. Ein Don-Juan-Versprechen, das man nicht über die Lippen bringt, ohne rot zu werden, und trotzdem ist es immer noch aktuell. Er wird wiederkommen. An dem Tag, an dem ich dir das verkünde, sollte dir klar sein, dass ich meine Vorkehrungen getroffen habe. Also, danke, Herr, sagte ich laut.

»Wie?«, hat Andrea, die garstigste unter den Telefonistinnen, zurückgefragt, woraufhin ich ihr ein Kompliment zu ihrer Bluse mit dem bescheuerten botanischen Aufdruck gemacht habe.

So ging es den ganzen Tag weiter. Ich habe die nichtigsten Praktikumsbewerbungen durchgewinkt, die es in der Geschichte der Ausbeutung des Menschen durch den Menschen je gegeben hat, habe mich in Wohltaten ergangen, habe Grette wie ein Nichts warten lassen, nur um Laure von der Toilette aus zurückzurufen. Sie hat mich mein Geschenk genannt. Sie hat viele Dinge gesagt, auf die ich bloß eine Antwort hatte: Ja. Ich war gleichzeitig drinnen und draußen, und es fühlte sich unfassbar gut an, aus diesem verdammten Knochengestell mal herauszutreten. Ich hörte mich sagen, ich liebe dich, hörte mir selbst dabei zu, und mit einer Sekunde Zeitverschiebung, als wäre ich so ein Kerl, der nie ganz bei der Sache ist, egal, was ihm geschieht, dachte ich: Ich habe das tatsächlich gerade ausgesprochen.

Während des Mittagessens mit Amin war ich auf *on* geschaltet, ich habe geredet, bis er mich gebeten hat, meine RNA-Viren nicht länger auf seine Rindfleisch-Tajine zu spucken. Ich brachte Laure selbst bei den abseitigsten

Themen, wie den CSR-Verpflichtungen beim Ausdrucken von E-Mails, ins Spiel. Ich drucke nur Laures E-Mails aus, gestand ich verschämt dem Käse vor mir.

»Aber ist sie denn verheiratet, die Kleine?«, gelang es Amin, auch einmal zu Wort zu kommen.

»Nein.«

»Dann ist ja alles drin.«

Warum hat er das gesagt, das geht ihn einen feuchten Dreck an. Ich bin in Panik geraten und habe den Aus-Schalter gedrückt.

Anna wollte tanzen lernen, seit letztem Jahr. Du hast einen Kurs ausfindig gemacht, der es rechtfertigt, dein Kind durch zwei RERs und vier Metrostationen inklusive Umsteigen etwa eine Stunde von Tür zu Tür zu schleifen. Sie wird sich nicht beschweren. Kinder sind von Natur aus zahm und bleiben es, denn nichts von dem, was sie sehen, vermittelt ihnen etwas anderes, als zu lernen, sich zu fügen. Bisher hattest du im vierten Arrondissement von Paris nichts zu schaffen. Jetzt ist Anna für den Ballettunterricht angemeldet. Du lügst, und du organisierst dich.

In den Umkleidekabinen kann man die Schar hellhäutiger Kinder noch in pummelig und spindeldürr unterscheiden, nach hochpreisigem Repetto- oder nach Décathlon-Outfit. Sobald die Ballettlehrerin sie aufruft, werden sie durcheinandergewürfelt an der Stange in einer einzigen pastellfarbenen Reihe gleichmäßig die Hälse recken. Vor dem großen Spiegel nimmt Anna aufgeregt Aufstellung, sie möchte genau wie die anderen aussehen. Du wolltest in diesem Alter auch tanzen. Stattdessen hast du gekämpft.

»Du bleibst noch, ja, Mama? Die anderen bleiben auch, sie stehen an der Seite und gucken zu.«

Sie will, dass du ihre unsicheren Bewegungen bewunderst, dich mit den verfügbaren Müttern fasziniert über die motorischen Fortschritte der lieben Kleinen austauschst. Aber diese Frau bist du seit Monaten nicht mehr, und als du es noch warst, hast du eine Rolle gespielt.

»Das kann ich nicht, Schatz.«

Du berufst dich auf den enormen Korrekturstapel, den du mit dir herumträgst. Du wirst dich damit in ein Café um die Ecke setzen, ins Balthazar oder so ähnlich, Hausnummer 32. Du gehst davon aus, dass die Hausnummer 32 existiert. Die Lüge ist dir zur zweiten Natur geworden, und im gleichen Maß erschöpft sie dich, du bemühst dich nicht einmal mehr.

Du überquerst die Seine und bist nur fünfhundert Meter entfernt, am Quai de l'Horloge. Du hast nicht so richtig Bescheid gesagt, du verwechselst wie ein kleines Mädchen Überraschung mit Erotik.

5. November, 15:15, KT 37°,
AF 19/min, HF 88/min, BD 130

Samstags habe ich ein Programm. Ich trödle mit Papa
am Wasser entlang, gehe zum Friseur, lese irgendwas,
das ich nach Bauchgefühl an einem Quai erstanden habe.
Auf diese Weise bin ich letzten Samstag zur Lektüre der
Scènes de la vie d'acteur (Szenen aus einem Schauspieler-
leben) von Denis Podalydès gekommen, ein Fundstück
für vier Euro in einer Kiste gleich hinter dem Pont des
Arts, gegenüber vom Musée de la Monnaie, und heute
Morgen habe ich die *Erinnerungen* von François Léotard
angefangen. Es gibt keine Gemeinsamkeit zwischen
beiden Autoren, außer dass man ziemlich wenig über
ihren jeweiligen Bruder erfährt, eigentlich gar nichts.
Samstags ertrage ich keine Nachrichten von der EisBank,
aber meistens bekomme ich welche, und am Ende beschäftigt es mich doch während meiner Lesepausen. Ich
esse alles, was Papa mit neugieriger Nase auf dem Markt
erschnuppert. So teilten wir uns an diesem Samstag,
garniert mit Basmati-Reis, fünf oder sechs Buletten aus
einem Fleisch unbekannten Ursprungs, dessen Spur sich
endgültig in einer orangen Sauce verlor. Wir waren gerade
dabei, jeder in seinem Zimmer, uns den Bauch vollzu-
schlagen, ich mit Reis und Papa mit den Buletten, als

der D-Dur-Klang ertönte. Die Klingel der Wohnungstür läutet in D-Dur, ich habe mal Klavier gespielt. Da zeigte sich jemand äußerst beharrlich, obwohl wir niemanden erwarteten. Und dieser Jemand war ohne Zwischenstopp in den Hausflur gelangt, er musste den Code der Eingangstür an der Straße kennen. Ich habe gehofft, es sei ein Einschreiben oder Amazon mit der Decke für Papa, denn seit Kurzem zittert er nachts vor Kälte.

Stattdessen stand dort Laure mit ihrem hübschen Körper, und zusammen versperrten sie mir den Weg. Das heißt, wenn ich vorgehabt hätte, mir, Kopf voran, Durchlass zu verschaffen.

»Hattest du Bescheid gesagt?«

»Guten Tag.«

Sehr heftig. So hatten wir noch nie miteinander gesprochen. Ich habe ziemlich blöd aus der Wäsche geguckt. Sie hat die Gelegenheit genutzt, sich in meinen Samstag hineinzudrängen.

»Ja, mehr oder weniger.«

Stimmt. Ein vager Vorschlag über den kostenlosen Messenger-Dienst, den ich seit einer Woche deaktiviert habe. Die Benachrichtigungen haben den Hund aufgeweckt, der nachts schlecht schläft, weil er inzwischen pausenlos tagsüber schläft, was mit dieser chronischen Krankheit zusammenhängt, die er nicht hat.

Unvorbereitet wie ich war, bin ich ein klein wenig abweisend gewesen. Während ich Papa den Rest des Essens servierte, ihm die Situation erklärte, die Tür schloss, habe ich Laure im Flur warten lassen. Sie wertete das als Ausdruck meiner Gefühle. Hatte dann den Eindruck zu stören, und da ich etwas länger brauchte, um herauszufinden, wie ich ihre brillante Intuition zerstreuen könnte, meinte sie, okay, danke, sehr charmant. Sie sei schließlich nur eine Stunde mit den Öffentlichen unterwegs gewesen. Sie habe ja bloß seit Wochen alles um diesen Nachmittag herum organisiert, und ich stand da wie ein Idiot mit meinem kleinen Samstagsprogramm.

Ich konnte nicht auflegen, sie war da und nichts zwischen uns, nur Luft, meine Brille für die Altersweitsichtigkeit, ein bisschen Kleidung. Ich habe Wasser aufgesetzt, um wenigstens für ein paar Dampfschwaden zu sorgen. Dabei sind meine Brillengläser komplett beschlagen, erst als eine Kanne Tee zwischen uns stand, lief es besser. Sie wiederholte, raus mit der Sprache, Clément, um Himmels willen, du gehst nicht mehr ans Telefon, du rufst nicht zurück. Sie sagte, eine Woche ist eine lange Zeit, das macht einen verrückt, versetz dich mal in meine Lage. Ich habe mich ertappt, wie ich mir die Sache eine Sekunde vorstellte, ich an ihrer Stelle. Ich würde den ganzen Tag damit verbringen, mir an die Brüste zu fassen. Das Drama war, dass ich in diesem Moment *on* war. Sie hat es gehört.

»Wie bitte?«

Ich habe geantwortet, nichts, entschuldige, ich weiß nicht, was mich gepackt hat, sollte ein Scherz sein. Zu spät. Sie werde, hat sie mir verkündet, ihren Tee trinken und dann gehen. Ohne zu fragen, hat sie sich auf die Suche nach Tassen gemacht. Als sie nur eine fand, erkundigte sie sich, wo die anderen stehen, aber ich besitze nur diese eine. Oder Gläser. Die Tasse muss jedenfalls etwas sehr Richtiges zu meiner Verteidigung vorgebracht haben, denn nachdem sie sie mehrere Male in ihren Händen gedreht hatte, zog sie schließlich ihre Jacke aus und küsste mich. Dann hat sie wieder Druck gemacht, sprich mit mir, in ihrer Welt gilt das nicht als Belästigung, sondern als normal. Ich habe sie in den Arm genommen, die Alternative wäre gewesen, sie aus dem Fenster zu werfen, aber anscheinend bin ich wirklich verliebt.

Trotzdem ist die schlechte Stimmung nicht einfach so verflogen, ganz abgesehen vom Geruch der Fleischbällchen. Wir hatten Sex, wie man im Auto das Radio einschaltet, es war grauenhaft, ich war mit den Gedanken woanders. Danach hat sie noch einmal nachgebohrt, wegen meines Schweigens. Papa hat in seinem Zimmer angefangen zu jaulen. Laure wollte wissen, was er hat, ihrer Meinung nach hörte er sich an, als sei er krank. Ich hielt mit meiner Empörung unglaublich hinterm Berg, jagte sie nicht vom Hof, sondern küsste sie und habe lediglich bemerkt: Du bist keine Ärztin, Liebes. Papa braucht Bewegung, auch seine Geduld kennt Grenzen. Und außerdem sei der Kaffee unten ganz passabel. Also sind wir runtergegangen, haben einen Weißwein getrunken, sie schmollte von Neuem, wollte spazieren gehen, was sich gut traf, Papa nämlich auch.

Cléments Wohnung ist die eines einsamen Mannes, eine Putzfrau hat nach alter Sitte Macht über die Räumlichkeiten übernommen, für 13 Euro pro Stunde in Form von Dienstleistungsschecks. Das Mobiliar hast du schon im Bon Marché oder im Kunstgewerbemuseum gesehen, die weißen Blumen sind vom Vortag. Du warst bereit, alles zu lieben, sei es Rokoko oder Dreck, warst bereit, wie bei jedem Treffen, in neuen Bahnen zu denken. Er entschuldigt sich für eine klinisch nicht vorhandene Unordnung und die Unvollkommenheit der blitzblanken Fensterscheiben.

»Du hast mich nicht angerufen. Du rufst nie an.«

»Ich weiß nicht, ob ich das darf.«

»Frag dich so was nicht, ruf an.«

»Möchtest du etwas trinken?«

Ihr hättet einen Schluck Alkohol vertragen können. Er zieht dich rasch aus, findet dich unter gewaschener Seide und vierfädigem italienischen Kaschmir, du versagst dir tatsächlich nichts mehr. Seine Haut ist weicher als deine, er ist inzwischen genauso dünn wie du. Du hörst dich ihn nach seinem Gewicht fragen, er antwortet, sechsundsechzig, siebenundsechzig. Das ist zu wenig in deinen Augen, aber perfekt in seinen, jedes verlorene Kilo bedeutet fünf gewonnene Sekunden pro Kilometer. Du brauchst einen Moment, ehe du begreifst, dass er vom Joggen redet. Du lässt es ihn wiederholen, während er dein Haar löst.

Ihr liebt euch, ohne die Laken zu zerwühlen, die so straff gezogen sind wie im Hotel oder in der Kaserne, wie die Vorhänge, wie seine Anzüge. Du fürchtest, ihn für immer zu lieben, und du sagst es, wie man so was eben sagt. Du sagst, nimm mich. Aber du machst ihm Angst, etwas in ihm weicht zurück, wie so oft. Dann fällst du vor der Bettkante auf die Knie, in Höhe seiner Hüften. Du wählst ihn aus, es wird das erste Mal sein, dass du einen Mann bittest, in deinem Mund zu kommen. Du schließt die Augen, erfüllt, aber wovon? Du starrst in die Dunkelheit wie auf eine Leinwand. Es taucht das Bild von Anna auf, die zwei oder drei Straßen weiter erstaunt den Rausch der Bewegung entdeckt, ihren Körper im Rhythmus der anderen. In einer brutal symbolischen Parallelmontage siehst du auf dem weißen Grund abwechselnd kniende Frauen und Mädchen in Tutus, die sich zu Schubert im Kreis drehen. Du kriegst deine Ladung, und er fällt zurück auf den Rücken.

In der Küche kläfft der Hund, wegen nichts und wieder nichts oder deinetwegen. Clément will, dass du aufhörst, Angst zu haben, das Tier spürt so etwas und wird dann unruhig. Er schlägt dir vor, ein Gläschen zu trinken, unten, auf der Straße. Du denkst, er will, dass du gehst, weil der Hund hier zu Hause ist.

Ihr sitzt an einem Touristentisch, leert eure Gläser mit dem lauwarmen Chablis und wimmelt zum zweiten Mal einen nicht besonders hartnäckigen Rosenverkäufer ab. Ihr findet, wenn ihr sucht, Dinge, über die ihr euch unterhalten könnt. Du erfährst zum Beispiel, dass er nie geraucht hat und überlegt, damit anzufangen. Doch schon schweigt ihr wieder.

Plötzlich, während ihr müde eure leeren Gläser anlächelt, saust, scharf wie eine Klinge, die fixe Idee eures Verschwindens zwischen euch nieder.
Du denkst, das werden wir nicht überstehen.

Du schließt die Augen und siehst die kommenden Winternachmittage vor dir. Wenn die Körper zögern, an ihre Grenzen zu gehen, und das besiegte Verlangen schon im Voraus wie ein Omen klein beigibt, wenn er eine Stunde, bevor du gehst, einschläft, und du ihm nicht verzeihen wirst. Wenn du mit der Bahn nach Hause fährst, erschöpft vom Verschwinden, vom Lügen. Wenn du Anton einen Blick auf das Bild gewährst, das dich Tag und Nacht infiziert. Du und ein anderer, nackt, wie ihr im Halbdunkel eines Zimmers übereinander herfallt. Denn ja, dieses gesättigte und sättigende Bild wird irgendwann sogar auf den Wänden zu sehen sein. Wenn Anton, überwältigt, schlaflos, von dir verlangt zu schwören, dass es nicht wahr ist, dass dieses ekelerregende Bild, das ihn anfällt, nichts mit ihm zu tun hat. Es kommt aus dem Nichts, nicht wahr, es ist die Angst, diese uralte Angst, die Hausbesitzer vor Wölfen und vor Vandalen haben. Wenn du ihn nicht mehr genug liebst, um zu sagen, ja, genau, du fantasierst, es ist bloß diese idiotische, besitzergreifende Angst, schlaf jetzt. Wenn du ihm das Gegenteil sagst. Nein, Anton, du träumst nicht, weißt du. Die Frau mit dem Mann da, im Halbdunkel, das bin ich. Ich gehe.

Wenn du Clément am Telefon sagst, ich komme.

Wenn er, Clément, zu viel Arbeit, zu viele Reisen oder zu viel Ärger hat, um dir sofort zu antworten, wenn du ihm Zeit gibst und dann noch ein bisschen mehr. Wenn du dir eine Wohnung mit einem Zimmer für die Mädchen suchst. Wenn du allein dort sitzt, in deiner Zweizimmerwohnung, allein und am Ende mit deinem Latein. Wenn du vergeblich darauf wartest, dass Clément an deiner Stelle sagt, was als Nächstes zu sagen ist, ich will bei dir sein oder ich liebe dich oder auch es ist aus. Wenn er sich unsichtbar macht, sich hinter seiner Müdigkeit verschanzt, der Müdigkeit, ein Mensch zu sein und nicht ein Hund. Wenn er auf Worte verzichtet, auf das anstrengende Aufrechtstehen, sich hinlegt, zu nichts anderem entschlossen, als die Niederlage vorüberziehen zu lassen, ohne sie auszusprechen. Wenn die Stille mit euch macht, was Quecksilber bei Obstgärten und Quellwasser anrichtet: binnen eines Jahres dafür sorgen, dass eure Vergangenheit, eure schönen Träume, deine Vorstellung von ihm, seine Vorstellung von dir, all eure Bilder verrotten. Dann wird nichts mehr von dem übrig sein, was dich trotz allem am Leben erhält. Es ist dieser Tag, den du vor Augen hast.

»Laure, alles in Ordnung?«

Du wärst gern in der Lage, ihm zu sagen, dass du eine solche Einsamkeit nicht überleben würdest. Auf einmal willst du, dass etwas geschieht, egal was, und wenn es eine Katastrophe ist, deshalb sagst du:

»Sollen wir abhauen?«

»Wie?«

Du hast es zu dir selbst gesagt. Man hört dich nicht. Du weißt doch, dass man den Mund aufmachen muss.

»Nichts.«

Er lässt dich wissen, dass dein Blick verschleiert ist. Das kennst du, sagst du ihm, postkoitale Melancholie oder brennender Realismus. Ah, sagt er, das habe ich andauernd.

5. November, 16:05, KT 36°,
AF 15/min, HF 80/min, BD 130

Hôtel de Ville, Rue de Rivoli, Rue de la Verrerie, Rue du Temple, Papa erschnüffelt über fünfhundert Meter das Trottoir, entdeckt fasziniert die Pisse des rechten Seine-Ufers, legt die Allüren eines Drogenhundes an den Tag, was ihm überhaupt nicht steht. Auf Höhe der Hausnummer 40 verlangsamt Laure ihren Schritt. Aus dem Gebäude mit der 42 ergießt sich durch eine Flügeltür ein ruhiger Strom artiger, abgerichteter, frisierter, geschminkter kleiner Mädchen. Sieh mal, Menschenhandel mit Weißen, entfährt es mir im *off*-Modus, denn möglich ist es ja. Dass sich das Blatt wendet, und alles ist wieder käuflich. Nein. Die Mädchen sind einfach nur müde, höflich. Sie kommen vom Tanzen. Eine von ihnen schreit Mama und stürzt auf Laure zu, die sie mein Schatz nennt. Papa liebt Kinder und grinst wie ein Idiot. Unweigerlich will die Kleine wissen, wer das da ist.

»Das ist Clément.«

Und sie ist Anna. Ich erfahre, dass ich ein Kollege von Mama bin, dass wir gearbeitet haben. Das ist wirklich die Krönung.

»War's schön, mein Schatz?«

Hilfe.

Ich muss tun, was ich tun muss, ich werde dieser Scheiß-typ sein. Der wie ein Schwein auf offener Straße davon-läuft, der bereits Ausschau nach dem Notausgang hält. Richtung Osten steht ein Bus, der 38er zum Bahnhof Saint-Lazare. Gen Süden, Leihfahrräder. Gegenüber, zum Greifen nah, ein Junge mit Skateboard unterm Arm, der auf eine der Ballerinen wartet. Er benimmt sich norma-ler als wir drei zusammen. Wenn es nicht so erbärmlich wäre, sich mit fünfzig auf ein Skateboard zu schwingen, wenn ich nur etwas mehr eigenen Willen hätte, würde ich dem armen Jungen sein Brett entreißen und dann adieu, traurige Geliebte. Stattdessen schickt Laure Anna fort zu ihren Freundinnen, sie soll sich verabschieden. Die Kleine zögert, als wäre ihr mulmig dabei, sie fragt sich wahr-scheinlich, was dieser Berghund da soll, und zwar an der Leine eines Kollegen, der doch angeblich arbeiten muss an einem Samstag. Sie ist nicht sehr hübsch, sie hat nichts von Laure oder fast nichts, vielleicht diese leichte Melan-cholie. Sie muss ihrem Vater ähneln, sie hat ein rundes Gesicht, einen konzentrierten, zähen Ausdruck. Ich stelle ihn mir genau so vor, den Volltrottel: ein massiger Typ, der versucht, auf Zehenspitzen zu stehen. Sie hat von Laure dieses Etwas in den Augen, dieses Etwas von Mädchen, die sich kümmern. Um sich selbst, um den Nächsten, den Schwachen, die kleine Katze. Um die Scheißkerle dieser Welt. Sie wird auf solche wie mich treffen. Sie trollt sich, geht zu dem Schwarm hinüber, und ich sage zu Laure, warum tust du mir das an, du bist verrückt.

»Weil das mein Alltag, mein Leben ist.«

Nein, der Tag heute gehörte mir. Und neben allem anderen jetzt auch noch vor der eigenen Haustür die Nummer Schau-mal-das-ist-übrigens-mein-Kind, komm klar damit. Wie so oft bleibt mir als einzige souveräne Entscheidung, die zu gehen, also gehe ich.

»Clément, verschwinde nicht einfach so, ohne was zu sagen. Bitte.«

Der Tag neigt sich dem Ende zu, Anna sagt die Fünfertabelle und die Nebenflüsse der Rhone auf, während du im trauten Heim das Abendessen zubereitest. Spülbecken, Teller, Bratpfannen. Du versuchst dich heute Abend an einer Kruste aus Kräutern und Mehl auf einem Stück fetten Fisch. Das hast du irgendwo gesehen oder gegessen, du weißt nicht mehr wo, du möchtest, dass es gelingt, und verwendest deine ganze Energie darauf. Du denkst, dass es noch möglich ist, dass man dem Wunsch, tiefer zu fallen, widerstehen kann, dass es genügt, sich eine Zeit lang zu betäuben, sich an den Griffen der Töpfe festzuhalten. Véra taucht auf, angelockt vom Duft nach Essen, und fragt, ob man demnächst damit rechnen dürfe, dich auch nähen zu sehen.

Warum nicht? Du würdest nur allzu gern damit aufhören, das, wozu deine Hände bestimmt sind, zu verraten. Du möchtest sticken und streicheln, ohne dich in Teufels Küche zu bringen.

Aber du findest nicht die richtigen Worte, um ihr das zu vermitteln, und vor allem hast du nicht die Zeit. Der

Lachs widersetzt sich deiner Zubereitung, du musst dich den Tatsachen beugen, es ist vermurkst. Die Kruste hält nicht, dafür hätte es ein geschlagenes Ei gebraucht. Immer fehlt eine Zutat, gelingt es dir, dich zu rechtfertigen, ein guter Fisch allein reicht nicht. Im Augenblick ist dir nach Heulen zumute.

»Mama!« Anna steht wieder vor dir, ungewohnt zornig.

Sie hat soeben, tief unten in ihrer Balletttasche, die seit letzten Samstag dort schlummernde Nachricht ihrer Tanzlehrerin entdeckt. Du hast den Beitrag für das letzte Trimester nicht gezahlt. Nächstes Mal wird sie nicht mitmachen dürfen.

»Das ist ganz schlimm, Mama, wenn man vergisst zu bezahlen.«

»Du hast keine Ahnung, was schlimm ist, kleines Pony«, schaltet Véra sich ein.

»Nenn mich nicht so, Véra!«

»Was hast du denn? Du gehst zur Dressur, du lernst, immer schön im Schritt zu gehen, das alles, damit du dich eines Tages reiten lassen kannst, und am Ende bist du die Gearschte. Sollen wir über deinen Zopf reden?«

Später kündigen das Scharren der Wohnungsschlüssel im Schloss, dann das dumpfe Landen der Autoschlüssel auf der Küchentheke Anton an. Anton, der noch in seiner Jacke steckt, und seine ihm vorauseilende Wut, die dich flüchtig als Frage streift und kurz darauf auf deine Tochter niederprasselt. Er brüllt, sie brüllt zurück, er brüllt lauter. Du willst nicht wissen, worum es geht, du beschallst deinen Kopf mit einem Vornamen, dass du taub werden könntest. Cléments Stimme schafft es bis zu dir in die Küche, aber das Gezeter deiner Familie ist lauter. Komm auf dem Boden der Realität an, verdammt, poltert Anton, sie wird irgendwann im Knast landen!

Wie auch immer. Was ist los?

Anton hat heute ein Dutzend Patienten behandelt. Unter ihnen eine ihm unbekannte Frau, die kam, weil ihr Hausarzt gerade im Urlaub ist. Name, Adresse, Beruf, fragte er standardmäßig ab. Es stellte sich heraus, dass die Dame Leiterin dieser Abischmiede in Saint-Cloud ist, was für ein lustiger Zufall. Der Schule also, die ihn ein Schweinegeld pro Trimester kostet, damit Véra weiterhin so etwas wie Normalität mimen kann, was außer ihrer Mutter allerdings niemanden mehr zu täuschen vermag. Kaum hatte Anton erfahren, wer die Patientin war, erzählte er, dass seine Stieftochter auf ebendiese Schule geht. Eine kleine Dunkelhaarige, himmelschreiend faul, neuerdings jedoch geläutert, wissen Sie, wen ich meine. Wusste sie nicht, erinnerte sich aber an den Namen, Véra Gref, es ist schließlich selten, dass eine Familie die Anmeldegebühr zahlt, man die Schülerin jedoch nie zu Gesicht bekommt. Denn Véra hat bis dato nie einen Fuß in dieses Sankt-Irgendwas-Gymnasium gesetzt. Man kennt sie auf ihrer eigenen Schule nicht, Laure, kapierst du es oder soll ich es dir aufmalen? Wann wirst du endlich einschreiten?

»Hätten sie uns nicht benachrichtigen können?«

Anton fleht dich an, hör auf, dich so dumm zu stellen. Sie wird in einem Monat achtzehn, und in diesen Pfadfinderhöhlen ist man nicht hinter den laxen Eltern von Phantomschülern her, um dann die Anzahlung wieder rausrücken zu müssen. Angeblich ist eine E-Mail der Schulleitung an dich rausgegangen, auf die aber keine Antwort kam. Du bestreitest das. Seelenruhig gibt Véra zu, die fragliche Nachricht gelesen und gelöscht zu haben, um, wie sie sagt, uns zu verschonen. Mama hat doch schon genug Ärger, nicht wahr, allein diese krasse Unfähigkeit, sich ein besseres Passwort als Anna2017 auszudenken. Anton, am Ende mit seiner Geduld, verpasst deiner Tochter zum ersten Mal eine Ohrfeige. Und umgekehrt.

Sie langt ihm sofort eine zurück, mit derselben Kraft, weder fester noch weniger fest.

Anton, im Stehen k. o. geschlagen, hat verstört mitansehen müssen, wie das Prinzip Auge um Auge, Zahn um Zahn in seinem Haus Einzug hielt und die Welt, in der er aufgewachsen ist, unterging. Er hat auch dich angesehen. Dann ist er ohne ein weiteres Wort ins Schlafzimmer

verschwunden. Kurz darauf war das Surren des Lauf-
bands zu hören, auf Höchstgeschwindigkeit.

»Er hat in den Hamster-Modus geschaltet«, sagt Véra,
»die nächsten zwei Stunden haben wir Ruhe.«

»Willst du dir noch eine einfangen? Was treibst du,
statt zur Schule zu gehen?«

»Ich gehe spazieren.«

»Und wo?«

»Und selbst?«

Du bittest sie inständig, dieses Familienmassaker zu
beenden. Anton wird das Weite suchen, Véra, wenn du
so weitermachst, und denk auch einmal daran, dass Anna
dir dabei zuguckt.

Sie sieht dich an, mit einem Blick, den du nicht an ihr
kennst. Schließlich sagt sie, okay, sie wird in die Schule
gehen. Da dein Friede auf ihren Schultern ruht, da du
sonst scheitern wirst.

»Danke.«

Du weißt, dass du nichts gewonnen hast, außer vielleicht ein bisschen Zeit.

»Wer ist der Typ, mit dem du letzten Samstag beim
Ballett aufgekreuzt bist?«

Für eine Tausendstelsekunde hast du das Gefühl, dass
diese Frage dein stutzendes Herz zum Stillstand bringt.
Aber es schlägt weiter, durchblutet den Kopf, der die
Sprache der Lüge befiehlt. Das Leben.

»Niemand. Ein Kollege. Hat Anna dir von ihm erzählt?«

Im selben Moment erhältst du eine Einladung von Clément und siehst dich förmlich wie eine blöde Kuh grinsen.

»Eine Nachricht von deinem Kollegen?«

»Von Gabrielle.«

Erinnere dich. Du hast etwas kommen sehen, ohne zu wissen, was es ist, und hast alles gegeben, dich dieser Sache immer mehr auszuliefern.

12. November, 00:15, KT 37,6°, AF 19/min, HF 88/min, BD 160

Papa? Was tust du da im Dunkeln, reicht es nicht allmählich? Rutsch ein Stück, das ist immer noch mein Bett. Heute, nichts. Der Italiener hat uns erwartungsgemäß sitzen lassen, der Kurs ist ohne ersichtlichen Grund um 10 Prozent gestiegen. Alles in allem läuft es gar nicht so schlecht. Oliver hat mich in der Mittagspause zum Squash mitgenommen, auch das ohne ersichtlichen Grund. Ich hatte nicht die richtigen Schuhe dabei, der Ball war zu schnell, ich muss eine lächerliche Figur abgegeben haben, er hat trotzdem pausenlos bravo gerufen. Keine Ahnung, ob es um Teambuilding ging oder er zu viel Zeit hatte, vielleicht wollte er mir einfach nur zeigen, dass er mich schon von Anfang an mochte, wer weiß. Nachdem er mir im Café zunächst seltsame Fragen zu meinem nicht existenten Sozialleben gestellt hatte, war er auf einmal neugierig, ob die Sache mit Safia jetzt in trockenen Tüchern sei, ob ich deswegen seit zwei Wochen mit dieser verträumten Visage durch die Gegend laufe. Der Moment männlicher Vertraulichkeiten war gekommen. Ich habe also von Laure erzählt, mit schlüpfrigen Details. Und was ist sonst noch zwischen euch, außer Sex, erkundigte er sich mit, wie ich anfangs glaubte, lebhaftem Interesse. Da er immerhin mein Chef ist, habe ich nachgedacht. Und dann gesagt, eigentlich nichts. Wie, ihr habt nichts gemeinsam, wunderte er sich, was mich aufs Glatteis führte. Nein, wir teilen nichts, habe ich gesagt, du hast recht.

Er hatte jedoch keine große Lust, recht zu haben, er wollte sich nicht einmischen, lieber über die Refinanzierungsoptionen sprechen, die der EisBank kurzfristig zur Verfügung standen, aber ich war nun in Fahrt. Wir teilen, vor allem ich, die Kosten für ein Zimmer mit Dusche in einem Stundenhotel, für gemeinsame Essen, wir hören uns beim Reden zu, halten Taxis an, in denen wir uns küssen und aus denen wir wieder aussteigen, um jemand anders zu treffen, wir rufen einander aus heiterem Himmel an, reservieren einen Tisch für den nächsten Tag, um dann abzusagen. Ich habe das alles sehr flüssig vorgetragen, ohne nach Worten zu suchen, ohne zu zögern. Ich habe oft poetische Anwandlungen nach einer großen sportlichen Anstrengung. Er sagte, verstehe, verstehe. Und ich, zunehmend lyrisch, sprich peinlich, sagte: Du öffnest mir die Augen, Oliver, diese Geschichte hat sich hiermit erledigt, sie bedeutet mir eigentlich nichts, wir fangen bereits an, die Leere zu spüren, wir füllen sie mit allem Möglichen, hauptsächlich mit Wörtern, natürlich sagen wir einander, ich liebe dich, um die Langeweile zu vertreiben. Oliver musste pinkeln gehen, so unangenehm war ihm das Ganze. Kann ich nachvollziehen. Wir kennen uns nicht gut, und ich habe es ihm nicht gerade schmackhaft gemacht, das zu ändern, dafür habe ich ein Talent. Wir sind ins Büro zurückgekehrt.

In der Zwischenzeit hatte er mir den Tag mit seinen dämlichen Fragen versaut. Jedes Mal, wenn ich irgendwem von Laure erzähle, endet es in einem Gemetzel, und ich würde ihr am liebsten binnen einer Stunde den Laufpass geben. Ich habe es nicht getan. Ich habe mit ihr an der Place Dauphine zu Abend gegessen, mit der Idee, mich wieder ein bisschen zu verlieben, so, wie andere sich einen kleinen Schuss gönnen. Sie kam zu spät, war nicht besonders gut gekleidet, ihr Haar roch ein wenig fettig vom Kochen. Sie gibt sich keine Mühe mehr, dachte ich. Sie hatte bereits das Abendessen für die anderen zubereitet, nach eigener Aussage ein klugscheißerisches Lachsgericht, es aber irgendwie geschafft, nicht mitzuessen. Irgendwie geschafft. Ich habe nicht gefragt, wie, wahrscheinlich bin ich wieder einmal als Catherine oder Gabrielle durchgegangen. Das ist keine Liebesgeschichte, sondern der reinste Karneval. Es ist auch keine Sexgeschichte. Mir war die Lust vergangen, dass sie noch hoch zu mir kommt, mit ihrem Handy. Den ganzen Abend lang hatte der Dicke ihr SMS geschickt, um sie auf dem Laufenden zu halten, was die Große trieb, die wer weiß wo war, wir saßen permanent zu dritt am Tisch. Es war kein Platz für mich, ich konnte sie nicht bitten, mir zu helfen, sie zu lieben, es klingelte alle zehn Minuten. Am Ende hat sie dem Dackel geantwortet, dass sie bei Gabrielle übernachtet, ohne mit mir vorher darüber zu reden.

Ich bin nicht Gabrielle, und ich bin auch keine Absteige.

Als ich sie im Auto sitzen ließ, habe ich durch die Windschutzscheibe gesehen, dass sie weinte. Mit anderen Worten, sie leidet, und nein, da mache ich nicht mit. Ich bin nicht bereit, ein anderes Leben als mein eigenes zu verpfuschen. Ganz abgesehen davon, dass du auch irgendworan leidest, glaub nicht, dass ich den Schlag vergessen habe, den du mir versetzt hast. Ich werde sie morgen verlassen, oder übermorgen.

Du wirst einwenden, dass sie dich liebt. Sie glaubt daran, wie alle Traumtänzer. Ich war mir sicher, dass du sie verteidigen würdest. Du wirst behaupten, dass sie interessant ist, sie weiß viele Dinge. Genau, das ist es, was mich nervt, es beansprucht Raum. Und Wissenschaftlerin ist unter Akademikern der höfliche Ausdruck für arme Kirchenmaus, was verdient eine Professorin, vielleicht 2000 Kröten. Du wirst sagen, dass sie toll aussieht. Das soll ein Scherz sein, hoffe ich? Das ist vergänglich und trifft auch nicht immer zu. Sie ist ehrlich. Das ist sie, fürwahr. Was, nebenbei bemerkt, eine Tugend ist, die man bei einer Käse- oder Fischverkäuferin zu schätzen weiß, wenn es darum geht, wie frisch die Ware ist. Ehrlichkeit taugt was in der Landwirtschaft, und davon abgesehen, ist sie ihr abhandengekommen. Denn Tatsache ist, dass sie ihren Mann betrügt. Sie soll stark sein? Hör auf, sie flennt in einem durch, und ich kann mit ihr machen, was ich will. Sie findet mich schön. Stimmt, aber eines Tages wird sie aufwachen. Wir haben guten Sex. Dagegen kann ich nichts sagen. Aber sie mag keine Hunde, und ich habe Professorinnen noch nie gemocht, also, worüber reden wir. Sie und ich, wir haben nichts gemeinsam, nur eines: Wir verstehen uns nicht. Ja, ich fühle mich besser, danke. Aber das liegt hauptsächlich am Alkohol.

Als du nach Hause kommst, ist es Nacht, Anna schläft, Véra ist noch nicht zurück. Anton irrt in der Küche umher, er hat soeben, erklärt er dir, die Tür des Schranks unter der Spüle mit einem Fußtritt schließen wollen und sie dabei eingetreten. Weitere 200 Euro, plus zwei nervige Stunden bei Castorama, denn die lästigen Aufgaben überlässt du ja alle ihm. Gerade durchwühlt er den Gefrierschrank, um dem Eis eine Flasche Limoncello zu entreißen.

»Ein Andenken an diesen beschissenen Sommer. Willst du auch einen?«

Du sagst, Nein, er kündigt an, dass er sie austrinken wird, das hat er sich verdient, nachdem er wieder einmal den ganzen Abend auf deine Tochter gewartet hat, krank vor Sorge um dieses übergeschnappte Kind, das nicht zu Hause schläft, seinen Vater schlägt, ohne sich dafür zu entschuldigen, während die Mutter sich einen Dreck schert und immer woanders ist, immer gibt es eine Freundin, die wichtiger ist, und ich, sagt er, was ist mit mir, denkst du auch daran? Du bist nie mehr da, ist dir klar, welche Leere du hinterlässt, Laure, du fehlst mir.

Die plötzliche Sanftheit seiner Stimme und etwas anderes, etwas Undefinierbares und Vertrautes, verraten dir, dass er mit dir schlafen will. Du entziehst dich ihm seit zwei Monaten. Seit zwei Monaten betest du die jahrhundertealten Ausreden herunter. Die Mädchen, Anna, die Seminare, das Älterwerden, deine Forschung, das Geld, die Erschöpfung – dein Verlangen bleibt dabei auf der Strecke, wird von all dem absorbiert. Diese Rhetorik der Vermeidung hast du ausgeschöpft. Anton ist müde, angeschlagen.

»Ich brauche es«, gesteht er, den Tränen nahe, und kapituliert ganz offensichtlich vor den Männlichkeitsschwüren, die er seit seiner Kindheit sich selbst gegenüber geleistet hat.

Noch kannst du deine Haut, auf die fremde Initialen tätowiert sind, zu einem weißen Hemd wenden, für eine oder zwei Stunden. Deiner Hand ein gelerntes Streicheln befehlen, das man als primitiv ansehen mag. Du denkst, das tun Frauen schließlich seit Urzeiten. Und wieder gelobst du, dass es das letzte Mal sein wird.

Ihr bleibt auf dem Sofa sitzen. Schon bald, kaum dass du die Augen geschlossen hast, gelingt es dir, unter Antons schwerem Körper Cléments kantige Schlüsselbeine zu spüren, den Geist der Umarmung, die er dir vorhin verweigert hat. Und das ist das eigentlich Anstößige, das wahrhaft Obszöne. Den Körper des anderen als Schwungrad zu nutzen, sich im Traum verführen zu lassen.

Es ist ein kurzer Ansturm, und ihr hinterlasst Flecken auf dem Sofa. Ich bestelle ein neues bei Habitat, dieses hat eh ausgedient, sagst du, als Anton sich zurückzieht. Er entgegnet, während er sich abtrocknet, dass in Kürze erst die letzte Rate dafür fällig wird.

An diesem Abend beginnst du, dir ganz allein zu vergeben.

Später, im kalten Schlafzimmer, schläft Anton nicht, dabei könnte er. Es ist selten, dass er nach dem Sex wach bleibt. Er hat, sagt er, den Wecker auf sieben Uhr gestellt, er liebt dich. Du betest, dass Anna ruft und dich in ihrem Zimmer in Beschlag nimmt.

»Hast du das gehört?«

»Nein, was?«

»Anna.«

Kurz darauf schaust du im Schein einer Nachtlampe deiner schlafenden Tochter zu, sie wirkt aufgewühlt von einem Traum, der, stellst du dir vor, von Verlassenheit handelt. Sie wacht auf, deine Wärme hat ihre Ruhe gestört.

»Mama, bleibst du?«

»Ja, schlaf.«

»Ich schlafe.«

»Hast du deiner Schwester von dem Mann mit dem Hund erzählt?«

»Nein ...«

Sie atmet aus und schlummert wieder.

Du liegst am Rand eines rosafarbenen Bettes mit weißen Tupfen und hörst zum ersten Mal, wie die Scham in dir aufsteigt. Mit ihr ertönt eine helle Stimme, die wie Véras klingt, zu ähnlich, um wahr zu sein. Eine Stimme, die sagt, Laure, sieh dich an. Du bist eines Bankers jährlicher Wertzuwachs. Du flehst darum, von einem solchen Mann, der alles mit einem Preisschild versieht, sogar das Wasser, aufgezehrt zu werden. Mach nur weiter so, er wird sich alles nehmen, allerdings einzeln, stückweise. Da du wie alle das Geld mehr als die Liebe liebst, wirst du durchhalten, bis du entbeint daliegst und aus einer geduldigen und hartnäckigen Geliebten die verwöhnte Frau hervorbricht, die Ansprüche stellt. Du wirst befürchten, ihn wegen eines falschen Wortes zu verlieren, wegen der Falten, die sich mit der Zeit um deinen Mund bilden. Und du wirst die Ellen nicht zählen, die dich über die Mutter deiner Mutter erheben, du wirst gar nichts mehr zählen. Du wirst dich verausgaben. Du wirst auch in diesem Stadium noch behaupten, dass der Zufall dich in seine Arme getrieben hat. In Wahrheit ist es, nach dreißig Jahren Anstrengung, die Müdigkeit der einst Unersättlichen gewesen: die Müdigkeit, man selbst geblieben zu sein. Und dann wirst du dir eine Schulbuchwahrheit eingestehen. Du hast an ihm den harten Erfolg geliebt, für den du keine Zeit mehr hattest, mangels Verwirklichung hast du dich für Verschmelzung entschieden. Das zu wissen, wird nichts ändern. Immer trauriger, wirst du einfach zustimmen, so weiterzumachen. Du wirst dich verfluchen, darüber lachen. Und dann bist du in deiner Epoche angekommen. Arrogant und verkauft.

Du glaubst kein Wort von dem, was du dir selbst erzählst. Du liebst verletzte Menschen. Du wartest darauf, dass das Blut zum Herzen zurückfließt, dass die Haut wieder warm wird, dass die Hände von Lila zu Rot wechseln, das ist alles. Du bist in allen Zeiten zu Hause.

Anna wälzt sich im Schlaf hin und her. Du verlässt das Zimmer mit der Nachtlampe. Die Scham, die wie die Müdigkeit immer nur zu Besuch kommt, ist verschwunden.

Ich werde dir die 20-Uhr-Nachrichten einschalten, Papa.
Du hast es nicht verdient, mich den ganzen Abend über
das Wochenende jammern zu hören, aus dem ich nichts
gemacht habe, schlimm genug, dass du hustest. Ich fühle
mich nicht gut. Nicht mal einen runtergeholt habe ich
mir bisher. Während Amin Tennis spielte und Grette sich
der Erziehung polyglotter Kinder widmete, dabei stets
überlegend, was sie noch tun könnte, um in ihnen den
Wunsch zu wecken, Schulden zu begleichen, statt Bom-
ben zu legen, habe ich zwei Tage lang die Zeit totgeschla-
gen, habe nichts weiter getan, als mir das Schaufenster
eines geschlossenen Immobilienbüros anzugucken. Ich
könnte heulen, wie mit vierzehn. Wie gern würde ich
wieder bis 23 Uhr 30 warten, um dann meinen Vater in
seinem Büro zu belästigen, damit er seine Unterschrift
unter mein mieses Zeugnis setzt, in dem nicht ein Wort
der Ermutigung seitens des Klassenrats steht. Er würde
sagen: Komm rein, mein Freund, aber nicht die Tür zu-
knallen, das strapaziert ihre Nerven, außerdem schläft
sie. Sie, seine Frau. Ich würde ihn fragen, was er gerade
macht. Ich arbeite, würde er sagen, aber unter uns Männern wäre klar, dass er sich versteckt. Warum, würde er

sich schließlich wundern, willst du bei diesen schlechten Zensuren mit Latein weitermachen? Zwei Punkte sind keine Note, Clément, das ist ein Röcheln, eine klare Ansage. Warum also? Um deiner Mutter eine Freude zu machen? Dann könntest du auch gleich versuchen, das Meer mit einem Löffel leer zu schöpfen, höre ich ihn lachen, damals unternahm man noch die Anstrengung solcher Bonmots. Vergiss Latein, mein Junge, Kopf hoch. Du wirst Italienisch oder Gitarre spielen lernen, das wird dir neue Perspektiven eröffnen. Aber mein Vater ist tot. Und ich entschied mich damals für beides, Italienisch und Musik, zusätzlich zum Lateinunterricht. Das war viel zu viel. Ich traf keine Freunde mehr, und das ist so geblieben.

Du hast noch nichts gegessen. Interessiert dich der Wetterbericht, oder soll ich ausschalten? Lass uns einen kurzen Blick in den Kalender werfen, für den Fall, dass die EisBank mir noch einen Termin reingedrückt hat, man ist nie vor Überraschungen gefeit, nein, ich mache nur Spaß. Sieh mal, das ist eine Outlook-Seite. Und das Gesicht in dem Kreis dort links, das bin ich, an einem guten Tag. Wie bitte, Montag, 8 Uhr 30, Evaluationsgespräch, wo kommt das plötzlich her? Es ist überhaupt nicht der Zeitpunkt für Evaluationen, sprich, sie haben meine vorgezogen, das verheißt nichts Gutes. Da will jemand Dresche loswerden und es an einem Montagmorgen um acht, im Nirgendwo zwischen Schlaf und

Dämmerung, einfach nur hinter sich bringen. Das stinkt zum Himmel. Nimm es nicht persönlich, ist nur ein Bild. Unter uns, ich habe Olivers Begrüßungsfaust am Freitag zwar nicht als weniger loyal oder weniger energisch empfunden, aber seine Finger waren schlaffer. Und auch die Erwartungen. Diese werden sich in Kombination mit meinen touristischen und zwecklosen Verhandlungen in Siena, kurz bevor der Italiener uns trotz seiner Zusagen hängen ließ, in eine einzige Gewissheit gewandelt haben: Ich gewinne auch bei näherem Kennenlernen nicht.

Ich muss irgendwas vorbereiten, eine nette Plauderei, die gegebenenfalls als Verteidigungsrede taugt, aber natürlich keinesfalls so klingen darf. Setz dich aufs Sofa, oder nein, eher auf die Hinterbeine, und guck mich an wie ein Personaler. Setz den Hundeblick des Typs auf, der ewig Zeit hat, dir zuzuhören, aber in fünf Minuten jemand anders erwartet. Versuch es. Oh, verdammt, perfekt. Das bringt mich völlig aus dem Konzept. Oliver, das Aussteigen der Banca dei Pellegrini war kein Problem, für das es eine Lösung gab. Da war nichts mehr zu machen, es war beschlossene Sache. Es lag am Rating, das ist ein Automatismus, jeder lässt sich bei einem Doppel-A scheiden, es könnte ja ansteckend sein. Ich habe keinen anderen Fehler gemacht als den, dort gewesen zu sein. Ich komme mir vor wie einer, der am Ende des Kriegs dummerweise in Deutschland statt in Amerika geboren wurde. Papa, hau nicht ab, während ich dir die Sache erkläre, wohin gehst du? Du hältst es nicht mehr aus mit mir, das verstehe ich gut. Ich rede mit dir, als wärst du ein Gully. Ich werde dich in Ruhe lassen und mit dir zum Tierarzt gehen. Platz. Guter Hund.

Nachts bei brennendem Licht von Vögeln geträumt.

Am Montagmorgen hatte ich alles vergessen. Da ich nicht in der Lage bin, zu einem einmal durchlebten Gefühl zurückzukehren, vor allem nicht zu einem so intensiven wie der Angst, hatte sich meine Aufregung irgendwann gelegt, was so weit ging, dass ich nicht mal mehr wusste, was ich an einem Montagmorgen um acht im Wartebereich der Chefetage verloren hatte. Außer mich zu vergewissern, dass die News auf dem internen Info-Screen aktualisiert worden waren und man gut sichtbar auf unser jüngstes Sponsoring-Projekt Blaue Welle hinwies, das die natürliche Reinigung von Flussmündungen unter Einsatz einer modifizierten, koprophilen Alge vorsah, die den ganzen Scheiß fressen soll, den die Kläranlagen an die Küsten ausspucken. Ich durfte nicht vergessen, uns in Anwesenheit des CEO zu dieser Sponsorschaft zu gratulieren. Und musste außerdem daran denken, nicht nachzuhaken, was eigentlich mit der vergifteten Alge passiert. Am Horizont, auf der Trennlinie zwischen Wartebereich und Chefsektor, winkt Oliver mich heran. Eine Geste, die man sich für viele Dinge vorbehält, zum Beispiel für Taxis, aber sicher nicht für einen Freund.

»Steh nicht rum, Clément«, kommt er ohne Umschweife zur Sache, falls ich noch Zweifel gehabt haben sollte.

Ich setze mich in Bewegung, bleibe wieder stehen. Er fährt fort mit einer realistischen Betrachtung der aktuellen politischen Lage: betrüblich. Die letzte Regierungsumbildung hat deutlich gemacht, dass wir nur dann das Führungspersonal bekommen, das wir verdienen, wenn wir Idioten sind. Es folgt keine nähere Erläuterung.

»Aber setz dich doch, hast du was vor über Weihnachten?«

Diese Auszeit, findet er, habe ich wie alle hier, wohl verdient. Was für ein Jahr, mein Gott. Er selbst ist vom Vorstand ganz schön gegrillt worden, wir sind alle keine Helden, Clément.

Okay. Es ist also wirklich das Ende.

»Womit willst du anfangen«, legt er los, »mit der Performance?« Deine Performance ist ganz gut, schiebt er gleich hinterher, bis auf diese kleine Riesenbaustelle in Italien, aber, noch einmal, er selbst hätte es wahrscheinlich auch nicht besser hingekriegt. Womit er geschickt den Haken zum Thema Führungsrolle schlägt. Auch ganz gut, was bedeutet, dass die Leute mich nicht besonders mögen und dass Laure wahrscheinlich keine Ausnahme von dieser Regel bildet, aber hüten wir uns, an dieser Stelle über Laure zu sprechen. Oliver würde den Zusammenhang nicht kapieren.

Und während eine eiskalte Sprache in stereotypen Formeln um sich greift (Erosion des Vertrauens, Empathielücke, gestörtes Arbeitsverhältnis), während die samtweich verpackten Attacken nicht einmal mehr ein erkennbares Motiv aufweisen, während es, wie am Ende einer Liebesbeziehung, nur noch darum geht, ohne große Erklärung Schluss zu machen, und es erst 8 Uhr 45 ist, empfinde ich nichts. Absolut nichts. Selbst im Getöse der letzten Worte (kein Grund zur Eile, wir werden eine Lösung finden, bei der jeder gewinnt) dringt nichts zu mir durch. Zu keinem Zeitpunkt heben wir bei alledem unsere Römernasen, die wir beide haben, von den Monitoren, auf denen sich der Börsenkurs abzeichnet, denn auch wenn Fälle zu den Akten gelegt werden und Typen sich mit Handschuhen erhängen, laufen die Geschäfte weiter.

»Ich bin hocherfreut über dieses Gespräch, Clément.«

Ich auch, sage ich und verspüre das dringende Bedürfnis zu pinkeln.

Kurz darauf hocke ich unter dem Dyson-Handtrockner, damit er mir den Schädel und die Schultern röstet, denn es fühlt sich so wahnsinnig gut an, danach. Hätte ich eine Frau, die nicht die Frau eines anderen ist, würde ich sie darum bitten, jeden Tag. Erst das Brennen im Nacken, danach ihre kühlende Hand. Hätte ich eine ganze Frau und nicht nur einen Zipfel, könnte ich ihr sagen, dass ich eine schlechte Note bekommen habe, obwohl ich gut vorbereitet war. Es wäre mir egal, wenn sie mein wahres Wesen, den Loser, entdecken würde, denn wir würden uns im Glück wie in der Krankheit lieben. Erst als ich Safia hereinkommen sehe, dämmert mir: Ich habe mich im Ort und im Geschlecht geirrt, ich war so neben der Spur, dass ich nicht mehr wusste, wo oder wie ich scheißen sollte. Dabei ist das wirklich einfach, es gibt Piktogramme.

»Was hast du bei den Frauen zu suchen, Clément, noch dazu am Boden?«

Anstatt?

Heute hältst du zum ersten Mal seit langer Zeit Wort in deinem Scharlatanleben. Du wirst mit Véra, in Vorbereitung auf die Abiturprüfungen, den Stoff in Französisch durchgehen. Du wartest auf sie, vertieft in die Betrachtung eines muffigen Exemplars von *Andromache*. Eine beige-blaue Hachette-Ausgabe aus dem Jahr 1965, deren gelb gesäumte Seiten nach Leder und Schimmel riechen. Auf dem mit Tintenflecken übersäten Einband, der sich inzwischen anfühlt wie Löschpapier, ist in Schwarz-Weiß noch das tragische Gesicht von Jean Marais in der Rolle des Orest zu erkennen. Es handelt sich um dein altes Exemplar, dein verblasster Name steht noch mit Kugelschreiber oben rechts auf der ersten Seite: Laure Gref, 11 L. Allerdings ist er durchgestrichen. Darüber, in einer geraderen Schrift: Sylvie Pallet, 10 C. Deine Mutter. Auch ihr Name durchgestrichen. Darunter, in Grün: Véra Gref, eine Folge von Großbuchstaben, die sie in Unkenntnis des Namens ihres Vaters niedergeschrieben hat. Du hattest ihn in einer Bar kennengelernt, und es war zu früh, um sich nach etwas anderem als dem Vornamen zu erkundigen, später war es Nacht, und ihr zu nackt. Und am nächsten Morgen war er weg.

»Véra! Ich warte.«

Du hast die Texte aus dem Lehrplan auf dem Tisch zusammengetragen. Du möchtest, dass sie über ein Heft gebeugt dasitzt, brav wie früher, als noch Märchen auf dem Programm standen. Nicht um ihretwillen, sondern deinetwegen. Du würdest töten, wenn du wenigstens für eine Stunde wieder auf dem Pflaster der anständigen Frauen wandeln, deiner Tochter Lesen beibringen und den Kakao aufwärmen dürftest. Du hast zwei Gläser mit Milch gefüllt und eine Schachtel Kekse geöffnet.

»Du bist lächerlich«, stöhnt das Fleisch deines Fleisches, als es endlich die Güte hat, sich aus dem trägen Mittagsschlaf einer Schulabbrecherin zu erheben.

Du liest ein paar Auszüge aus Racine laut vor und achtest dabei auf die Zäsuren. Du entdeckst die altvertrauten Schicksale der von Hoffnungslosigkeit geprägten Epen wieder, die Königshäuser, erschüttert durch immer neues Leid, das ihnen Liebe, Krieg, Stolz, die eigenen Brüder und am Ende sogar die Götter zufügen. *Die Glut der Liebe,* liest du aufs Geratewohl, *lässt sich nicht / Verschließen in des Busens Schrein, bei ihr / Wird Alles zum Verräter: Blicke, Worte / Und selbst das Schweigen. Eine Glut, die man / Verdeckt, bricht um so mächt'ger nur hervor.*

»Was soll das werden, eine Vorlesestunde für Blinde?«, unterbricht dich Véra. »Ich kenne das Stück, es geht eher darum, dass du mir Fragen stellst.«

194

»Kannst du die Diegese von *Andromache* zusammen-
fassen?«

»Nein.«

»Was verstehst du nicht?«

»Diegese. Gut, ich muss los. War ne Schwachsinnsidee.
Du hast bestimmt auch noch was in der Stadt zu tun.«

Sie steht auf.

»Setzen.«

»Hörst du dich selbst reden? Setzen? Ist das dein
Ernst?«

Immerhin, sie gehorcht, allerdings ohne dir etwas vorzu-
machen, ihre Folgsamkeit ist reine Taktik, um die Sache
schnell hinter sich zu bringen. Und ohne Luft zu holen,
ohne dich aus den Augen zu lassen, schwingt sie sich mit
einem Mal auf zu einem flammenden Vortrag, nach dem
Motto, du hast es so gewollt.

Andromache, sagt sie, Ex-Sexbombe des Palasts, hat
sich nur Körbe eingefangen und hält sich trotzdem für
die Größte, sie ist die Königin. Sie spinnt schon den
ganzen Sommer rum, aber niemand hat aufgemuckt.
Chanel-Sandalen hier, Hermès-Toga da, 4000 Taler im
Dispo und nichts in der Birne. Ihr Macker Hektor wurde
von Achilles umgelegt, Andromache ist echter Mytho-
Trash.

»Schluss jetzt!«

Mytho wie mythologisch, wie mythomanisch, halb
Nutte, halb Sklavin, fährt Véra fort. Sie logiert im Haus

von Pyrrhus. Bei der Queen, erklärt deine Tochter, geht es nämlich zu wie in einer Mühle. Das Rad dreht sich immer weiter, ist ein Kerl passé, kommt der nächste, und der heißt Orest, abgeleitet von »Oh reste«, was so viel bedeutet wie »Bitte bleib«. Warum dieser Name? Weil er einer ist, der immer abhauen will, die Königin sammelt diese Typen seit Ewigkeiten und macht Kinder mit ihnen. Orest ist ein Hurenbock, er ist überhaupt nur zum Rumhuren auf der Welt. Doch die Königin hält sich wacker: Na schön, wir ficken, aber vorher machst du Pyrrhus kalt, den Möchtegern-Ehemann.

»Diese vulgäre Art ist unerträglich, Véra.«

»Stimmt. Aber das liegt nicht an mir, sondern an ihr. Hältst du durch, oder soll ich aufhören?«

Du nimmst einen großen Schluck Milch und verspürst einen kolossalen Brechreiz. Milch wirkt ohne Rücksicht auf Verluste.

»Fass dich kurz.«

Orest, der sich sicher ist, dass er das lange Elend in der Toga knallen wird, beginnt Pyrrhus mit dem Schwert zu durchlöchern, ziemlich üble Nummer, dann schlitzt er Zehnerreihen von Trojanern auf, Kinder eingeschlossen, das alles nur, um zu ficken. Ein Alphatier vor dem Herrn. Heirat, Sex, Abstieg. Am Horizont kein rettendes Wunder in Sicht. Das Gras nicht grüner als anderswo, die Kinder im Internat, Wiederkehr des Patriarchats.

»Okay. Das reicht.«

Das Ende ist das Beste, Mama. Die Queen ist nämlich

kein Opfer, sie ist auf Überleben getrimmt, man dachte, sie hätte sich beruhigt, aber nichts da, auf einmal packt sie den neuen Gatten bei den Eiern, während er mit seinem Hund das große Rugby-Top14-Finale glotzt, und dann, verdammte Scheiße, endlich, wirft sie ihm seine Krone vor die Füße. Du und deine Schläger, ihr reitet jetzt auf der Stelle von meinem Hof. Oder was?, blinzelt der Schwachmat sie müde an. Dann, grandioser Auftritt von Andromache: Oder ich mache euch alle fertig, einen nach dem anderen. Die Große Säuberung, schließt Véra, noch Fragen?

Du trinkst den Rest der Milch und treibst auf diese Weise die Übelkeit, die sich mit deinen Gefühlen deckt, bis zum Äußersten.

»Nein, alles klar.«

»Am Ende des Tages bin ich es, die dir Nachhilfe gegeben hat. Ich gehe dann jetzt.«

Sie verschwindet, du stehst auf, um dich ins Spülbecken zu erbrechen. Du redest dir ein, dass du träumst, dass sie es weder wissen noch dir gefolgt sein kann. Dabei warst du die letzte Person, die du nicht angelogen hast.

15. November, 22:02, KT 37,6°,
AF 19/min, HF 88/min, BD 130

Die Putzfrau ist nicht gekommen, ich hatte fest mit ihr gerechnet, habe aber Montag und Donnerstag verwechselt. Das Parkett ist total versifft, in etwa so gastlich wie Oliver. Und ich selbst bin genauso klebrig, Müdigkeitsschweiß, La-Défense-Staub, heute Abend unterscheidet uns also nur der IQ, wenn überhaupt. Das Parkett ist exakt seit 1930 hier der Herr im Haus, und angesichts der Tatsache, dass es mich überleben wird, dieses Arschloch, kann es über meine Anwesenheit und meine Liegestütze, die dazu angetan sind, den Teppich auf der Chefetage zu ruinieren, nur grinsen. Aus der Duschwanne steigt ein widerwärtiger Geruch auf, Papa hat dort reingepinkelt, na ja, Schwamm drüber. Platz, mein Guter, was für ein Elend. Ich suche nach einem Schluck Hochprozentigem, irgendwas, womit man sich abschießen kann und das einen reinigenden Effekt hat. Fehlanzeige. Für YouPorn ist es noch zu früh, und außerdem habe ich Laure mein Wort gegeben.

Auf zum Monoprix mit den langen Öffnungszeiten, lausige Kälte, Drehtür, ich werde jemanden umlegen, Kasse, lausige Kälte, ich habe doch niemanden umgelegt, zurück auf die Couch mit einem Rhum agricole, der sich zum Flambieren von Crêpes eignet, und nichts zu essen. Auf einen Schlag schießen mir fünfundzwanzig Zentiliter senkrecht in den Magen, dann ins Blut. Gleich darauf spüre ich, wie mir ein 50 Grad heißer Schwall in die Beine, in den Schwanz, in die Zehen strömt, für ungefähr dreißig Sekunden fühle ich mich wohl und einem Armeekorps sehr nahe. Ich verstehe, was in Soldaten vorgeht. Wenn mir in diesen dreißig Sekunden irgendeine Sacknase mit Offizierstressen »Attacke« zugerufen hätte, wäre ich mit der Flasche in der Hand über das Marsfeld gerannt und hätte mich geprügelt. Aber es ist schon wieder vorbei. Ich tippe Laure, dahinter drei Pünktchen, mehr nicht.

Keine Antwort, sie muss es gewittert haben, aus dem Norden von Paris ist er über Nanterre hin zu ihr geweht, der Wind der Niederlage. Jetzt weiß sie es, sie hat es begriffen. Ich an ihrer Stelle würde mir auch nicht schreiben. Ich schicke ihr per Mail eine Einladung ins Theater für Ende des Monats. Sie antwortet, dass sie mitkommt. Also darf ich hoffen, dass sie mich zumindest in zwei Wochen sehen will, oder sie mag Musset gern. Das Stück habe übrigens nicht ich ausgesucht, sondern der Betriebsrat, die EisBank reserviert immer ganze Reihen, um die Kultur zu subventionieren, auf dass es noch ein bisschen weitergeht. Die Löwen im Kolosseum sind am schönsten, wenn sie langsam sterben, nicht auf einen Schlag.

Drei HD-Videos später meide ich Papas Blick und wundere mich nicht mehr über die erbärmlichen Szenen, bevor der eine der anderen ins Gesicht spritzt. Die armen Mädels machen das Beste aus dem, was ihnen die Versager von Warner auf den Leib schreiben. Ich lösche meinen Verlauf, schließlich weiß ich nicht, welche Zugänge Oliver sich zu mir verschafft hat. Ich wische mich mit der Monop'-Daily-Serviette ab, eine Frau würde sagen, dass ich stinke. Als der Bildschirm ausgeschaltet ist, sieht man nur noch das grüne Spotify-Symbol im Dunkeln. Aus der Not heraus und weil niemand mich hören kann, ziehe ich mir Jean-Jacques Goldman rein. Wie gut die Musik ist. Ich habe die Bässe aufgedreht, um Papas Röcheln am anderen Ende des Flurs zu übertönen.

16. November, 16:02, KT 37,6°, AF 19/min, HF 90/min, BD 170

»Was soll das heißen, der Hund ist Ihnen zugelaufen?«

Noch einer, der denkt, dass du und ich das Ergebnis eines Irrtums sind. Einen Welpen ohne Mikrochip, ohne Namen und Adresse, in einem Karton an der Gare de l'Est zu finden, gilt heutzutage als fünfblättriges Kleeblatt. Oder als Diebstahl.

»Wir reden hier von einem Berner Sennenhund. Haben Sie einen Impfpass?«

Als ob ich dich inzwischen nicht hätte registrieren lassen, mit Hundepass und Chip. Seit fünf Jahren reisen wir völlig legal. Der Berner Sennenhund, eine sehr alte Rasse, hat den Hirten auf den helvetischen Almen gute Dienste geleistet, und ganz gewiss wäre er dort besser aufgehoben als in einer Stadtwohnung. Aber wenn man so argumentiert, gilt das für alles. Die Sache mit dem Bahnhof wurmt den jungen Mann. Er hätte es lieber gesehen, wenn ich 1500 Euro zuzüglich Steuern für dich hingeblättert hätte, das ist dein aktueller Kurs. Es passt ihm nicht, dass ich dich auf natürlichem Wege bekommen habe, er bestand auf einer Hundezucht in Versailles und offiziellen Papieren. Und ich wünschte mir den Tierarzt von früher zurück. Den, der an einer Lungenkrankheit gestorben ist und Katzen lieber mochte. Was soll man machen.

»Einen Berner Sennenhund zu finden ist ungewöhnlich, selbst an der Gare de l'Est.«

Er lässt nicht locker. Der Typ hat zwölf Jahre lang studiert, um sterilisierten Maine Coons Xanax zu verschreiben, und will uns nun erklären, was normal ist. Ich hoffe, du lachst gleich auf Schweizerdeutsch. Und das da, dort im Regal, diese herzförmigen Dinger, sind die normal, habe ich gefragt, um das Thema zu wechseln.

»Die Kisten?«

Lassen Sie mich raten. Die sind für den Valentinstag, ich nehme an, so was nennen Sie normal. Arme Tiere, euch bleibt nichts erspart. In den USA werdet ihr verheiratet, auch das läuft unter normal. Denk daran, mein lieber Papa, dass du es noch schlechter hättest treffen können, und beiß die Zähne zusammen. In zehn Minuten sind wir draußen. Es ist nur eine Kontrolluntersuchung.

»Das sind Urnen, für die Asche nach einer Feuerbestattung. Die Besitzer möchten in der Regel etwas bewahren.«

Hör nicht zu, Papa, zieh dich aus. Hals Nase Ohren. Er isst nicht mehr viel, Doktor, und wenn man mit ihm an die Seine will, muss man ihn förmlich anflehen. Gestern Abend musste ich ihn vom Pont des Arts zur Statue Heinrichs IV. tragen, er mag sie sehr, ob wegen des Pferdes oder des Schicksals Heinrichs, weiß man nicht so genau. Jedenfalls lässt Papa sich nach fünf Jahren, in denen er mein Leben und grundlegende Entscheidungen wie links, rechts, Fleisch, Fisch, komm, sitz, in die Hand genommen hat, plötzlich ziehen. Er verweigert sich, bleibt wie ein Elendshäufchen an jeder Ecke liegen. In Ihrem oder meinem Fall wäre das nur natürlich, unsere Spezies und unsere Zeit liefern uns genug Gründe, um zusammenzubrechen. Aber bei einem Rassehund, der über einen freien Willen und einen Überlebensinstinkt verfügt, ist das unerklärlich, Doktor. Ich habe versucht, es zu ignorieren, um weiter Hoffnung zu schöpfen, aber das reicht nicht mehr, wir müssen handeln, auch wenn es mir zuwider ist. Vielleicht will er mir aber auch nur etwas mitteilen? In Bezug auf Gott oder auf eine gewisse Laure. Bestimmt kann man mit dem Stethoskop einen Vornamen hören.

»Wird es wieder werden?«, mehr habe ich nicht über die Lippen gebracht.

»Machen Sie sich Sorgen wegen des Knotens?«

Scheißegal, der Knoten. Papa will mir etwas sagen, und die Frage ist, was. Er ist am Ende seiner Kräfte, übersetzen Sie es für mich, bevor er krepiert.

»Wird es wieder werden, Doktor?«

Spucken Sie es aus, verdammt. Man lässt einen zahlenden Kunden nicht einfach so auf ein »Das wird schon wieder« warten, ohne Aircondition.

»Sie machen sich zu Recht Sorgen, es ist kein verschieblicher Knoten.«

Zum Teufel. Ich setze mich hin, er macht weiter. Von

einem Satz zum nächsten wird dein Knoten zu einer Masse, einer Masse, der er einige Zellen entnehmen wird, der er tatsächlich Zellen entnimmt, die rettende Geste folgt auf das tödliche Diktum, ohne Vorwarnung. Du hättest Nein sagen können. Schon passiert. Er wird die Probe ins Labor schicken, vielleicht ist es ja nur Fett. Aber natürlich ist es das nicht nur.

»Ich habe da meine Zweifel.«

Wenn ein Wissenschaftler zugibt, dass er sich bei einem Ergebnis nicht so sicher ist, ist er sich bei dem anderen umso sicherer.

»Ich will nicht verhehlen, dass es sich sehr wahrscheinlich um eine Tumormasse handelt.«

Nun ist es raus. Ich darf nicht in Ohnmacht fallen, denn diesmal muss ich dich nach Hause führen. Ich sehe zwei Hunde und zwei Tierärzte. Was auch daran liegt, dass ich schon seit einer Weile nichts gegessen habe, ich wiege fünfundsechzig Kilo, ich habe mich auf die Tierwaage gestellt, als du auf dem Tisch lagst.

Er geht davon aus, dass dir in der Zwischenzeit bei starken Schmerzen Kortison weiterhilft. Annahme gleich Gewissheit, falls du verstehst. Also leidest du. Aber worüber wundere ich mich. Das ist doch, wonach die meisten Menschen streben. Abgesehen von der Knete. Es steht sogar an erster Stelle, es war schon da, bevor es den Körper gab, denn erst die Not bringt das Werkzeug hervor.

Am Anfang war das Leiden, und dann wurden wir zu

Fleisch, damit wir ihm nicht aus dem Weg gehen können. Gleich darauf kam das Geld. Als Nächstes Fingernägel und Zähne, damit wir es an uns reißen können. Es folgte die englische Sprache, und dann war Schluss.

»In diesem Stadium«, sagt er, »spritzt man das Kortison.«

Stadium meint erhöhter Schweregrad, Papa. Du sollst dich trotzdem körperlich anstrengen, damit du nicht zu sehr in die Breite gehst.

»Möchten Sie die Ergebnisse per E-Mail erhalten oder soll ich Sie lieber anrufen?«

Es ist so weit. Es geht los mit den Optionen, sie werden auf uns niederprasseln.

Bleib auf meinem Arm, irgendwann wird schon noch ein Taxi kommen. Ich weiß nicht, warum sie alle so gucken, darf man jetzt nicht mal mehr einen sechzig Kilo schweren Berner Sennenhund in einem Tragetuch transportieren? Was du da auf der linken Seite vibrieren spürst, ist übrigens nicht mein schwächelndes Herz, Papa, es ist mein Handy.

Es ist Laure, eine Nachricht.

Sie glaubt, dass ihre Tochter etwas ahnt.

Ab diesem Moment bin tatsächlich ich es, der zittert. Der Zweifel ist das Vorzimmer der Wahrheit, und mit der Wahrheit beginnt der Fall. Sie wird es zugeben, den anderen verlassen, herkommen, fordern. Es wird nie

aufhören, Papa, mit dieser Frau holt man sich die indus-
trielle Revolution ins Haus, sie wird einen immer begleiten und überrollen, ich habe es geahnt. Weißt du, was wir
tun werden? Wir gehen nach Hause, schlafen, und morgen verpissen wir uns in aller Herrgottsfrühe aufs Land.

Wir sind in einer Stunde da, Papa, bei Maman. Du kannst
nicht allein bleiben, ich muss arbeiten, und es ist gerade
kein guter Moment, dich mit ins Büro zu nehmen. Du
weißt nicht, wie du dir das Kortison spritzen musst, das
ist eine echte Aufgabe. Du bist zum Hüten von Schafen
geboren, auch wenn du bei mir gelandet bist. Aber meine
Mutter kann zustechen, keine Sorge, das schafft sie, ohne
hinzusehen, und bei ihr bist du in der Natur, umgeben
von Vögeln, du wirst eine gute Zeit dort haben. Ich höre
dich genau: meine Mutter und eine gute Zeit – wo ist
der Zusammenhang? Es gibt keinen. Die Verbindung,
die ich sehe, besteht eher zwischen Grün und Gesund-
heit, zwischen Hund und Wiese, zwischen viel Platz
und Rennen. Du rennst nicht mehr, stimmt, du musst
zugucken, wie die Kaninchen dir vor der Nase weg-
hoppeln, ich Idiot. Ehrlich, ich dachte, der Besuch bei
meiner Mutter könnte dir guttun, sosehr mich der Gedanke schmerzt, von dir getrennt zu sein. Sollen wir
lieber umkehren, und du machst dein Geschäft am Quai
de l'Horloge? Ein Wort von dir, und ich blase alles ab.
Warte kurz, das ist Laure.

Sie schreibt, dass sie mit mir sprechen will, *sprächen*

will steht dort, es scheint ihr ziemlich schlecht zu gehen. Ich werde zurückrufen, wenn ich Benzin nachfülle. Das hat mein Vater immer gesagt, wir müssen Benzin nachfüllen. Von ihm habe ich auch die Vorliebe, mit 110 über die Landstraße zu brettern, er trainierte jedes Mal ein bisschen für seinen Tod auf der Straße. Nicht, als ich klein war, da noch nicht. Bis zu meinem zwölften Lebensjahr fuhr er standhaft 90 km/h, und zwar angeschnallt. Er ließ sich erst gehen, als ich alt genug war, um zu begreifen, dass wir einen Notausgang brauchten. Wir haben unvergessliche Spitzengeschwindigkeiten hingelegt. Ah. Total-Tankstelle in drei Kilometern, wunderbar. Das ist die mit den Geschenken für Kinder, Total sei Dank, dass wir alle Comic-Hefte von *Albert Enzian* besitzen. Nein, wir brauchen kein Benzin, ich habe bloß so gar keine Lust mehr anzukommen. Das ist mir Weihnachten 2016 auch schon so gegangen, erinnerst du dich? Der Abend, als wir mit der Gänseleberpastete an der Avia-Raststätte »Die Mimosen« gestrandet sind; der Alten haben wir erzählt, als wir morgens um zwei ankamen, wir hätten die ganze Zeit einen Schneepflug vor uns gehabt, ab Orléans sei nur noch Stau gewesen. Dabei hatte es nicht eine Flocke geschneit. Sie hatte mich zuvor wieder einmal als armen Irren bezeichnet. So, hier halten wir an. 1,34 für Diesel, das ist gut. Ich sage das, ohne mitreden zu können, den Preis für ein Barrel habe ich, wie übrigens so ziemlich alles, schon seit einiger Zeit aus dem Blick verloren. Bleib sitzen, ich springe nur kurz in den Laden, ich weiß noch nicht, was ich will. Nein, nicht von der Zukunft, der Drops ist gelutscht. Ich meine, was für ein Sandwich.

Da bin ich wieder, 70 Euro für einmal volltanken später. Schläfst du? Ich habe dir einen Wrap mitgebracht, die hatten nur diesen, mit Fleisch. Und das hier ist ein Pinguin. Ich bin schwach geworden, weil er so weich war. Vorsicht, der ist nicht zum Essen, es ist ein echter aus Synthetik, wie die anderen. Ich werde ihn mit meinem Duft besprühen, für den Fall, dass du Alb-träume hast. Ich habe Laure zurückgerufen, sie fand, ich hätte ihr sagen müssen, dass wir zwei Tage nicht da sind, sie wollte uns treffen. Es geht ihr überhaupt nicht gut. Ihre Tochter ist auf Krawall gebürstet und schwänzt seit Wochen die Schule. Ich habe gesagt, ach du Scheiße, was sollte ich auch anderes sagen. Und außerdem habe ich ihr aus Fürsorge die Probleme mit den Pinguinen bei der EisBank und deine Tumorgeschichte erspart. Aber sie er-wartete mehr, wie immer. Und hat dann, mit einem Ich bin auch verletzlich, Clément, ich bin auch allein, noch einen draufgelegt – das, muss ich gestehen, konnte ich ihr nicht einfach durchgehen lassen. Du wirst mir wohl zu-stimmen, dass es nicht der Deal des Jahrhunderts ist, sich auf seine eigene Verletzlichkeit zu besinnen, wenn der andere den ganzen Rest zu stemmen hat. Es ist mir raus-gerutscht, weil ich nicht abgeschaltet hatte. Ich war nicht konzentriert, du schmortest schließlich seit zwanzig

Minuten im Benz vor dich hin, und das in deinem Zustand. Es entstand eine Pause, die sich nachgerade anbot, sie mit einem Für dich ist es so einfach, Laure zu füllen. Als ich mich selbst hörte, war es schon zu spät.

Sie sagte nichts mehr, nur noch, dass es ihr leidtue. Verliebte Frauen setzen einem nichts entgegen, Papa, das ist die Gelegenheit, seinen Mann zu stehen, und meistens bleibt es die einzige. Sie lassen sich aus dem Konzept bringen. Wir neigen dazu, in einem solchen Moment auf sie einzuprügeln, weil wir uns sagen, wenn sie mich liebt, wird sie es verkraften. Das Gegenteil ist der Fall. Am Ende halten nur die Miststücke an dir fest, denen macht es nichts aus. Verliebte Frauen leiden so sehr, dass sie schnell die Nerven verlieren, deshalb heiratest du die anderen, die Miststücke. Aber egal, ich heirate sowieso nicht. Kurzum, ich habe aufgelegt und den kleinen Pinguin gekauft, ich brauchte eine Orientierung. Was willst du hören, Papa? Nicht im Sinne von Wahrheit, ich habe alles gesagt. Welchen Sender.

Das Undenkbare passiert mittlerweile jeden Tag. Heute Morgen, die Polizei. Sie haben Véra festgenommen.

Hier stehst du nun, mittags, am Empfang einer Polizeistation und drehst dich um dich selbst. Gleich wirst du aus Véras Mund hören, welche Fakten vorliegen, bisher hat man dir nur eine kaum glaubwürdige Zusammenfassung der Ereignisse geliefert. Ein paar Minuten noch. Zeit genug für die Beamten, den Beginn eines Verfahrens einzuleiten, das nicht mehr zu stoppen sein wird. Stehend wartest du auf den Anwalt, schreitest Wand für Wand ab und starrst auf die furchterregenden Plakate der Verkehrssicherheit und des Anti-Drogen-Vereins, ohne zu lesen, was draufsteht. Du weigerst dich, trotz Müdigkeit und Erschöpfung, auf den grünen Plastikstühlen Platz zu nehmen und Teil der Landschaft zu werden. Du siehst dich um, willst dir alles merken. Du möchtest sichergehen, diesen Augenblick, noch bevor du ihn durchlebt hast, Clément schildern zu können, sobald er ohne seinen überflüssigen Hund aus dem Loir-et-Cher zurückkehrt. So lebst du deine Tage an der Oberfläche dahin, in lauter Vorfreude auf das, was du ihm erzählen oder nicht erzählen wirst, und in der bescheidenen Illusion, es mit ihm geteilt zu haben. Ein Schatten seiner selbst sein, so nennt man das. Du machst dir Notizen. Es ist an der Zeit, den schäbigen Orten, der echten Stadt, dem Gestank nach Pisse, den rissigen Fliesen und abgehängten Decken, dem fahlen Licht der Neonröhren, den Uniformen und unhöflichen Menschen angemessen zu begegnen. Eine weitere Notiz. Von dieser Polizeibezirksdienststelle wird niemand außer dir berichten können. Allmählich müsste der Anwalt mal eintreffen. Du vermutest, dass er sich hinter der undeutlichen Gestalt verbirgt, die gerade aus der Sicherheitsschleuse tritt und von einem Wachtmeister in deine Richtung dirigiert wird. Es ist eine Frau.

»Madame?«

»Ja?«

»Maître Burre.«

Rechtsanwältin Isabelle Burre ist aus einem einzigen Grund hier, nämlich, weil ihr Name ganz oben auf der Bereitschaftsliste stand.

»Wir haben eine knappe halbe Stunde Zeit«, informiert sie dich.

Du wirst Clément von einer gehetzten, ungepflegten Frau erzählen, die in einem schwarzen Teddymantel steckt, dessen Verschleiß ziemlich beredt Auskunft über die Art ihrer Fälle gibt. Lauter Véras, das ganze Jahr über. Sie ist fünfzig, vielleicht etwas älter, und übernimmt Pflichtmandate. Beim nächsten Abendessen mit deinem

Banker wirst du dir diesen Aspekt vornehmen, die pre-
käre Situation der Pariser Anwaltschaft. Du wirst so sehr
ins Detail gehen, dass bis zum Dessert ein Alibi für Véra
gefunden ist. Du könntest dich darüber auslassen, wie es
möglich ist, dass man verhaftet wird, ohne etwas getan zu
haben, dass man für eine andere gehalten wird und deswegen im Knast landet. So schlägst du gleich zwei Fliegen
mit einer Klappe, denn dann bist du vorbereitet, wenn
du Anton die Geschichte auftischst, mit ein paar Beweisen wirst du ihn von seinem hohen Ross der Rechthabe-
rei herunterholen. Du wirst die Wildheit deiner Tochter
weiterhin schützen. Und die Spur der Verwüstung, die
sie zieht, leugnen.

Du scheinst zu hoffen, dass Katastrophen, indem man
sie verschweigt, zu bloßen Erinnerungen und Vorstra-
fenregister zu akzeptablen Schulzeugnissen werden. Du
musst verrückt sein.

Kurz darauf sitzt du an der Seite von Maître Burre im
Büro eines geduldigen Kriminalbeamten und fühlst dich
wie vor Gericht. Hinter ihm, an der Wand, schaut der
Präsident, stehend und in Plastik gerahmt, durch das
zerkratzte Glas nicht in die Kamera, sondern auf wer
weiß was in der Ferne, im Westen. Vor dir, waagerecht
auf dem Schreibtisch, liegt ein Schild mit der Auf-
schrift »Wenn schon Fleisch, dann Arschbuletten«,
das zwei Stunden zuvor Bestandteil einer ideologisch
unscharfen Protestaktion war, die in der Kantine von

Véras Gymnasium stattfand. Deine Tochter und einige andere, per Aushang über den wöchentlichen Speiseplan informiert, der unter anderem Blutwurst mit Kartoffelpüree vorsah, waren in Abwesenheit des Personals in die Küche eingedrungen. Dort hatten sie ihre Notdurft in große Edelstahlschüsseln verrichtet und die Blutwurst teilweise durch Kothaufen ersetzt. Alarmiert durch den Lärm hatte ein Kantinenmitarbeiter eingegriffen und so um Haaresbreite eine allgemeine Lebensmittelvergiftung oder Schlimmeres verhindert. Die Schule hatte sofort die Polizei eingeschaltet und würde Anzeige erstatten. Véra bestätigt ohne erkennbare Gefühlsregung die Richtigkeit der Angaben. Du glaubst ihr nicht. Warum nur will sie sich um jeden Preis etwas zuschulden kommen lassen, wo du diese Rolle doch bereits bis zum Erbrechen erfüllst? Die Anwältin schweigt, der Kripobeamte schreibt mit. Dann hält er das aufrührerische Schild hoch, das Fleischesser zur Autophagie aufruft. Welcher Zusammenhang, junge Dame, besteht zwischen dem wirren Hintergrund der Aktion und dem Charakter dieser Botschaft. Er mutmaßt, um ihr auf die Sprünge zu helfen, dass ein Freund, ein Tierrechtsfanatiker, dahintersteckt.

»Sie wollen sagen, dass mich ein Typ auf die Idee gebracht hat? *What else*?«

»Véra ...«

»Ich hab nicht angefangen, das war er. Bist du taub?«
Eure Anwältin hustet in ihren Ellbogen.

»Nein, da war kein Typ im Spiel. Es geht hier um die Konvergenz der Kämpfe.«

»Wie bitte?«

Zunächst hatte Véra beobachtet, dass die Tierrechtler vor Ort, sprich Schüler des literarischen Abiturzweigs, allgemein bekannt als Wichser, dennoch die Einzigen an diesem Gymnasium waren, die Fortschritte für aussterbende Arten erzielten. Das Sezieren von Makrelen etwa wurde in den Klassen mit naturwissenschaftlichem Schwerpunkt ausgesetzt. Sie überlegte – ganz allein, darauf besteht sie –, dass der antisexistische Kampf sich am antispeziesistischen Ansatz orientieren könnte, auf einer grundsätzlichen Ebene. Und zwar wenn es darum geht, die Masse dazu zu erziehen, das Tier nicht länger als Ressource und als Stück Fleisch zu betrachten. In diesem Sinne müsste man auch auf die Erziehung der Männer einwirken.

»Das heißt?«, tappt der Polizist im Dunkeln.

Die Frau nicht mehr als Ressource und als Stück Fleisch zu betrachten, fragen Sie mal meine Mutter, wie schmerzhaft das ist. Und auf die Opfer kann man nicht zählen: Sie lassen sich in zwei Teile zerlegen.

Maître Burre sieht dich überrascht und verlegen an.

Du dachtest, dass man in ihrem Beruf seine Meinung erst mal unter der Robe hält. Daher die Idee, den Kampf auszuweiten, fährt die mutmaßliche Täterin fort. Das Schild hingegen war nicht ihre Idee, sie hatte jedes dekorative Beiwerk im Rahmen der Aktion abgelehnt.

Was das betrifft, seien Scheiße und Gebrüll ausreichend deutlich.

»Die gemeinsame Sprache der Arten ist der Aufschrei, nicht das Alphabet«, sagt sie, und der Beamte tippt mit.

Die Anwältin bittet darum, die Zeile noch einmal lesen zu dürfen, da sie eine irreführende Formulierung dieser, wie sie sagt, bildhaften Worte fürchtet.

Véra redet weiter, lauter, sie ist in ihrem Element.

»Es muss stinken«, sagt sie, »sonst kapieren die Leute es nicht.«

Sie hat recht. Nur der Schock verschafft sich Gehör. Christus zum Beispiel, vergoss Blut, und die anderen, seine Nachfolger, haben darüber geschrieben. Es ist nicht Véra, die das sagt, du bist es, die das denkt, oder besser gesagt, er. Du hast dich in dem Maße, wie du dich gegen alle übrigen Menschen abgedichtet hast, so durchlässig für Clément gemacht, dass er einfach reinspaziert ist. Er mit seinem Katechismus, seiner Kirche. Er ist da, er ist in dir drin. Er kann jederzeit Besitz von dir ergreifen, von innen heraus, ohne deine Zustimmung. Die Liebe prädestiniert zur Porosität, dann zur Besetzung, dann zu was?

Du lauschst dem Klappern der Finger des Kripobeamten auf der Tastatur. Tiefer, im Bassbereich, ein undeutliches Rauschen, das von einer angespannten Verkehrslage und der Nähe zu einem Boulevard zeugt, und erstickte Stimmen, von Beschuldigten, wie du unterstellst.

Während der Beamte das Protokoll fertigstellt und

Véra auf ihren nächsten Einsatz wartet, teilt Maître Burre dir auf dem Gang mit, dass der Gewahrsam aufgehoben ist, der Staatsanwalt hat offenbar einen guten Tag. Véra werde sicherlich noch einmal vorgeladen und vielleicht einem Richter vorgeführt. Oder einer Richterin. Maître Burre weiß nicht, was man sich hier in Bezug auf das Geschlecht wünschen sollte. Der Kripomann ruft euch wieder herein. Die Mitschrift der Anhörung ist ausgedruckt. Du musst unterschreiben, da das Kind minderjährig ist, und setzt deinen Namen unten auf die jeweilige Seite, ohne dich für irgendwas zu entschuldigen.

24. November, 22:02, KT 38,6°, AF 19/min, HF 88/min, BD 130

Es ist spät, Laure, und ich habe mich lange nicht gemeldet, verzeih, ich war krank. Keine Ahnung, die Leber, meine Mutter, seit acht Tagen bin ich wieder zurück von der Alten. Was willst du über sie wissen, was soll ich dir sagen. Die Kurzfassung lautet, als sehr junger Frau hat es meiner Mutter das Herz zerrissen. Seither entfaltet sie ihre verheerende, nukleare Wirkung. Die lange Version: Sie hat ihr Leben lang gebetet, erst, um etwas zu bekommen, dann, weil sie etwas Besseres wollte. Christus ist wie ein Bruder für sie, und sie äußert sich in seinem Namen zu so ziemlich allem. Genaue Kenntnis der Absichten Gottes, Einsamkeit, Gartenarbeit, Lacrimosa und Stabat Mater remastered, Allmacht, moderater Alkoholismus. Nicht ein einziger Mann seit meinem Vater, und übrigens auch nicht während, wahrscheinlich nicht einmal er selbst. Dabei ist ihr das Fleischliche wie niemandem sonst vertraut: durch Schmerz und Entbehrung. Nein, sie hat nicht gearbeitet, und deine? Meine Mutter tat weit Wichtigeres als ihren Lebensunterhalt zu verdienen, sie sammelte Punkte für die Ewigkeit. Sie hatte zwar keinen Platz in der Gesellschaft, doch aus ihrer Sicht rangierte sie ganz weit oben in der himmlischen Hierarchie, unter den Wesen, die auf der Welt waren, um Sein Wort zu verkünden, haushoch überragte sie all diejenigen, die sein Kumpel ausgesät hatte, um Masse zu schaffen. Für den Fall, dass diese gottverlassene Saat, und ich gehörte dazu, Fragen hatte, war sie mit einer Antwort zur Stelle. Stets mit derselben: dass wir nur Dummheiten begingen, dass Christus deswegen weinte, dass die Schläge wirkungslos blieben, weil sie nur zwei Arme hatte. Sie zog eine Grenze zwischen Gut und Böse und ließ sie mich abschreiten, sobald ich mich zur falschen Seite neigte, musste ich mich auf dem Boden langmachen. Inzwischen müsste ich ein Heiliger sein und intuitiv in den Himmel finden. Aber wie du siehst, komme ich bei der erstbesten Gelegenheit vom Weg ab. Warum ich von ihr im Imperfekt spreche, weil ich die Nase gestrichen voll habe.

Ich habe ihr absichtlich von dir erzählt. Nicht, weil ich es gewohnt bin, mich ihr anzuvertrauen, sondern weil ich ihr nichts Schlimmeres antun konnte. Eine verheiratete Frau. Mit ein bisschen Glück würde sie ersticken. Ich glaube, ich wollte mir in meinem Alter noch mal eine fangen. Als Zeichen ihres Interesses, einen Schlag, den man parieren musste. Ich erzählte ihr alles, vom gehörnten Ehemann, den heimlichen Verabredungen, dem Chaos in der ganzen Familie. Sie sagte, ohne mit dem Stricken für das Rote Kreuz aufzuhören, du weißt genau, was du zu tun hast, du bist erwachsen, du weißt genau, dass es falsch ist, Clément, du bist verloren. Das hatte sie schon immer drauf. In drei Worten die Leichen meiner Frauen aufstapeln, die Klage des Menschenkindes mit Du-weißt-genau-Sätzen niederknüppeln. Ich verzeihe dir, sagte ich irgendwann am Abend über den gemischten Salat hinweg. Das gestatte ich dir nicht, gab sie zurück. Du kannst dir die Atmosphäre ungefähr vorstellen. Und so ist es immer, als wäre ich nie fort gewesen. Dabei habe ich mit siebzehn die Segel gestrichen. Sonst wäre nie etwas aus mir geworden, die Ohrfeigen hatten mich immer in die Knie gezwungen. Mein Vater? Mit fünfundvierzig schnurstracks gestorben, ein stummes Leben in einem ängstlichen Körper, den er binnen zwei Sekunden verließ. Im Milieu meiner Eltern, wo das Gerede anderer Leute sich mit Gott die Macht teilte, war der Tod oft der einzige Ausweg aus einer Ehe. Aus Gefängnissen entkommt man erfolgreich nur mit dem Krankenwagen oder in einem Sack. Das heißt, um sich aus einem Ehegefängnis zu befreien, brauchte es einen Schlaganfall, einen Herzinfarkt, ganz radikal. Oder die Straße. Mein Vater hat sich den Schädel auf der A13 an einer Leitplanke eingeschlagen, ein Fernlastwagen kam ihm auf der anderen Seite entgegen. So hieß das bei uns, ein Fernlastwagen. Na ja. Schuld ist immer ein Lkw. Oder ein Pferd, eine Hure, ein Gewehr. Die Not der Männer ist schnell erzählt, wie du sagst. Auch anschließend kämpfte meine Mutter hart dafür, nicht geliebt zu werden, und alle, die naiv genug waren, sich dieses Kampfes für würdig zu erachten, allen voran ich, wurden vernichtet. Hallo? Ich dachte schon, du hättest aufgelegt. Weil du immer noch sauer auf mich bist, wegen neulich, als ich gesagt habe, für dich ist es so einfach.

»Ich höre dir zu, Liebling.«

Schön. Laure?

»Ja?«

Die Wahrheit ist, dass meine Mutter nachlässt. Sie hat zum ersten Mal einen Salat aus der Tüte serviert, sie hat nicht mehr die Geduld und auch nicht das Kreuz, um ihn anzupflanzen. Ihr Arm ist geschwollen, was sie vor mir zu verbergen suchte. Sie hat den Blick eines Menschen, der jederzeit damit rechnet, dass es passiert, und der, bis es so weit ist, die Bonduelle-Tüten eben mit einer Hand aufreißt. Es war unerträglich. Ich hätte sie in den Arm nehmen können. Einer von beiden muss schließlich den Anfang machen, dachte ich, es ist nie zu spät. Und gleich darauf dachte ich, doch, natürlich, es ist zu spät. Auf dem Tisch standen Einwegpappteller, obwohl die Schränke randvoll mit Sèvres-Porzellan sind. Sie wollte nicht mehr. Ich habe meine ganze Kraft darauf verwendet, mich zu erinnern, sie wieder mächtig und hassenswert vor mir zu sehen. Ich habe sie schlurfend den Tisch abräumen lassen, ohne einen Finger zu rühren. Ich glaube, sie hat es mir gedankt, bin ich deswegen ein Scheißkerl?

»Nein.«

Wolltest du mir etwas erzählen?

»Nein. Später.«

Du beobachtest Véra, wie sie vor dem Badezimmerspiegel ihr dickes Haar bürstet. Seit ein paar Tagen verspürst du keine Lust mehr, sie zu schlagen, du bekommst besser Luft. Im Spiegelbild erkennt sie hinter ihrem Rücken deinen weicheren Blick.

»Woran denkst du?«

An ihn. Was du Clément sagen wirst, wenn du ihn gleich triffst, um die Fülle der Ereignisse der letzten Wochen in einem Satz zu bündeln. Du überlegst noch.

»An nichts.«

»Schon wieder? Siehst du nicht, wohin dich das geführt hat?«

Sie geht hinaus, drückt dir die Bürste in die Hand. Du nimmst ihren Platz ein, ersetzt ihr Spiegelbild durch deins. Véra wird bald achtzehn, du hast vor, ihr deine Uhr zu schenken. Sie ist von der Schule geflogen, aber, aus Gründen, die sich deiner Kenntnis entziehen, wurde keine Anzeige erstattet, und die Staatsanwaltschaft hat die Ermittlungen eingestellt. Anton hat nichts davon erfahren, wie von allem anderen. Er weiß gegenwärtig nicht mehr, was sich bei euch abspielt, als lebte er auf einem anderen Planeten. Du musst noch einen Grund für den Schulverweis finden, irgendeine Ungerechtigkeit, einen Klassiker, dir wird schon was einfallen. Du hältst dich an deinen Leitsatz. Véra wird keinem Richter vorgeführt, und du auch nicht. Du drehst und wendest ihn in der Kehle, lässt dir seinen Trost, seine Rundheit auf der Zunge zergehen. Véra wird keinem Richter vorgeführt, und du auch nicht. Du cremst deine Wangen mit einer glänzenden Lotion ein, die verheißungsvolle Säuren enthält. Du knetest sie dir auch ins Haar und schmierst sie dir auf die Lippen, dann überlegst du, was du anziehen sollst, was dazu passt, zu der Creme und der Verheißung.

»Véra!«

»Was denn noch?«

»Hast du dir den Rock genommen, Véra? Den, der auf dem Bügel in meinem Zimmer hing?«

Der kurze Lederrock ist weg, der, den du angeblich secondhand, für 50 Euro, auf einem Kleidermarkt gekauft hast und heute Abend im Theater tragen willst. Sie hat keine Ahnung, von welchem neuen Rock du sprichst, aber es tut ihr leid um die vielen vor dem Spiegel vergeudeten Stunden. Was hantierst du da nur schon wieder mit deiner Creme, deinen Seren und Miniröcken, du verteidigst deine Jugend wie Palästina, Zentimeter für Zentimeter, dabei siehst du doch, dass es völlig umsonst ist.

»Danke. Du erlaubst trotzdem, dass ich daran festhalte.«

»Was guckst du dir an?«

Du sagst sehr präzise, um welches Stück es sich handelt, *Lorenzaccio*, in welchem Theater, Édouard VII. Du belügst die ganze Erde, wenn es um die Namen deiner Abendverabredungen geht, die Herkunft deiner Kleidung oder deren unmittelbaren Sinn und Zweck, aber nicht sie. Solange sie nicht fragt, mit wem, sondern einfach nur, wo, hast du geschworen, bekommt sie eine Antwort. Du bist wie all die anderen. Mangels Moral setzt du dir selbst Grenzen.

Sie verschwindet und taucht mit deinem Rock wieder auf, den sie, wie sie sagt, aus dem Klamottenberg am Fußende deines Bettes herausgepickt hat. Nach eingehender Betrachtung findet sie, dass es besser gewesen wäre, du hättest ihn verlegt. Zehn Zentimeter Hirschfell auf dem Hintern, um ins Theater zu gehen, das ist kein Outfit, sondern eine Allegorie. Du streifst dir den Rock über, betonst ihn mit einem sehr matten Lippenstift und siehst plötzlich genau so aus, wie du es vorhattest. Du gibst ihr einen Kuss und lobst sie dafür, dass sie es versteht, ganz nebenbei eine Stilfigur zu platzieren, wenn es so weitergeht, ist das Abitur im nächsten Jahr vielleicht doch nicht nur ein frommer Wunsch. Ansonsten erinnerst du daran, dass du ein freier Mensch bist und außerdem spät dran.

»Du hältst dich also auch noch für frei? Wenn man sein Fleisch für die Augen eines Vollidioten dekoriert, wie nennt man das gleich?«

»Welcher Vollidiot?«

»Genau, Fleischbeschau.«

Auf der Bühne, ein paar Stunden später, ist Lorenzaccio der Outsider. An deiner Seite, heute Abend, der Mann deines Lebens, der dich zwischen Garderobe und Sitzplatz nicht geküsst und nur mit dir geredet hat, um über seinen Hund zu berichten, während du gern über deine Tochter gesprochen hättest. Er sucht einen Dogsitter, wenn du die Anzeige, die er dir geschickt hat, in der Uni verteilen könntest, würdest du ihm sehr helfen. Kein Wort zu deinem Rock, kein Wort zum Preis der Lüge, die nur auf dir lastet, kein Wort von Liebe. Dunkelheit. Erster Akt, kein einziger Kuss auf dein duftendes Haar, kein einziger Blick, der deinen kreuzt. Während der vorletzte Medici-Spross seine degenerierte Sippe beleidigt, hauchst du, ich liebe dich, dreimal. Und er: »Ja.«

Wie man pssst sagt. Ein paar Sekunden tut es weh, dann verlässt du deinen Platz.

Er kommt dir nach, ihr steht in einer Art Flur, es tut ihm leid, er hat auf den Text gehört. Er dachte, ihr wärt wegen des Stücks hier, sagt er. Ein Angestellter informiert euch, dass ihr euch in den schmalen Gängen nicht aufhalten dürft. Ihr geht weiter in Richtung Orchestergraben, aber auf dem Weg dorthin stößt er die erste sich bietende Schwingtür auf, die sich zu einem Abstellraum öffnet.

Klappsitze, ein Staubsauger und an der Wand Plakate zu einem Stück von Feydeau.

Während Lorenzo de Medici in einer anderen Zeitsphäre unter Karl V. seine Mutter rächt, während Musset in einer weiteren womöglich versucht, George Sand im Verborgenen mit einem Kissen zu ersticken und dabei versagt, während Anton den Schlaf der Ahnungslosen schläft, nimmt Clément dich im tiefsten Innern eines Theaters. Gegen die Wand gepresst, täuschst du ein lustvolles Stöhnen vor, mimst eine Freude, die dich nicht erreicht.

»Willst du dir den dritten Akt ansehen?«, fragt er.

In seiner Stimme und ringsum vibrieren die Schlusstöne, das Finale klingt immer erkennbarer durch. Etwas, das stets in der Luft pulsierte, wohin du auch gingst, was immer er sagte, pulsiert nicht mehr. Liebende spüren das. Wie Insekten und Geier, die über den Tieren am Boden kreisen, lange bevor sie sterben. Du sagst es ihm: »Du wirst mich abservieren.«

Er antwortet, dass du nervst, und lacht, aber nicht so richtig.

Später kehrst du in das stockdunkle Haus zurück. Véra ist nicht in ihrem Zimmer. Du hoffst, dass sie ihre Jugend in irgendeiner Kneipe oder einem Bett auskostet. In deinem eigenen zeichnen sich zwei Gestalten ab. Anna, an der Seite ihres Vaters. Er murmelt, sie habe bitterlich geweint und er stundenlang versucht, sie zu beruhigen, du sagst okay und ziehst die Tür wieder zu, erleichtert, dass du allein schlafen kannst, ohne dich rechtfertigen zu müssen.

Im Halbdunkel des Flurs zerreißt dich plötzlich ein stechender Schmerz im Bauch. Etwas in dir brennt, und es ist kein Verlangen. Du stellst fest, dass dein Urin nach totem Fisch riecht. Offenbar, Laure, überrascht dich das.

Es ist zwei Uhr, als Véra heimkommt, auf ihren Wangen glüht die Kälte der Stadt.

»Was, zum Teufel, machst du in meinem Bett?«

»Wo bist du gewesen?«

Sie lacht. Ein unverhohlenes, dürres, spöttisches Lachen, das dich eiskalt erwischt.

»Rang C.«

»Sehr lustig.«

Wieso lustig? Gelacht hat sie an keiner Stelle, nein, Lorenzaccio ist ein echtes Drama, und dieser blutjunge Schauspieler, der den Lorenzo gibt, ein Glücksgriff. Man muss in der Tat siebzehn sein, um so tiefe Verzweiflung zu empfinden und ihr auf diese Weise, mit dem Schwert, ein Ende zu bereiten. Gute Nacht.

Das Brennen ist wieder da, stärker.

28. November, 16:57, KT 38,3°,
AF 19/min, HF 90/min, BD 170

An das Stück kann ich mich nicht erinnern, außer dass
Lorenzo von einem Jungen gespielt wurde. Ich hatte es
in der Schule gelesen und kannte das Ende. Er hat mir
immer einen kalten Schauer über den Rücken gejagt, dieser kleine Scheißer, der zum Mörder wird, wenn jemand
seine Mutter fickt. Ein Glück, dass Laure Töchter hat
und der Ehrbegriff allmählich verblasst. Laure trug heute
Abend einen Lederrock, ein neues Modell in ihrem Repertoire an Designermode, die sie sich extra für mich zu-
legt. Es fühlt sich an wie sehr feines Kalbsleder, wenn
nicht gar Lammleder, wie etwas jedenfalls, das die Fingerspitzen gefährlich erregt. Leder ist unerträglich, ein
totes, parfümiertes Tier, für jede Schandtat geeignet, es
sollte verboten sein, daraus Kleidung herzustellen. Vor
dem Ende des ersten Akts strich ich wiederholt sanft
über den Rock, sie hat das missverstanden. Jedes Mal
ergriff sie meine Hand und drückte sie fest. Sie wird nie
richtig vulgär sein können, noch in ihrem Alter hat sie
keine Ahnung, welche Risiken Leder birgt, dass es den
Körper, den es bedeckt, eindeutig auf den Platz verweist,
ja ihn bis zur Unsichtbarkeit schrumpfen lässt, sie geht
mir auf die Nerven, und manchmal bringt sie mich zur

Verzweiflung. Um es kurz zu machen, sie hatte vergessen, dass sie Leder trug, und ich hatte vergessen, dass es darunter sie gab. Ich habe sie im Stehen in einer Besenkammer gevögelt, was an dem Rock lag, nicht an ihr. Die Arme. Ich habe ganze zwei Worte mit ihr gewechselt und sie beim Applaus sitzen lassen. Als das Licht wieder anging, war niemand mehr auf meinem Platz, was mehr oder weniger immer der Fall ist, aber diesmal eben ganz konkret.

Zu meiner Verteidigung: Ich hatte die E-Mail der Klinik geöffnet, kurz bevor der Vorhang aufging. Die Hauptinformation lautete aggressives Lymphom, Stadium 4. Ich konnte an nichts anderes denken, selbst in der Besenkammer. Als ich unterwegs war, um dich abzuholen, habe ich hundertmal versucht, den Tierarzt zu erreichen, ich wollte ihm sagen, dass wir das alles geregelt bekämen. Die Chemo konnte ich mir leisten, selbst wenn sie im Hôpital Necker verabreicht würde. Er hörte überhaupt nicht zu. Ich war außer mir, als ich bei der Alten ankam, fast hätte ich die Ausfahrt Romorantin verpasst.

Es stand wie üblich alles sperrangelweit offen, sie wird sich den Plasmabildschirm wieder klauen lassen, anscheinend denkt sie, dass ich das Geld von den Bäumen pflücke. Womit sie nicht ganz falschliegt.

»Bist du es, Clément? Ich habe es nicht läuten hören.«

Natürlich bin ich es, als hätten Sie je irgendwen anders an sich gebunden. Wo ist er? Papa, Papa! Haben

Sie ihn wieder zur Schnecke gemacht? Ah. Komm her, mein Hund, hast du geschlafen, hast du gefressen, hast du mich lieb?

»Es klingelt, Clément, in deiner Jacke.«

Ich weiß. Und es würde nicht aufhören. Augenblick, ich geh gleich ran, ich werde ein braver Junge sein. Ich möchte Papa noch ins Ohr flüstern, dass wir ein Lymphom haben und dass die Hündin hier Sie sind.

Es war der Tierarzt, Papa. Der chemotherapeutische Ansatz sei kein notwendiger, hat er gesagt, und wie du, dachte ich, wunderbar. »Notwendiger«, Adjektiv, männlich, plus »kein«, Negation, gleich etwas, auf das man verzichten kann. Er fügte hinzu, dass es eine Alternative zur Chemo gebe, und legte den Hörer beiseite, um die Tür hinter einem schreienden Tier oder Assistenten zu schließen. Ich habe gewartet, habe förmlich mit dem Ohr am Apparat geklebt, da endlich Hoffnung über den Äther kam. Die Menschen können nicht anders, als Hoffnung zu verbreiten, Papa. Nicht weil sie sadistisch wären, sondern weil sie sich an den Anbeginn aller Zeiten erinnern, als man noch auf das Licht in der Welt hoffen durfte. Diese Angewohnheit, Licht am Ende des Tunnels zu sehen, haben wir uns bewahrt. Der Arzt ist zurück ans Telefon gekommen und fuhr fort.

Im Prinzip ist die Alternative die Todesstrafe, wie in jeder Demokratie, die etwas auf sich hält. Ah, Madame seufzt. Madame will nicht, dass ich mit den Tieren spreche, als wäre ich ein Bauer, sie will davon nichts mehr wissen. Was noch? Wir sind ganz Ohr.

Sie sagen mir, dass es falsch ist, dass er leidet, dass der Hund eingeschläfert werden muss. Natürlich, liebe Frau Mama, Sie würden ihn ja am liebsten persönlich erledigen, wollen Sie ihn vielleicht totbeißen? Das würde Ihnen gefallen. Da, dieser pulsierende Faden dort, das ist die Halsschlagader.

»Beruhige dich, Clément.«

Halten Sie den Mund. Für Sie wie für alle anderen ist die Sache klar, Sie bestimmen, dieses Tier darf nicht leiden, und dabei nennen Sie es nicht mal beim Namen, Sie wiederholen ein ums andere Mal, es sei nicht richtig, Sie reden sich um Kopf und Kragen hinter Ihrer FFP2-Maske, die Sie extra für mich aufsetzen. Sie berufen sich auf die uns von Gott auferlegte Pflicht gegenüber seiner Schöpfung, in diesem Fall auf die, sich für ihn zu halten. Sie sagen, dass man auf das Heulen reagieren muss, weil Er es so will. Auf das Heulen von Frauen, Kindern, Sklaven, Tieren, Alten, Verurteilten. Sie, die Sie mich von null bis sechs Jahren heulen ließen, um mich zu einem Mann zu erziehen, Sie erklären mir, dass man darauf reagieren muss. Blöde Kuh. Was, wenn du nun total abgewrackt auf einem Bett mit Fernbedienung lägst?

»Sei nicht vulgär, Clément.«

Aber sehen Sie ihn nur an. Papa erstickt, wie ich, an einer Krankheit, die so bescheiden ist, dass sie nicht mal einen Namen hat, außer Angst, Angst vor etwas, das kommen wird oder nicht. Hier ist Verständnis gefragt, und Sie wollen ihm ans Leder. Beinah wie ich im Fall von Laure.

»Denkst du immer noch an diese Frau? Mein Gott, ist die Geschichte nach wie vor nicht beendet?«

Fast. Sie werfen alle in die gleiche Grube, verschonen Isebel genauso wenig wie den Köter, Sie hassen alles, was ohne Dogmen auskommt. Sie sollten nicht in der Kälte herumstehen oder sich wenigstens einen Schal umbinden, verflucht noch mal, was nützt eine Lungenentzündung, die Sie nicht umbringt, für mich springen dabei nur Kosten und Formalitäten heraus. Diese Frau heißt übrigens Laure, und es sieht so aus, als würde sie mich lieben. Sie ist im Moment vielleicht blind, aber nicht blöd, Laure sieht immer klarer, was sie in Bezug auf uns erwarten darf. Nichts. Absolut nichts, was über das Pronomen hinausginge. Sie ist eine Frau mit Vorstellungen, ich bin ein Mann mit einem Hund, ich kann nicht überall sein. Ich ertrage nur Fiktionen, sie sehnt sich stets nach der Wahrheit. Sie will leben, ich warte ab, in Gegenwart eines Hundes. Wie auch immer, Sie verstehen.

»Es ist gut, wenn du sie in Ruhe lässt«, bemerken Sie kraft Ihrer undurchschaubaren oder auch nicht vorhandenen Herzensbildung.

Na los, stehen Sie auf, ohne den Boden unter den Füßen zu verlieren, gehen Sie zur Tür und fordern Sie mich auf, mich im Zaum zu halten.

»Gute Nacht, Clément, denk darüber nach.«

Gute Nacht, Maman, fahren Sie zur Hölle, Papa zieh deinen Mantel an, wir gehen.

Wir werden erst spät zu Hause ankommen, lass uns bei Total etwas essen, alles, was du willst. Hör mal, da im Radio, das ist Chopin mit seinen *Nocturnes*, immer wieder dieselbe Leier, unermüdlich, dieser Typ. Ja, wir fahren diesmal anders. Durch die Stadt der Hinterwäldler, damit ich dir zeigen kann, wo dieser Riesenwitz seinen Anfang nimmt.

Hier ist das Schwimmbad, das da war ein Kino. Schau, meine alte Schule, dort hat sich nichts zugetragen, was von Belang gewesen wäre, insofern war sie richtungsweisend für mein weiteres Leben. Nichts außer dieser Brünetten, die in der zehnten Klasse ein Auge auf mich geworfen und mir meine Unschuld genommen hatte, mich dann bitter enttäuschte, Sophie, Tochter eines vollkommen rückständigen Zahnarztes. Sie hatte mich vernascht. Eine Woche lang fühlte ich mich wie ein Idiot, in der darauffolgenden pinselte ich ein paar Verse für sie hin, so à la Apollinaire, ziemlich direkt, sie reagierte nicht. Das Problem, Papa, das dich nie ereilen wird, genauso wenig wie der Fluch des gesprochenen Wortes und das Unglück des hohen Alters, ist, dass wir alle von dorther kommen. Von der Schule. Der Uterus und die Schule, danach ist alles im Eimer. Was die Liebe betrifft, ist man ausschließlich das Ergebnis dessen, was man in der

Schule erlebt hat. Wer dir etwas anderes erzählt, lügt dich an. Kurzum, die Amazone hatte mein Gedichtchen zwei, drei kleinen Wichsern zu lesen gegeben. Woraufhin ich zum Dichter ernannt wurde, und du kannst mir glauben, das war kein Ritterschlag in diesem Loch, danach hieß es, Dichterlein, du armes Schwein. Ich bin nicht direkt an der ganzen Menschheit verzweifelt, dabei wäre es angemessen gewesen. Aber damals erwartete ich noch so viel von ihr. Liebe oder wenigstens Anerkennung, Sexorgien. Und dann habe ich dich gefunden, an der Gare de l'Est, als ich vorhatte, mich vor den Zug Paris–Metz zu werfen. Zumindest redete ich mir das ein.

Es gibt eine Rückmeldung auf mein Inserat. Ein weiterer Beweis dafür, dass Laure tut, was sie sagt, was Anlass zur Sorge geben könnte. Ich suche jemanden, der mit dir spielt, der mich anruft, wenn du in Panik gerätst. Nein, ich kann dich nicht mit ins Büro nehmen. Ja, schon, Haustiere sind neuerdings in Ausnahmefällen im Unternehmen erlaubt, wenn die betreffende depressive Person einen begründeten Antrag stellt, Gleiches gilt für das Mitbringen eines Säuglings, der gestillt werden muss, allerdings muss der Antrag lange im Vorfeld eingereicht werden. Es bedeutet eine Menge Papierkram, Bescheinigungen, indiskrete Fragen, und oft heißt es am Ende dann Nein. Also die Rückmeldung lautet: Ich heiße Cécile, ich liebe Tiere, ich habe keinen Führerschein, dafür aber eine Erste-Hilfe-Grundausbildung. Perfekt.

Sie ist frei wie ein Vogel, siehst du, der Wind dreht sich. Ich hatte eine Tante namens Cécile, sie war in Lyon in der Textilbranche tätig. Als mein Vater noch lebte, war sie einmal zu Besuch und hatte mir einen OL-Fan-Schal geschenkt. Ich habe sie nie wiedergesehen, weder den Schal noch meine Tante. Letztere ist, nehme ich an, inzwischen gestorben.

Drei Mal unterbrichst du die Vorlesung »Geschichte des öffentlichen Raums«, schreitest würdevoll bis zur Tür und rennst dann drauflos, zur Toilette. Verkrampft sitzt du auf der Brille, dir ist, als würdest du eine Mischung aus Blut und Rasierklingen pinkeln, und während du Richtung Decke um Verzeihung bittest, fällt dir der Albtraum der vergangenen Nacht wieder ein, er entspringt einem Katechismus, der dir inzwischen vertraut ist. Du standst aufrecht an einen Pfahl gefesselt, oben auf einem Hügel, und hattest das Gefühl, von einem vor dir knienden Mann geleckt zu werden, aber dann sahst du an dir hinunter, Flammen züngelten zwischen deinen Beinen, du warst auf dem Scheiterhaufen gelandet. Es wird immer schöner. Dein besessener Geist verwechselt eine Blasenentzündung mit den gerechten Qualen des ewigen Feuers, schamlos träumst du von dir als biblischem Abschaum, der durch den Schmerz geheiligt wird. Und immer wieder stößt Clément in dem Moment mit seinen Dämonen, Ikonen und was sonst noch allem in deine Vagina vor. Du wunderst dich schon nicht mehr über dieses fortwährende umstürzlerische Chaos in deinem Leben.

Du kehrst zurück an dein Pult in Hörsaal C. Du forderst eine schüchterne Studentin auf, tapfer ihre FFP2-Batik-maske abzunehmen, um die Passage von Habermas vor-zulesen, die du zu Beginn der Vorlesung verteilt hast. Sie hat das Timbre einer Vanessa Paradis. Die anderen spitzen ihre Ohren, es herrscht eine Stille wie im Konzertsaal.

»Im Terrorismus äußert sich auch der verhängnisvoll-sprachlose Zusammenstoß von Welten, die jenseits der stummen Gewalt der Terroristen wie der Raketen eine gemeinsame Sprache entwickeln müssen.«

Du bittest sie, noch einmal ab Zusammenstoß zu lesen. Du hast nämlich gerade etwas verstanden. Die Studentin setzt erneut an. Der verhängnisvoll-sprachlose Zusam-menstoß von Welten, die jenseits der stummen Gewalt der Terroristen wie der Raketen eine gemeinsame Spra-che entwickeln müssen.

So ist es. Du bist seit jeher der Schauplatz eines solchen Kampfes. Du suchst nach einer gemeinsamen Sprache für die antagonistischen Frauen, die Deckung unter deiner Haut suchen, die dafür aber nicht langt.

»Madame? Soll ich fortfahren?«

»Danke.«

Du kommentierst, routiniert und gelehrt, dann schweigst du, damit sie mitschreiben können. In diesem Dreiertakt, den du mühelos beherrschst, findest du in-nere Ruhe. Du liebst das Unterrichten, weil man sich da-bei wie von überflüssigem Ballast befreit. Du gibst dein Bestes, der Rest liegt nicht mehr in deiner Hand. Die

Hochschullehrer werden mit Sternen auf Apps, die dem Erfahrungsaustausch dienen, niedergemacht oder gelobt, wie ein beliebiges Gästezimmer. Daran denkst du, während du die Reihen von handgenähten Masken betrachtest. Und dass außer Vanessa Paradis nichts mehr von der Welt übrig ist, in die du hineingeboren wurdest. Eine Welt, in der Swingen noch dekadent, das Flugzeug von Saint-Exupéry unauffindbar, die Linke ernst zu nehmen und Monopoly nur ein Spiel war. Nichts ist mehr, kein Stein auf dem anderen. Es gibt keinen Schnee mehr und auch kein Fernsehen.

Deine Absencen und unvollständigen Sätze haben die relative Aufmerksamkeit der Masken überstrapaziert. Verspannte, dehydrierte Schüler, fallender Blutzuckerspiegel, körperliche Erschlaffung, typisch an proteinfreien Vormittagen, Geschwätz. In der zweiten Reihe lauscht ein Vincent, von dem du weißt, dass er ziemlich gut aussieht, den unhörbaren Kommentaren einer Roxane, die anscheinend noch nie etwas so Pikantes gehört hat. Du bist eifersüchtig.

Es ist 11 Uhr. Zeit genug, um bei einem Arzt vorstellig zu werden, irgendeinem, der nicht dein Hausarzt, sprich dein Ehemann, ist. Du verschiebst das Ausdrucken der Anzeige, die Clément dir geschickt hat, auf den nächsten Tag. Dreißig Euro pro Stunde für einen Hundesitter in Paris, wenn man bedenkt, dass einige deiner Studenten weniger nehmen, um Migranten Französisch beizubringen, stellt sich die Frage der Angemessenheit eines solchen Aushangs. Die du nicht beantworten kannst, und, schlimmer noch, sie interessiert dich auch nicht wirklich. Als du dein Büro abschließt, triffst du auf Jean-Michel, der keinerlei Anstrengungen mehr unternimmt, mit dir zu flirten. Du scheinst endlich so auszusehen, als gehörtest du zu jemandem. Zwei Stunden später empfängt dich Dr. Bertegey, zwischen zwei Terminen, wie man dich wissen lässt.

Gleich wird dieser völlig Unbekannte, den der mächtige Doctolib-Algorithmus binnen zwei Minuten aufgespürt hat, eine Meinung äußern, die zwangsläufig wissenschaftlicher ist als deine jüngsten Wahnvorstellungen, eingeflüstert von Barbaren in Talar, die im Schatten von Kirchtürmen aufgewachsen sind. Obwohl. Kein Hinweis auf ein zerstörerisches Feuer oder einen Scheiterhaufen, du bist Opfer einer Bakterie geworden. Oder der Untreue. Dein Ehemann hat fremde Keime übertragen, das ist alles, oder du warst es. Aber er, Dr. Bertegey, ist nicht hier, um das zu erörtern. Natürlich wird er nach der Laboranalyse eine Behandlung verordnen, aber eigentlich kennt er nur eine. Respekt. Die Wahrscheinlichkeit einer Infektion bereitet ihm allerdings weniger Kummer als dein Jockeygewicht. Na ja, was heißt Kummer bereiten. Im übertragenen Sinne, korrigiert er sich. Du verstehst, dass er nicht für dich in den Kampf zieht, sondern für die Geburtshilfe und für die respektablen Frauen. Für solche, die ihrer biologischen Bestimmung folgen und nicht dem Erstbesten. Kurz und gut, 43 Euro plus eine Briefmarke für den Behandlungsschein, Fernübermittlung, nein, das Gerät ist kaputt. Urinkultur und Nachweis von pathogenen Erregern im Genitalbereich, zytobakteriologische Untersuchungen eines Urogenitalabstrichs nach Einwilligung der entkräfteten, immungeschwächten Patientin, die Symptome einer STI aufweist. Das Labor ist gegenüber, sofern Sie noch nüchtern sind um 11 Uhr.

»Ja.«

»Das habe ich mir gedacht. Nichts im Magen. Das ist nicht gut.«

Das Untersuchungslabor befindet sich auf der anderen Straßenseite. Hierin sammeln Sie den Urin beim Wasserlassen, bis zum Strich vollmachen, und nur mit dem zweiten Strahl, der erste ist nicht aussagekräftig. Fünfzehn Euro abzüglich des Krankenkassenanteils, macht acht Euro zu deinen Lasten. Die Ergebnisse erhalten Sie in drei Tagen per Post, per Internet dauert es nur einen, geben Sie bitte eine gültige E-Mail-Adresse an. Du suchst einen Anflug von Mitgefühl im Blick der Laborantin, Mitgefühl unter Frauen, die sich zerkratzen und aus Liebe Blut pissen. Aber nichts. Sie nimmt jeden Tag Proben von zehn solcher wie dir.

Vierundzwanzig Stunden später sprengen zahlreiche Erythrozyten und auch die Leukozyten die 200 000er-

Marke bei einem Referenzwert von 10 000, hinzu kommt die übliche *Escherichia coli*, was auf eine Harnwegsinfektion schließen lässt. Du bist gerade an der Station St. Michel, als du das Rezept liest, das Bertegey an laureprieur1@gmail.com geschickt hat: zwei Packungen Ciprofloxacin und eine Ermunterung, den oder die Partner ebenfalls damit zu versorgen. In einem Nebensatz merkt der Arzt an, dass die Analysen ergeben haben, was er schon vermutet hatte, nämlich eine Schwangerschaft, mit freundlichen Grüßen, Dr. Pierre H. Bertegey, ehemaliger Assistenzarzt der Pariser Krankenhäuser, ehemaliger Klinikchef, Mitglied des Kreises der Militärärzte.

In diesem Moment stehst du auf der Straße und läufst leicht benommen auf den Platz zu. Auf den Stufen vor dem Brunnen strapaziert ein Musiker seinen Leierkasten zu einem Refrain, den du nicht kennst. Du hörst das Surren von Motoren, das Einlegen von ersten Gängen an der grünen Ampel, Schreie, Schritte, die sich von der Rue Saint-André-des-Arts nähern, das Sprudeln im Becken zu Füßen des Erzengels Michael, Busse pusten ihre Abgase in Touristenkolonnen, die enttäuscht sind von diesem Brunnen aus dem Jahr 1867. 1867, das bist heute du. Nicht der Schatten eines Fortschritts. Und irgendwo erklingt die alte Muttersprache, sie singt, verlogene Madonna, wahrhaftige Versagerin, nichts lässt du aus, weder die Schande, noch den Schanker und auch nicht den Bastard, dabei hat man dir doch gesagt, nimm deine Kette, senke den Blick, treib dich nachts nicht herum, dazu das Geschrei der Kommunarden aus der Zeit vor den Fréhels und vor den Piafs, sie singt zum Spiel dieser düsteren Drehorgel, die nichts und niemand zerschmettern kann.

10. Dezember, 19:12, KT 36,3°,
AF 19/min, HF 75/min, BD 170

Nein, ich war nicht in der idealen Verfassung, um eine Stunde lang mit Frédéric, einem ausgehungerten Wirtschaftsjournalisten, ein Bier nach dem anderen zu kippen. Aber ich brauchte Alkohol, jemanden, der Auskunft geben konnte, und du hast deine Grenzen als bevorzugter Gesprächspartner. Warum verlässt eine Frau einen Mann, den sie liebt, warum tut sie es mündlich, wenn in greifbarer Nähe eine Technologie zur Verfügung steht, mit der man sich einen verbal unerträglichen »Es ist vorbei, Clément«-Ausbruch ersparen kann, die einen vor Schweißausbrüchen im Café und zitternden Händen bewahrt, sag mir nicht, dass du die Antwort darauf kennst. Falls doch, verpflichte ich mich, das Ergebnis des Evolutionskampfes, den du angeblich verloren hast, zu überdenken. Und außerdem zu behaupten, dass er unentschieden ausgegangen ist. Also?

Hab ich mir gedacht.

Warum Frédéric, nun, da wirst du mir folgen können. Ganz einfach. Frédéric ist der Einzige, der sofort ans Telefon geht und ebenso schnell aufkreuzt, wenn ich sage, dass ich etwas mit ihm zu besprechen habe. Warum? Weil er bei Bloomberg arbeitet und es sein Job ist, Informationen zu veröffentlichen, die ich wiederum angehalten bin, diskret zu behandeln. Ich verstehe die Dreijährigen, es ist angenehm, dieses dumme Grübeln über dem Warum. Es lullt ein. Warum sollte man ein nebulöses Beziehungsproblem dem modellierenden Scharfsinn eines Wirtschaftswissenschaftlers unterwerfen? Die Antwort liegt bereits in der Frage. Außerdem hat Frédéric Psychologie studiert, und es ist nur natürlich, dass man eine kostenlos erworbene Ausbildung dazu nutzt, einem Freund aus der Klemme zu helfen. So was nennt man Umverteilung von Reichtum. Auch so eine Sache, die eine Fußnote wert wäre, wenn wir Zeit hätten. Schnell hat man nämlich zusammen mit der Idee der Umverteilung die des Kapitals erfunden und damit die Natter mit dem Bade eingelassen. Heute geht es vor allem um Wissen und immaterielle Güter, alles bestens. Frédéric war als Erster da, in einem karierten Hemd, warum wohl? Danach höre ich auch auf. Weil er die Kurve mit der Mode nicht gekriegt hat, genau. Und die mit der digitalen Wende offenbar auch nicht, er hatte *Le Monde* in Papierform dabei. Ich sagte, steck das Ding mal weg, Frédéric, wie geht es dir in Versailles? Er sagte, ich wohne immer noch in Courbevoie. Du schläfst ein, Papa. Du ahnst, dass ich weit aushole für nichts und wieder nichts. Halte durch, die Grundidee der Geschichte ist, dass man, wenn man zu viel mit sich herumträgt, es eines Tages wahllos verteilt. Aber es braucht diese Einleitung, glaub mir. Sonst versteht man nichts.

Ich schildere ihm mein Problem von Mann zu Mann, in allen Einzelheiten, ich weiß, dass er aufmerksam zuhört bei diesen Themen. Frédéric hatte ein einziges Mal Sex mit einer einzigen Frau, die Orientalistik an der Uni Jussieu studierte, und das in meinem Zimmer. Am Anfang ging es nur darum, endlich zur Tat zu schreiten und eine soziale Bindung einzugehen, die wir auf dem Campus schmerzlich vermissten, aber dann hat er sie im Eifer des Gefechts und der Projekte geheiratet. Erreicht hat er damit nichts, außer vier Kindern in Courbevoie, und dass er viel arbeitet. Seither begleitet er das Liebesleben seiner Mitmenschen mit großem Interesse. Allerdings ohne Emotionen, eher so, als würde er Käfer in einem Glas beobachten.

Ich muss mich ziemlich unklar ausgedrückt haben, denn er lenkte schneller als sonst vom Thema ab. Ich sagte, Laure, er antwortete, und was willst du dagegen tun, nichts, wie läuft es bei der Arbeit, alles okay?

Ich versuchte weiterhin, das Heft in der Hand zu halten. Ich hatte immer noch keine befriedigende Erklärung für die plötzliche Trennung, die Laure ausgesprochen hatte. Ich hatte nichts Spezielles gesagt, ich wusste, wie ich sie zum Höhepunkt brachte, ich kannte ihre Lieblingsfarbe, also, was war los.

»Glaubst du, es ist etwas Äußerliches?«, wagte ich in Erwägung zu ziehen.

Ich habe tatsächlich ein Kinn, an das sich manche Frauen nicht gewöhnen können, und ich kann es nicht unter einem Bart verstecken, da ich im Unternehmen eine Position innehabe, die für Transparenz steht. Mein Kinn konnte ein Hindernis darstellen, was sonst noch.

Er leerte sein Bier. Er fand mich sehr schön so, wie ich war. Das Problem deiner, wie heißt sie gleich, Laure, bist nicht du, es ist der andere. Oder besser gesagt, du und der andere, in der Kumulation.

»Denn, wie meine Frau sagt, die Erde hat keine zwei Sonnen, Clément.«

Ich war völlig von den Socken. Ihm schien es noch schlechter als mir zu gehen.

Dann hat er auf die Uhr geschaut und die Gerüchte zum Besten gegeben, die über die EisBank kursierten, er wollte wissen, ob da etwas Wahres dran sei. Ich habe erwidert, dass manches weniger zutreffend sei als anderes und dass Laure auf dem Bauch einschlief, wenn wir zusammen waren. Grundsätzlich sei das ja wohl ein Vertrauensbeweis.

»Und das Gerücht, dass ihr euch von der Börse verabschiedet, wen soll das einschläfern?«, grinste Frédéric in seinen Bart, den er sich leisten konnte. Die Tür klingelte bei jedem Gast, der den Laden betrat. Wir kamen auf keinen gemeinsamen Nenner, abgesehen von dem naturgegebenen Problem, dass Menschen einander nicht verstehen.

»Zieht ihr euch zurück vom Parkett?«

Auch das würde eine Fußnote erfordern, Papa, ich werde sie nachreichen, sollte ich die Zeit haben. Gerade wollte ich anmerken, dass es Laure sicher lieber wäre, wenn wir an der Börse blieben, als die Tür wieder läutete. Und in dem Moment sah ich jemanden hereinspazieren, der mir nicht fremd war. Unser ehemaliger Risikomanager. Der Typ, der sich 2018 innerhalb von zwei Stunden in Luft aufgelöst hatte, ohne Postkarte und ohne dass ich je wieder an ihn gedacht hätte. Vincent irgendwas.

»Clément, bist du noch da? Ist der Abschied von der Börse ein denkbares Szenario?«

»Ja, eines Tages.«

Ich mochte diesen Vincent sehr. Er trug Krawatten wie mein Vater, mit Pferdemotiven.

»Ein unumgängliches Szenario?«

»Unumgänglich.«

Der Risikomanager nahm mit der Anmut eines Geistes im hinteren Teil des Raumes Platz. Ich war sehr ergriffen. Es ist selten, dass man die Überreste noch einmal in natura zu Gesicht bekommt, wenn heutzutage jemand stirbt.

Anschließend ist Frédéric eilig Richtung Tür gestrebt. Plötzlich musste er sich um seine Kinder kümmern, um Ondine, Lazare, Augustin etc., und um deren Mutter, die seine langen Bürozeiten allmählich leid war. Das Büro war ganz offenbar ich in diesem Fall. Ich habe gesagt, geh nur, ich übernehme die Rechnung. Er hat gezahlt und ist gegangen.

Ich bin geblieben, weil Gott mich vor solchen Ondines und Augustins verschont hat. Der ganze Abend lag noch

vor mir. Ich zögerte, an den heißen Tisch des Risiko-
managers umzuziehen, ich machte ein Zeichen, das er
nicht sah. Einer von uns beiden war anscheinend wirklich tot, er oder ich. Aber wer nun, interessierte mich
nicht so sehr, dass ich noch länger mit erhobener Hand
insistiert hätte.

Du faltest die bestickte Baumwolltischdecke für die besonderen Anlässe auseinander, und Anna wundert sich darüber. Sie fragt, was wir feiern. Nichts. Aber je mehr du deine eigenen Leute beschmutzt, desto fester klammerst du dich an die weiße Wäsche, scheint es. Du willst mit dem schweren Besteck essen, mit dem Tafelsilber der Schwiegereltern, das Plastik auf dem Tisch und die bedruckten Schüsseln sollen verschwinden. Du legst Wert darauf, dich von den Tieren zu unterscheiden, und demonstrierst, wo du nur kannst, deinen Anstand.

»Wir feiern nichts, mein Schatz. Es ist schöner so, das ist alles.«

»Mädels, ich bin's, lasst uns Pizza bestellen!«, brüllt Anton von der Haustür herüber, denn heute ist Freitag, Tag der Faulheit.

Kurz darauf sitzt deine Familie um den Tisch verteilt, jeder säbelt auf dem Porzellan an einem Essen herum, das nicht gekocht wurde.

»Möchtest du von dem scharfen Öl? Hat heute nicht die Berufungskommission getagt?«

»Ja.«

»Ja, das war heute, oder ja, scharfes Öl?«

»Beides.«

Du reichst die lauwarmen, von Uber hergezauberten Kartons mit dem Essen weiter. Deine Mutter gibt dir von ihrem Grab her den Tipp, dass du bei drei Kindern erstens mehr in der Küche stehen solltest. Zweitens solltest du darüber nachdenken, dich deinen Kindern in Vollzeit zu widmen. Wenn man bedenkt, was du verdienst.

»Erzähl doch mal.«

»Ach, das ist uninteressant.«

»Uns interessiert es, wie du deine Tage verbringst«, lächelt Anton, gewillt, eine harmonische Phase einzuleiten, die bis Sonntag halten muss.

»Bist du dir sicher?«, fragt Véra.

Du delegierst an eine völlig neue Laure, die an deiner Stelle das Wort ergreifen soll. Dich in zwei Hälften zu spalten, ist bereits erschreckend selbstverständlich für dich geworden, von nun an aber ist es lebensnotwendig. Entweder das oder abhauen. Während die Laure hinter den Kulissen winzig und verängstigt darauf lauscht, wie ein Leben in ihrem Bauch anschwillt und die Mutter ihrer Mutter von heißem Wasser und Stricknadeln spricht, plaudert die Laure vorne, an der Front, über Universitätspolitik. Es ist zunehmend ein Drahtseilakt. Ja, sagt die Front-Laure, heute hat die Anhörung der Bewerberinnen und Bewerber stattgefunden. Sie habe daran teilgenommen, weil die Kommission bei Lehrstuhlvergaben laut Verordnung zu 50 Prozent mit Frauen besetzt sein muss, und es war ein Posten frei geworden nach dem unerklärlichen Rücktritt von Hadrien. Eines Kollegen, über den du nichts wusstest, außer dass er sehr an seinem H hing.

»Vielleicht konnte er es nicht mehr ertragen, immer nur Adrien in der Personalplanung zu lesen«, mutmaßt Anton.

Kandidat Nummer eins hieß Raphaël, rattert die Front-Laure wie eine Maschine weiter. Sein Lebenslauf ist nicht außergewöhnlich, aber er ist sehr beschlagen, was Nautilus und die ganzen neuen Interfaces angeht. Endlich mal jemand, den man bitten könnte, den Apogee-Zugang freizuschalten.

»Wir fragen dich gar nicht erst, was das alles ist. Gib mir deine Kruste, das ist Verschwendung.«

Als zweite Kandidatin präsentierte sich Anne-Laure, die sofort aus dem Rennen um diese unbefristete Stelle war, da man sie noch zwei Jahre als Vollzeit-temporäre-Referentin-für-Lehre-und-Forschung einsetzen konnte. Da sie selbst sich aber große Chancen ausrechnete, schlug sie sich wacker, die kleine Maus. An dieser Stelle machst du deutlich, dass du eine vorherrschende Denke wiedergibst, die nicht deiner eigenen entspricht.

»Warum ist dein Handy aus?«, schweift Véra ab.

Weil die Hinter-den-Kulissen-Laure beginnt, die einzige Person zu verlassen, deren Anrufe sie wünscht. Der dritte Kandidat war Nicolas, spinnt die Front-Laure ihren Faden unermüdlich fort. Ursprünglich war er ebenfalls als temporärer Referent für Lehre und Forschung eingestellt, sieben Jahre lang haben wir Saint-Nicolas mit Vertretungen über Wasser gehalten. Er stand rund um die Uhr zur Verfügung, er verrichtete einen regelrechten Hausmeisterdienst an der Uni. Kein Problem eines Studenten, für das er nicht eine Lösung gefunden hätte, er war wie ein Vater. Er hatte übrigens selbst zwei Kinder, die, während er an seiner Doktorarbeit schrieb, zur Welt kamen. Die Familie hatte auf so gut wie alles verzichtet, um zu viert von seinem Doktorandenstipendium und dem Darlehen seiner Eltern leben zu können. In einem Intellektuellenhaushalt muss man sich früh an Armut gewöhnen, Kinder.

»Das stimmt nicht«, sagt Anton.

»Du als dummer Esel kannst da gar nicht mitreden«, stellt Véra mit vollem Mund fest.

»Ein Esel ist aber lieb«, schaltet Anna sich ein.

Für Saint-Nicolas war es eine dringend gebotene Selbstverständlichkeit, dass man ihn in seinem Fachbereich als Dozent einstellte, und obendrein die Garantie, dass er den Respekt seiner Verwandten wiedererlangte, der in elf Jahren, in denen die Heizung an neun von zwölf Monaten abgestellt war, stark gelitten hatte. Die Aura seiner Forschungsarbeit zog bei seiner Frau schon lange nicht mehr, seine Kinder schauten auf ihn herab.

»Habt ihr ihn genommen? Ich esse die Vier-Jahreszeiten auf, sie wird sonst kalt.«

»Nein«, gähnt die Front-Laure.

»Warum!«

»Pure Ungerechtigkeit«, erwidert sie, schon im Voraus müde bei dem Gedanken, das Leben erklären zu müssen.

»Nimmst du wieder Lexo?«, erkundigt sich Anton verärgert.

»Ein bisschen, warum?«

»Weil man es hört.«

Anton faltet seine Serviette zusammen und verkündet, dass er früh ins Bett gehen wird. Ob wegen dieser Unterhaltung oder der Woche, die hinter ihm liegt, aus irgendeinem Grund ist er jedenfalls fertig für heute.

»Bleib sitzen«, sagt Véra.

»Wie bitte?«

»Mama hat die bestickte Tischdecke rausgeholt, bestimmt hat sie uns etwas Wichtiges zu verkünden.«

»Nein«, sagst du so laut, dass Anna zusammenzuckt.

»Bist du sicher?«

Véra wiederholt zwei Mal, bist du sicher, bist du wirklich sicher, und sagt, das ist die Gelegenheit, ihr seid alle da. Es gelingt dir, sie flehend genug anzusehen, damit sie aufhört. Sie steht auf, die anderen tun es ihr nach. Es ist Freitag, jeder macht, was er will, der Abwasch wird morgen früh erledigt.

Véra lässt euch wissen, dass sie spät nach Hause kommen wird, da sie sich mit einer Freundin in der Stadt trifft. Sie will Geld haben. Anton regt an, dass sie sich nach einem

Job umsehen könnte, Nachhilfe oder Blumengießen, das müsste doch selbst sie hinkriegen. Sie erwidert, einen Job finden, genau, das werde sie jetzt anpeilen. Dann sei es vorbei mit seinem phallokratischen Vergnügen, sie alle drei Tage wegen zehn Kröten ankriechen zu sehen. Mein Gott, er könnte auch mal eine Lexomil vertragen, seufzt Anton und bittet Anna, ihm bei der Suche nach der Fernbedienung behilflich zu sein. Véra wartet auf ihre Kohle. Saft- und kraftlos gibst du ihr mit einer Geste zu verstehen, dass sie sich bedienen soll, deine Tasche steht im Flur.

Während sie mit der Leichtigkeit eines übertrainierten Goldgräbers in deinen persönlichen Sachen wühlt, erinnerst du dich an den Tag, an dem sie einen Mann, der deinetwegen gekommen war, vor eure Tür setzte. Sie war damals sechs, und ihr wart unzertrennlich, in allem. Ihr habt zusammen gespielt, gegessen, geschlafen, eingekauft, die Sonntage verbracht, Bücher gelesen, wart zusammen im Juli am Meer, alles habt ihr geteilt. An jenem Abend dachtest du, sie sei eingeschlafen auf der Empore, die deine Einzimmerwohnung in der Rue Parmentier um zwei Quadratmeter erweiterte. Du und dein Gast, ihr hattet vor, auf dem ausklappbaren Sofa in dem einzigen Zimmer eine geräuschlose, schnelle Nummer zu schieben, in voller Montur, das war damals dein Spielraum. Er küsste deinen Hals, ihr hattet die Augen geschlossen. Plötzlich zupfte sie an deinem Ärmel, du hattest sie nicht herunterkommen hören. Sie beobachtete den armen Kerl, wie er sich mit den Fingern durchs Haar fuhr, hallo sagte, wie heißt du, was ist das da auf deinem Pyjama, ah, Sterne, und nach seinem Glas griff. Sie musterte ihn von Kopf bis Fuß, erklärte dann, er sei zu alt für dich und zu groß für das Zimmer, warf sich in deine Arme und verlangte, dass er gehen solle. Er ging. Als du sie wieder ins Bett brachtest, habt ihr gelacht.

»Du bist pleite, Mama«, sagt Véra verzweifelt und bringt dir deine Tasche.

Tatsächlich, du hast keinen Cent Bargeld. Du hast nie welches. Du gibst ihr deine Karte, die PIN kenne sie ja inzwischen, oder nicht? Bevor du die Tasche zumachst, tastest du blind nach der kleinen grünen Pillendose. Du schluckst ohne Wasser eine Vierteltablette, Véra schlägt die Tür zu, Anton lotst Anna, die noch Nachtisch haben will, ins Bad, dann in ihr Zimmer. Du bleibst am Tisch sitzen, pickst die schwarzen Oliven von deinem Drittel kalt gewordener Margherita. Du versuchst, dich zu erinnern, wann ihr, Véra und du, aufgehört habt, unzertrennlich zu sein. Wahrscheinlich sehr spät, erst in dem Moment, als deine Leidenschaft für Clément sie auf der Skala der großen Liebe herabgestuft hat. Du versuchst abzuschätzen, in welchem Umfang du dafür noch bezahlen wirst, überlegst, was du den einen und den anderen über die Schwangerschaft erzählst, und wie du es erzählst – an einen Abbruch hast du noch zu keinem Zeitpunkt gedacht. All dies geht dir durch den Kopf, ohne

Angst, ohne Tränen, ohne allzu große Aufregung, deine Nerven und dein Blut ziehen sich gerade dank der Benzodiazepine aus dem Geschehen zurück, und in Kürze wird wohl auch dein Verstand das Problem ein Problem sein lassen.

Also behältst du es, bekundet deine Großmutter ihr Bedauern dort oben, im Paradies der Schlafsäcke, die als Brautkleider geliefert wurden. Was für ein Jammer, über die Mittel seiner Zeit zu verfügen und sich dann, wie 1945, so was aufzuhalsen.

Ja, du behältst es. Und sein Vater wird Anton sein. Clément würde es nicht wollen. Er hat schon genug mit sich selbst zu tun, Omi, mit der Luft, die er atmen muss, und mit seinem Herzen, das weiterschlagen soll.

Später ist Anton in die Küche zurückgekehrt und vor dir stehen geblieben, mit etwa vier Metern Abstand. Er hat zugesehen, wie du dich mit einem nutzlosen Schwamm an den Herdplatten zu schaffen machtest. Schweigend räumte er ein paar Sachen in den Geschirrspüler, nicht so vorsichtig wie sonst, ohne die Teller vorher abzuspülen. Und dann wollte er wissen, während er das zweieinhalbstündige Eco-Programm in Gang setzte, ob du jemanden kennengelernt hättest. Du hast gefragt, warum. Er hat gesagt, darum, und dabei mit dem Kinn auf dich gedeutet, als ob etwas in deinem Gesicht keines weiteren Kommentars bedurfte. Er erkenne dich nicht wieder, weder deine Kleidung noch deinen Duft, und manchmal möge er dich auch weniger. Er empfinde so etwas wie Angst und Schmerz. Er suche nach einer Erklärung. Schließlich gibt es für alles eine Erklärung.

Du hast gesagt, Nein, niemand, woraufhin die Hinter-den-Kulissen-Laure nach Luft schnappte, es gelang dir nicht, noch etwas hinzuzufügen. Du hast die drei Meter überwunden, um ihn zu küssen, und dich gefühlt, als würdest du barfuß über einen Nadelteppich laufen. Heute Abend wird die Front-Laure mit ihm schlafen, obwohl es die Hinter-den-Kulissen-Laure anwidert und sie zerreißt. Die Alte geht uns auf die Nerven, soll sie doch wegschauen, am besten legen wir ihr noch eine Viertel Lexomil unter die Zunge. Wie sonst sollte Anton, der seit drei Monaten keinen Sex hatte, in drei Wochen begreifen, dass ihr ein Kind erwartet, hat sie darüber mal nachgedacht, die Frevlerin?

10. Dezember, 20:22, KT 36,3°,
AF 19/min, HF 75/min, BD 170

Ich wollte gerade aufbrechen, als ich an der Bar eine
junge Frau um die fünfundzwanzig entdeckte, sie saß
auf einem Hocker und warf mir ein zweideutiges Lächeln zu. Von Weitem sah sie nicht schlecht aus, bis auf
die Beine, zu kurz, aber man musste nur höher schauen.
Ungewöhnlich straffe Brüste, die unter einem rot-weiß
gestreiften T-Shirt auf und ab hüpften, im Rhythmus der
Hand, die sie hin und her schwenkte, um auf sich aufmerksam zu machen. Ich habe kurz zurückgewinkt, um
zu sehen, was passiert. Ihr Lächeln wurde breiter, star-
rer, sie neigte den Kopf zur Seite, als ob sie ein Reh dazu
bringen wollte, näher zu kommen. Ich fand das nicht
seltsam, immerhin steckte ich in meinem Kenzo-Anzug,
dem blauen, den ich für die Aktionäre heraushole und
um Journalisten zu demütigen. Laure hätte gesagt, dass
ich darin eine besonders gute Figur mache. Ich bin auf sie
zugegangen. Eher zwanzig, höchstens zweiundzwanzig,
nicht sehr groß, kleine Augen, schöne, aber ungepflegte
Haare, kurzum, recht gewöhnlich, aber ich konnte dem
Gedanken, es einmal auf der Toilette einer Bar zu treiben,
durchaus etwas abgewinnen. Ein bisschen schmutzig, das
Ganze, ein bisschen erniedrigend, aber wie geschehen, so

vergeben. Ich sah mich schon als betrunkenen Märtyrer, der mit seiner heruntergelassenen Kenzo-Hose die Pisse anderer Leute aufwischte, und während ich die in die Tür geritzten Schweinereien entzifferte, würde ich meinen harten Schwanz in eine Unbekannte stoßen, die sich im Licht der Sanitäranlagen vielleicht sogar als Transe ent- puppte. Ich stellte mir vor, wie ich später Laure davon erzählte, damit sie am Grad meiner Verkommenheit mei- nen Schmerz ermessen konnte.

»Ich bin Cécile«, sagte sie, »sind Sie Clément?«

Ach ja. Die Studentin. Ich erinnerte mich wieder, ihr ein Treffen im Anschluss an die Verabredung mit Fré- déric vorgeschlagen zu haben. Sie war wegen des Cas- tings für den Dogsitter hier. Guten Tag, ich habe schon Ausschau nach Ihnen gehalten, gab ich zurück, während das fromme Bild der Toilettenszene verschwamm. Ich habe das gesuchte Profil sofort erkannt. Ideal. Eine junge Frau, ungeschminkt, in Matrosenshirt und die Ewigkeit noch vor sich. Sie hat etwas Passives an sich, nach dem Motto: Komm rein, es ist offen, ich habe nichts weiter zu tun. Im wirklichen Leben hütete sie Kinder und machte an der Uni einen Bachelor in ... ich weiß nicht mehr was. Sie war einundzwanzig. Ich stellte ihr drei Standardfra- gen in Bezug auf ihre Fähigkeit, den Beipackzettel eines Medikaments zu lesen und einen Ball zu werfen. Sie hat den Job bekommen, schließlich hatte sie ihn mit ech- ten Kindern erlernt, und sie war die einzige Bewerbe- rin. Sie schien begeistert zu sein, so als hätte sie, keine

Ahnung, etwas Großartiges an Land gezogen. Danach und weil ich ihr Chef war, forderte ich sie auf, noch auf einen Drink zu bleiben, sie sagte okay, trank Cola, und ich erzählte ihr von einer anderen.

Sie hat mir lange zugehört, ganz reizend, und Fragen gestellt. Diese Frau, wie hatte ich sie kennengelernt, was fand ich an ihr, hatte ich vor, da sie nun abgehauen war, ihr hinterherzulaufen, so was. Hätte ich nicht gewusst, dass sie unendlich dankbar für den Job war, zumal in einer Zeit, in der man sich schon ein Praktikum erschlafen musste, hätte ich mich erkundigt, ob sie das Gespräch für eine Zeitung oder eine Organisation führte. Ich brauchte so sehr jemanden nur für mich, den ich nicht teilen musste und mit dem ich nicht zusammenarbeitete, dass ich mir alles von der Seele redete. Die ganze Geschichte. Als hätte ich kurz den Deckel eines Mülleimers angehoben. Es ist widerwärtig, ja. Ich habe erst wieder realisiert, dass vor mir ein echter Mensch auf dem Hocker saß, als sie gähnte und sehr freundlich sagte, Sie sind ein Schuft. Ich hatte mich zwei Stunden lang über Laure ausgemärt. Sie war enttäuscht, sie hatte wahrscheinlich etwas Persönlicheres erwartet.

Der Pub hat irgendwann zugemacht und mich auf den Boulevard gespült, wo sich ein paar Leute meines Alters tummelten. Ich hatte der jungen Cécile vom Hocker vorgeschlagen, dass wir noch ein wenig zusammenbleiben und versuchen sollten, im strikten Rahmen unserer strategischen Partnerschaft und zum besseren Kennenlernen

Sex miteinander zu haben, und wartete auf ihre Antwort. Normalerweise hätte sie mir in ihrem Alter und nach drei Jahren Studium antworten müssen, dass meine blumigen Äußerungen über die stinkenden und schlecht verdauten Reste männlicher Dominanz mich metaphorisch zu einem Fliegenschiss der Gesellschaft machten. So was in der Richtung. Aber sie hat nichts dergleichen gesagt. Einfach nur Nein. Vielleicht gehörte sie bereits zu denen, die verzeihen oder denen es egal ist. Sie hat ihren Abschied trotzdem noch ein bisschen hinausgezögert. Angeblich, weil es sie wurmte, einen weinenden Mann auf der Straße stehen zu lassen. Ich habe gesagt, ich käme schon zurecht, das seien im Übrigen keine Tränen, sondern eine Art Speichel, ich würde es nicht einmal mehr bemerken.

11. Dezember, 07:22, KT 36,3°, AF 19/min, HF 75/min, BD 170

Der Soundtrack von *Clockwork Orange* ist nicht mein Weckton, ich bin ja nicht verrückt. Damit kann man Tote wecken, ich habe ihn nur für Anrufe von Oliver eingerichtet. Ich sage hallo, er poltert, was zum Teufel, ich sage, ich rufe dich in zwei Sekunden zurück. Zeit genug, um eine Bloomberg-Meldung von heute Morgen zu entdecken, gesendet eine Stunde vor Öffnung der Märkte, in der bekannt gegeben wurde, dass »laut einer offiziellen Quelle im näheren Umfeld der Geschäftsleitung« unser Ausstieg aus der Börse ein »unumgängliches Szenario« sei. Ich rufe Oliver zurück und behaupte, keine Ahnung, keine Ahnung, wer diese verheerende offizielle Quelle im Umfeld der Geschäftsleitung sein soll, er erwidert, hältst du mich für einen Vollidioten oder was, dieser Frédéric von Bloomberg, ist der dein Kumpel oder nicht? Ich habe Nein gesagt, ganz und gar nicht. Dann habe ich Frédéric dreimal verleugnet, aus Freundschaft. Der gängigen Interpretation zufolge ist Judas ein Wichser. Dabei ist Judas doch gerade der Freund, der Christus liebt, so steht es geschrieben.

Ich habe sogleich ein aufrichtiges Dementi verfasst, in dem es sinngemäß hieß, dass keine Privatisierung bevorstünde und dass wir nach der unlauteren Quelle forschten, um sie aufzuknüpfen. Doch nach Frédérics Meldung war der Kurs um 20 Prozent in die Höhe geschnellt. Die Börsenaufsichtsbehörde, die uns schon seit Juni auf dem Kieker hatte, beschuldigte uns im Laufe des Tages, den Kurs manipuliert zu haben, um unseren jüngsten Schwierigkeiten entgegenzuwirken. Oliver rief alle möglichen Leute an, um ihnen zu sagen, dass wir eine interne Untersuchung durchführten. Ich für meinen Teil bereitete unterdessen meinen Vortrag für Laures Kolloquium vor und wurde dabei seltsamerweise nicht von meinen Vorgesetzten unterbrochen. Und du, Papa, wie war dein Tag mit Cécile? Warte kurz. Ein Anruf, mein Handy spielt den Soundtrack von *Verbotene Spiele*. Es ist Laure. Dann können wir also noch einmal über diese lächerliche Trennungsansage reden und uns wiedersehen. Ich komme zurück, und wir machen weiter.

Es geht ihr sehr schlecht. Der andere, der Jäger und Sammler, ist aus einem Grund ausgerastet, den sie mir nicht mitteilen wollte, da es sich um ein Familiengeheimnis handele. Er ist mit seinen Skiern auf der Schulter und seiner Tochter unter dem Arm in den Wintersport gefahren und hat vor dem Kind gebrüllt, dass er sich nicht sicher sei, wieder nach Hause zurückzukehren. Ich kann mir die Szene lebhaft vorstellen. Vielleicht hat er Wind von dieser Sache bekommen, die sie ihm verheimlichen wollte. Nein, ich meine nicht mich, das hätte sie mir gesagt. Die andere Sache. Du weißt schon, ihre Tochter, die älteste, die wir nie getroffen haben. Sie hatte im Rahmen ihrer Initiationsreise in den Knast etwas Großartiges auf die Beine gestellt. Ich erinnere mich nicht mehr genau, aber im Kern ging es darum, dass sie ins Essen gekackt hatte, um jemandem in die Suppe zu spucken, brillanter Zug. Ich sagte, grün vor Eifersucht, dein Leben ist voll überraschender Wendungen, du hast Glück. Laure war entsetzt, dass ich mir einen solchen Spaß erlaubte, wo ich doch sonst nie lachte. Sie bedaure die empathische Leere, die ich statt eines Herzens in mir trage, sagte sie, und wenn du mich fragst, roch das nach einem Satz, den sie sich schon länger zurechtgelegt hatte. Ich wusste nicht, was ich sagen sollte. Ich hätte natürlich noch einen draufsetzen und zum Besten geben können, wie ich meine Bank an nur einem Abend eigenhändig und ohne Absicht versenkt hatte. Aber da das nicht ganz der Wahrheit entsprach und natürlich keinerlei Folgen haben würde, wenn erst mal Gras über die Sache gewachsen war, hätte ich wie ein Aufschneider gewirkt. Sie hat mich angeschrien, ich sei ein Autist, unglaublich. Wie könne ich nur so teilnahmslos sein, und sie komme sich nicht zum ersten Mal vor wie ein Prediger in der Wüste, ob ich denn gar nichts Tröstliches zu sagen hätte? Ich sagte Nein, weil es stimmte. Außer für einen sterbenden Hund war ich noch nie mit Trost zur Stelle gewesen, auch nicht für mich selbst. Ich sagte Nein, in der Annahme, dass die Wahrheit etwas Tröstliches für sie war.

Sie hat sich mit einem Gute Nacht verabschiedet und gesagt, es wäre ihr lieber, wenn ich nicht an der Konferenz teilnähme. Dann hat sie aufgelegt. Ich habe ihr sofort eine Nachricht hinterhergeschickt, um mich zu vergewissern, dass ich sie richtig verstanden hatte. Ja, hatte ich, ganz genau. Ich sei gecancelt. Auf dem Kolloquium, dessen Planung uns zusammengeführt hatte, wollte sie mich nun nicht mehr sehen.

Im selben Moment habe ich eine SMS von Cécile erhalten. Der Tag mit dir, schrieb sie, sei fan-tas-tisch gewesen. Sie hat Bindestriche zwischen die Silben gesetzt, sie ist jung. Ich freue mich, dass es so gut läuft zwischen dir und Cécile, genieß es, denn es geht vorüber. Sprich mit mir, mein Hund, lass dir irgendwas einfallen, der Himmel ist leer, und die Frauen sind hermetisch, gib mir eine Waffe, und ich werde mich erschießen.

Von den Beiträgen des Kolloquiums kriegst du nichts mit. Nichts ist mehr interessant, seit du Cléments Vortrag gestrichen hast, von dem du dir übrigens keinesfalls etwas Erhellendes versprachst, sondern genau das Gegenteil. Zwei Nächte. Ein Zimmer, Bettgestöber mit Champagner, sein Duft in der Provinz und dein Körper, der akademischen Forschung vollständig entzogen, im doppelten Sinne.

Du gibst das Wort weiter, du gibst das Mikrofon weiter. Die Wissenschaftlerinnen und Wissenschaftler wetteifern um semantische Kühnheit, die Epoche muss sich eine Vielzahl von Tiernamen gefallen lassen, während du über Vornamen für Jungen brütest und auf einem Zettel Pierre, Paul, Jacques aneinanderreihst.

»Irgendwelche Fragen aus dem Publikum?«, wiederholst du in der Rolle der Moderatorin, die eine ziemlich blasse Figur auf dem Podium macht.

Du priorisierst die Fragen und lässt das Mikrofon wieder umherwandern. Du zählst die Stunden, die dich dem Schlaf aus der Apotheke näher bringen, und wischst dir die Augen trocken. Du weinst viel, seit du diesen Mann verlassen hast, klagt deine Großmutter mitfühlend im

Paradies der von den Bösen Besetzten. Selbst 1944 weinte sie nicht so viel um ihren Deutschen.

Letzte Stellungnahme, Fragen, Befreiung, du nutzt den günstigen Augenblick, um in der Masse, die zum Ausgang des Hörsaals strebt, unterzutauchen.

»Willst du nicht mit uns zu Abend essen, Laure?«

»Wohin gehst du?«

Dich hinlegen, Musik hören, die zu deinem wohlverdienten Schmerz passt. Stephan Eicher, Pierre Lapointe, Richard Wagner.

»Komm schon, das ist die Gelegenheit«, wagt Jean-Michel sich nebulös und glattrasiert vor.

Dann geh halt mit Jean-Michel ins Bett, das macht den Kohl auch nicht mehr fett, ermutigt dich vom überbuchten Himmel herab die Mutter deiner Mutter.

»Ich bin müde.«

Du hast dir ein Hotel genommen, das zwei Kilometer von dem deiner Kollegen entfernt liegt, und sie wundern sich darüber.

»Hat die Plattform dich wenigstens mit einem Vier-Sterne-Hotel entschädigt? Das ist doch nicht normal!«, sorgt sich Ouria, eine emeritierte Professorin, ernsthaft.

Du lässt die Badewanne randvoll laufen, während der Planet verdurstet, sie schwappt über. Du bringst einfach alles zum Überlaufen. Als du in das zu heiße Wasser eintauchst, verbrühst du dich so sehr, dass du schreist. Bravo, da freuen sich die Adern um das Knie herum, sie werden wieder platzen. Deine Beine sind zunehmend nicht mehr vorzeigbar. Und deine Röcke werden immer länger. Bald wirst du dich im Sommer wie alle abgetakelten Frauen in einem Leinenanzug verstecken, während deine Töchter in Shorts die Geschichte der Liebe ohne dich fortschreiben. Du wirst sie hassen, wie deine Mutter dich, bevor sie auf der Welt waren. Du wirst zu viel trinken, sie werden sich schämen, und dann wird dein noch nicht hinlänglich resignierter Blick auf den jungen Männern verweilen. Du wirst beinah vulgär sein, aber das bist du sowieso schon. Lieber willst du dich auflösen, als dass du alt wirst. Du hast eine Rasierklinge dabei. Du hast das rote Wasser immer deutlicher vor Augen.

Sie werden sagen, dass du alles hattest. Gabrielle wird von der Begegnung, die dem Absturz vorausging, erzählen, die Wahrheit wird jetzt niemanden mehr umbringen, es ist ja bereits geschehen. Sie werden denken, du seist aus Liebe gestorben. Dabei ist es nur die Nacht, und das Lexomil. Anton und Anna sind in Val d'Isère, die Nachricht würde sie im Sessellift erreichen. Anna wird eine panische Angst vor Skiliften davontragen, außerdem eine Abneigung gegen Schneekanonen und Schaumbäder. Das Wasser ist kalt. Du musst mit dem Lexomil aufhören, diesem Scheißzeug, musst aufhören, dich in deinem Leid zu suhlen.

Später liegst du, in einen XL-Bademantel gewickelt, quer auf der Perkalin-Bettdecke und beschreibst Gabrielle das

Zimmer. Sperrholzmöbel, auf dem Bett ein apfelgrüner Samtstreifen mit Spermaflecken, darauf du, scheißegal, heute Abend, sagst du immer wieder, willst du einfach nur sterben. Du enttäuschst sie, die Freundin am Telefon. Sie wünschte, du könntest dir ein Mal, nur ein einziges Mal, eine andere Geschichte vorstellen. Angenommen, du würdest das Kind mit Clément bekommen, ihr hättet einen gemeinsamen Alltag und wärt glücklich, deine Töchter bei euch und Anton anderswo, es wäre nicht schlechter als heute, vielleicht sogar besser. Du sagst, das ist undenkbar, im wahrsten Sinne des Wortes, Clément will nicht. Undenkbar ist laut Gabrielle das, woran man nicht denkt.

»Du bist eine Frau mit wenig Hoffnung, Laure«, haucht sie dir ins Ohr, bevor sie auflegt, und dieser Satz begleitet dich fast bis zum Morgen. Frau mit wenig Hoffnung. Fast bis zum Morgen, schlaflos und trostlos, wiederholst du ihn, richtest ihn an das Nichts, an die brennende Lampe, an die Decke, und die Stille wirft ihn dir wieder zurück wie eine Kugel, direkt ins Gesicht.

Du bist eine Frau mit wenig Hoffnung.

Absolut.

Du hast dir nie etwas anderes vorgestellt als den Skandal und das Ende. Weder ein Haus noch ein Kind noch das Wachsen eines Wir, eure Vornamen zusammen auf einem Papier. Denn deine Religion, die echte, die gelebte, die gottlose, die auch nicht ganz republikanische, verbietet dir das. Du bist nicht frei. Deiner Vorstellungskraft und deinem Begehren wird immer eine entsetzliche Kraft vorauswirken, die beides aufhebt, dauerhaft und beinah kampflos: der Komplex der Klasse. Diese Religion, die die Mutter deiner Mutter einfach nur Scham nannte, ohne viel Aufhebens zu machen, steht dir im Weg. An der Schwelle zu einem Narrativ der Zusammengehörigkeit, zu dessen Autorin du dich nicht mehr machen kannst, weil du eingeschüchtert bist von deinem eigenen Traum. Das Schlimmste ist, das Recht zu etwas zu haben, jedes Recht zu haben, und dennoch nicht in der Lage zu sein, es sich zu nehmen. Darin, Omi, besteht in Wahrheit die Scham.

Dann setz deinen Hintern in Bewegung!, ruft die Mutter deiner Mutter im Himmel der Verschlissenen, der Waschmaschinen, der zu Ausgelaugten, um sich selbst reden zu hören. Was treibst du da ganz allein, fummelst an dir herum in der Badewanne eines Sterneschuppens, und quatschst auch nachts noch in der toten Sprache deiner Geisteswissenschaft. Steh auf oder ich schicke dir einen Blitz.

13. Dezember, 02:12, KT 36,5°,
AF 19/min, HF 75/min, BD 170

Gegen 19 Uhr hat Laure angerufen. Ich habe an ihrer Stimme gehört, dass es nicht mehr so sehr um Trost ging. Sie wollte mit mir sprechen, es sei dringend, und diesmal, Clément, warnte sich mich vor, solltest du ausnahmsweise einmal rangehen.

Sie hatte nicht komm her gesagt, das stimmt. Sie hatte gesagt, ruf zurück.

Aber da du nicht da warst, um mich aufzuhalten, habe ich das Büro verlassen und bin planlos einer Spur, einem Duft gefolgt. Ihrem. Ich funkte Cécile an und bat sie, länger zu bleiben. Sie wollte wissen, wohin ich unterwegs sei, für den Fall einer tierärztlichen Notsituation, ich hatte nur den Straßennamen im Kopf, nicht die Hausnummer, woraufhin sie na dann, schönen Abend sagte, obwohl ich noch gar nicht fertig war. Unglaublich. Bei 30 Flocken pro Stunde ist es an mir aufzulegen.

Auf der Rumstraße habe ich einen Zwischenstopp eingelegt, in der CubaBar, und mich nach zwei Shots Santísima Trinidad fünfzehn Jahre einigermaßen frei drehend auf den Weg zu ihr begeben. Die Premiere, offiziell. Das Mal, als wir nachts ihre geschlossenen Fensterläden betrachtet haben, lasse ich hier beiseite.

Laure wohnt in einem Einfamilienhaus ohne Gittertor, es ist kinderleicht, man geht einfach rein und kommt wieder raus, so wie sie. Ich wusste, dass sie allein war, da der Dicke mitsamt der Familie in vierhundert Kilometer Entfernung Ski fuhr. Ich wollte klingeln, aber auf einmal fand ich mich auf der Matte, auf der sie ihre Schuhe abtritt, besser aufgehoben. Das, oder es lag am Alkohol, ich weiß es nicht mehr. Ich wollte einfach nur vor ihrer Tür schlafen, um näher bei ihr zu sein, mich heimischer zu fühlen. Sie hat dann aufgemacht, und ganz offensichtlich hatte sich bisher niemand für sie auf einen Treppenabsatz gelegt, deshalb hat sie es falsch verstanden. Sie hielt mich für so einen irren Typen, und vielleicht war ich das im Grunde auch, wir werden es nie erfahren. Sie hat mich fest umarmt, ich war angekommen. In diesem Moment hätte ich mich ihr, wenn sie mich ganz gewollt hätte, ergeben, obwohl der einzige Hund, der zählte, gerade seine letzten Stunden mit einer Studentin verbrachte, von der ich nach wie vor nicht wusste, was sie eigentlich studierte. Aber der Moment dauerte nur eine Sekunde. Ich habe mich gleich wieder losgerissen und gesagt, also, führst du mich herum?, und zwar im Tonfall des Arschlochs, das nur gekommen war, um zu spannen.

Es war gemütlich, fühlte sich nach Familie an. Runde Möbel und fast überall Zwanzig-Watt-Glühbirnen als Beleuchtung, Kaminholz in einer Crozes-Hermitage-2017-Kiste. Es roch nach Biedermann, im Sinne des

18. Jahrhunderts, nach einem ehrbaren Mann, der sich für Kunst, Mathematik und Fußball begeisterte, der gern Wein trank und Reisen in den Norden unternahm. Hier hatte jemand, auf den ich nicht eifersüchtig sein musste, ein bisschen Geschmack, ein bisschen Geld, aber deutlich weniger als ich. Ich habe sofort einen Ständer gekriegt. Ich bewegte mich wie auf einer Regionalmesse, kommentierte alles, was ich sah und kicherte dabei. Ich ließ sie nicht zu Wort kommen, sie wollte, dass ich mich äußerte, also äußerte ich mich. Sie sagte, lass mich auch mal reden, sie habe mir etwas Ernsthaftes mitzuteilen, ich ließ sie ihren Satz nicht beenden, rief dazwischen, hast du Kippen, wer ist denn die Alte da auf dem Foto an der Wand, ist das deine Mutter, und was ist hinter dieser Tür. Ich stopfte meine Worte mit lauter dummem Zeug, bis der Moment der Wahrheit vorübergezogen war, so was nennt man Überlebensinstinkt. Nachdem ich alle Patronen abgefeuert hatte, küsste ich sie einfach, sobald sie den Mund aufmachte. Schließlich hat sie aufgegeben.

Sie drängte mich auf ein entenblaues Sofa, sagte, nie wieder wirst du auf dem Boden kriechen wie vorhin, als wärst du ein Stück Scheiße, nie wieder. Später zog sie mich auf ein Bett, das von niemandem oder nur von Gästen der Kinder benutzt wurde, und sagte, fick mich, ja, auf der Stelle.

Ich glaube, ich habe ihr wehgetan, ich habe sie niedergerungen.

»Wenn du jetzt wieder gehst, Clément, bringe ich dich um. Wir müssen reden.«

Ich bin trotzdem davongelaufen beziehungsweise habe so getan, als würde ich zur Tür gehen, nur, um den Schreck auf ihrem Gesicht zu sehen. Ich machte kehrt. Da ich immer noch nicht wusste, was mit uns werden sollte, schaute ich mich überall um, sie sagte, halt, stopp, ich kommentierte die Kinderfotos auf dem Kühlschrank, alte wellige Abzüge. Bei einem Foto blieb ich hängen, es zeigte sie, um die dreißig, am Strand, mit einem Kind im Arm. Ich nehme an, ihre Älteste. Das Kind sah aus, als würde es gleich zubeißen, und Laure wirkte älter als heute, wie lustig. Ich habe in den Kühlschrank geschaut, um nachzusehen, was der andere so isst, hauptsächlich Schinken, wundert mich nicht. Ich betrachtete das Bücherregal, die Werke waren nach Verlagen sortiert, na bitte. Auf dem Brett mit den *Nouvelle Revue Française*-Ausgaben stand ein Foto des anderen, den ich am liebsten Monsieur genannt hätte, denn stolz war ich nicht. Er war nicht dick, das hatte ich mir nur eingeredet. Hör mir zu, forderte Laure beinah unter Tränen. Das Sofa war blau, aber das hatte ich bereits gesagt. Ich habe angeboten, die Gläser zu spülen, bevor ich ging. Und dann die Tür zugezogen, nach mir die Schande, machen Männer das eigentlich seit jeher so, Monsieur.

Als ich heimkam, habe ich Cécile angefleht, bei uns zu übernachten. Ich hätte mitkriegen müssen, dass sie ein wenig gereizt war, wahrscheinlich wegen der Überstunden. Sie fragte, wie viel. Ich sagte, 300, 350 in völliger Unkenntnis der Tarife für menschliche Wärme. Und schon bin ich in die Falle getappt. Sie warf mir sämtliche Beleidigungen, die ihr akademisches Repertoire hergab, an den Kopf, von Untermensch bis Abschaum, dann hat sie sich über meinen G7-Account ein Taxi nach Hause organisiert, wo immer das sein mag. Aber gut, diesen Teil kennst du. Ist ja erst fünf Minuten her, und du hast nicht geschlafen. Ich bleibe auf dem Sofa, nimm du die Matte.

Du hast nichts gesagt, nichts gefunden. Weder den richtigen Zeitpunkt noch die passenden Worte noch den Mut, ihm mitzuteilen: Da passiert gerade etwas, mein Lieber, etwas, das Folgen haben wird, ein Ereignis, ich habe wieder einmal versucht, alles Lügen zu strafen, das Offensichtliche, die Natur, die Sprache, aber es grenzte an Selbstmord, also hör zu, wir haben ein Kind gezeugt, und antworte gefälligst.

Zu spät, bedauert Omi im himmlischen Paradies der zu Tode Gefolterten, du konntest nichts sagen, und du hast dich ficken lassen. Das macht etwas mit einem.

Du tauchst in das Badewasser ab, offen und voll Pein. Du Hure, sagst du laut und über dich selbst, anscheinend liebt sich niemand in dieser Geschichte. Das Wasser ist warm, und der Schaum wird immer mehr unter dem kräftigen Strahl. Ein Duft von Geranienöl erfüllt den Raum.

Du musst eingeschlafen sein. Ein Schmerz weckt dich, scharf und spitz, wie eine Vergewaltigung packt er dich mitten in den Eingeweiden. Du schreist auf. Das Wasser ist lauwarm und der Schaum verschwunden. Du hältst den Atem an, du weißt genau, was hier geschieht. Von da an überstürzen sich die Dinge, und es beginnt mit dir, in deinem Innern.

Da ist etwas in deinem Bauch, von dem du nicht gespürt hast, dass es lebt, sich löst und stirbt. Das Wasser wird wieder wärmer und färbt sich erst teilweise, dann ganz rosa. Zwischen deinen Schenkeln reißt der Strom nicht ab. Du sagst nichts, du rufst niemanden an. Was solltest du sagen, Hilfe? Es ist vorbei. Du beobachtest, wie das Rosa beinah ins Violette übergeht.

Das muss das Ende sein. Es fließt alles aus einem heraus, und man kann nichts dagegen tun. Mit dem Blut in der Wanne verrinnt ein Stück dieses Lebens. Du weißt, dass du ab jetzt eine Vergangenheit hast.

Du steigst aus der Wanne, du willst dich nicht auflösen. Das Blut strömt weiter aus dir heraus, kräftig, stärker als du. Die Wände zittern. Dein Abbild im großen Spiegel wird unscharf und verblasst dann, nutzlos. Dein Gesicht spielt im Augenblick keine Rolle, denn der wahre Schmerz ist in Rot auf den Fliesen zu sehen.

Wenig später schlägst du die Augen auf, am selben Ort und noch genauso nackt, dein Kopf wird von etwas gestützt, von etwas Weichem. Du erkennst Véra, auf Knien, erst verschwommen, dann deutlich. Sie breitet meterweise Frotteetücher in deinem Blut aus, die womöglich einen fünf Millimeter großen Embryo aufsaugen, falls er nicht mit dem Badewasser verloren gegangen ist. Du wünschtest, es wäre alles nur ein Traum, aber so gnädig ist das Leben nicht.

»Du bist ohnmächtig geworden«, sagt sie.

Du versuchst, menschliche Laute von dir zu geben.

»Soll ich einen Krankenwagen rufen?«, fragt Véra, ohne sichtbare Rührung, nur müde.

Du schüttelst den Kopf, um Nein zu sagen, hebst deine Hand, um zu verkünden, dass es vorbei ist. Mehr Blut wirst du nicht verlieren, das spürst du. Sie sieht dich nicht an, kniet immer noch am Boden und wischt den flüssigen Tod auf, während du nach Worten suchst.

»Du hättest sterben können. Wenn ich nicht nach Hause gekommen wäre, lägst du immer noch da.«

Dir wird zunehmend kalt, so auf dem bloßen Rücken, du schließt die Augen, um danke zu sagen. Du würdest gerne deine Beine auf eine Seite legen. Doch sie sind zu schwer für deine Muskeln, zu fern für deinen Willen. Du gibst auf.

»Heute war mein Geburtstag«, sagt sie und steht auf.

Endlich schaffst du es zu sagen, ich schäme mich. Und vor Scham würdest du am liebsten auf der Stelle sterben, so wie du da auf den Fliesen liegst, damit sie dir glaubt.

Sie versucht, das rotbraun verfärbte Handtuch in den Mülleimer zu befördern. Du siehst zu, wie sie sich anschließend das Blut von Händen und Armen spült. Du weinst nicht.

»Du ekelst mich an, Laure. Ihr ekelt mich an.«

Sie verlässt den Raum und schließt die Tür. Du protestierst nicht, wozu auch. Mit achtzehn hat man das Mitleid nicht mit Löffeln gefressen. Und du fühlst dich auf dem Boden, wo du deinen natürlichen Schmerz auskurieren kannst, besser aufgehoben als irgendwo sonst. Du hörst, wie sich ihre Schritte im Flur entfernen, sie geht ins Wohnzimmer, die nur mühsam gleitende Fenstertür quietscht. Du vermutest, sie steht auf dem Rasen, weil sie erst mal eine rauchen muss.

Dann dringt etwas aus dem Garten zu dir, etwas Notwendiges und Beängstigendes. Ein Schrei. Es ist Véra, die tut, was du im Grunde schon immer von ihr verlangt hast: an deiner Stelle zu schreien. Und dann hebt sie noch einmal an. Du hörst die Fensterläden der Nachbarhäuser klappern, jemand brüllt Ruhe. Doch sie schreit ein weiteres Mal, sie geht ihnen auf die Nerven.

Du lauschst dem Geschrei wie einer Hymne, in die du nie wirst einstimmen können, weil dir das Talent dazu fehlt, und so denkst du bloß, mach weiter.

Für unsere Kinder,
ihr Befreiungsschrei bei der Geburt,
ihr Liebesgesang,
mit blutigen Händen
schlagen sie die Trommel.

—

Am übernächsten Tag findest du deinen Körper auf einem Krankenhausbett wieder, während die letzten Schleier einer lokalen Anästhesie dahinziehen. Du warst im Halbschlaf, als sie deinen Bauch von eventuellen, mikroskopisch kleinen embryonalen Rückständen befreit haben. Eine reine Vorsichtsmaßnahme, die dein Gynäkologe nur der Form halber angeordnet hatte, meist ereignen sich frühe Fehlgeburten als Blutungen ohne weitere Folgen. Eine junge Frau in grünem Kittel tritt lächelnd an dein Bett. Sie sagt, alles wird gut, es ist alles »weg«, du kannst in den nächsten Stunden wieder ganz normal dein Leben leben. Es ist vorbei, Madame, sagt sie.

Du hast niemandem Bescheid gesagt, also ist niemand da, um dich abzuholen, also ist es noch schwieriger und also umso besser. Draußen peitscht dich ein dichter, unnachgiebiger Regen bis zur Metrostation Port-Royal. Du steigst hinunter, unter die Erde, hältst dich kaum aufrecht beim Gehen, bist steif und wackelig auf den Beinen, dein Hintern wirkt verformt wegen der dicken Windel, die du zwei Tage lang tragen und wechseln musst. Du könntest ein Taxi nehmen, aber das verdienst du nicht mehr, man rempelt dich an, und du lässt es geschehen. Du bist fast erleichtert, dass du keinen Sitzplatz in der Bahn findest, dass du noch mehr leiden kannst, während du dich mit beiden Händen an der unappetitlichen Stange festklammerst. Wie Clément verwechselst du Leiden mit schlichter Heiligkeit, die Demütigung deines Körpers mit der Erlösung deiner Discount-Seele. Du brauchst eineinhalb Stunden bis nach Hause. Im Paradies der bäuerlichen Märtyrerinnen gibt die Mutter deiner Mutter ihren Senf nicht mehr dazu.

Du hast behauptet, den ganzen Tag in der Uni zu sein, es ist erst 14 Uhr 30, Anton in seiner Praxis. Du hast zwei Stunden Zeit zum Schlafen, bevor Anna vor der Tür steht.

Du dachtest, du wärst leer, vollkommen leer, die Krankenschwester hatte es dir bescheinigt. Du bist über das Schiebefenster auf der Gartenseite ins Haus gelangt, weil du dich erinnert hast, es heute Morgen offen gelassen zu haben.

In der Küche, am Ende dieses schier endlosen sogenannten Wohnbereichs hast du Anton entdeckt, er hockte in Boxershorts und Socken auf dem Boden, sehr geschäftig. Er hatte dich nicht reinkommen hören. Auf Knien vor der Spüle versuchte er nun, nachdem er die Tür des eingetretenen Schranks herausgezogen und offensichtlich die Scharniere wieder festgeschraubt hatte, eine neue Tür einzubauen. Es wollte ihm nicht gelingen, etwas widersetzte sich. Von deiner Position aus konntest du nicht erkennen, was es war.

Er sieht dich immer noch nicht. Ein letztes Mal versucht er, die Tür neu zu justieren, und gibt auf. Er stellt sie auf den Fliesen ab, steht auf, stützt sich dabei auf seine Knie, als hätte er Schmerzen, als wäre er ein alter Mann. Und dann ist er es, der ins Taumeln gerät, gegen die Wand stößt, zunächst sanft, und sich wieder aufrichtet, die Wand hat ihn offenbar an seine noch nicht vollendete Arbeit erinnert. Aber schon kippt er wieder, diesmal entschlossener, schlägt mit der Schulter gegen das Mauerwerk, und noch mal, dann mit dem Knie, dann mit dem Kopf, nicht gewaltsam, sondern verzweifelt, wie *Der Mann, der durch die Wand gehen konnte*, als er aus dem Traum seiner Durchquerungskunst vollständig erwacht. Plötzlich weint er, vergräbt das Gesicht in den Händen, und in dem Moment weißt du, was du siehst. Einen Menschen, der die schlimmste aller Einsamkeiten nicht mehr aushält, der gehen oder, schlimmer noch, bleiben wird. Also rufst du vom anderen Ende des Raums hinüber, ich bin's. Und zwar sehr laut. Im Sinne von ich bin da, im Sinne von es ist meine Schuld.

Der Krankenschwester von vorhin, die sagte, es sei vorbei, möchtest du widersprechen. Es ist immer noch da,

Mademoiselle. Es ist ein Gerundium. Noch nicht weg, sondern im Begriff zu verschwinden. Wann es will, stückchenweise.

Die EisBank ist im Rating wieder gestiegen, wir haben in den Triple-A-Modus zurückgefunden. Die dementierte Meldung, dass wir uns von der Börse verabschieden, hat den Kurs unserer Aktie stabilisiert, nachdem sie ein paar aberwitzige Kapriolen geschlagen hatte, quasi als Dehnübung, und Thema im Fernsehen war. Seither macht der Kurs einmal am Tag kleine Sprünge, pendelt sich am darauffolgenden jedoch wieder ein. Gleichmäßig, friedlich, ohne einem auf den Sack zu gehen. Heute Morgen komme ich in den Kommunikationsbereich, wie immer und wie alle traurigen Gesellen mit einem flotten Spruch auf den Lippen, der die Atmosphäre auflockern soll, jedoch für Anspannung im ganzen Team sorgt. Ich spüre, wie die Luft mit jedem Schritt dicker wird, und bleibe plötzlich wie angewurzelt stehen. Der Assistenzpool blickt wie aus einem Paar Augen völlig unmissverständlich zu mir herüber. Was, zum Teufel, macht der hier, denkt er – der Assistenzpool – in allen Sprachen, sagt aber nichts. Ohrenbetäubend. Ich kapiere es nicht sofort, dabei habe ich selbst schon einige Leute gefeuert, ich weiß, wie so was abläuft. Man betrachtet mich und geht dann weiter. Ich fühle mich wie ein wandelnder Mundgeruch. Die Wirkung, die bleibt, nachdem die Ursache verschwunden ist, und die alle erstaunt, aber nicht wirklich verärgert. Sybille, die in deinem Universum, Papa, das Äquivalent zu einem Bernhardiner wäre, versorgt mich mit einem Kaffee, damit ich einen halbwegs vernünftigen Eindruck mache.

»Clément, dein Gespräch mit den HR ist um 10 Uhr.«

HR, dahinter verbergen sich Menschen. Aber wir sagen HR, aus Gründen der Zeitersparnis und des Pragmatismus. Okay, allmählich dämmert es mir. Daher der schamhaft abgewandte Blick, aus den Augen, aus dem Sinn, man spürt leichte Panik an Bord, untermalt von einem Chantal, siehst du mal nach, ob die Fenster zum Hof geschlossen sind, und Ruf doch bitte die Jungs von der Bombenentschärfung an, für den Fall, dass der Idiot plant, sich in die Luft zu sprengen. Ich verstehe sie nur zu gut. Jemand, der um 9 Uhr vor einem, ich zitiere, GesprächmitdenHR einfach so hereinschneit, und das nach den Entgleisungen, die jüngst auf mein Konto gingen, hat einen Sinn für öffentliche Folter. Etwas Vergleichbares war mir schon einmal an einem 25. Dezember passiert. Ich war gekommen und keiner da, bis auf den Hausmeister, der mir, sehr liebenswert, Fotos von seiner Familie in Douai zeigte. Dadurch, dass die Maschine immer am Laufen ist, hat sie ihre eigenen Reflexe, sie geht auf Reisen, umrundet Häuserblocks, erfüllt Pflichten. Die Frage ist, wo bin ich während dieser Zeit. Ich werde zu Hause viel Zeit haben, um darüber nachzudenken.

Wenig später lächeln mich die HR in der einsamen Person Aubins an, von dem ich bis dato noch nie gehört habe. Immerhin, ein Mensch. Zu meiner Zeit bestand die Personalabteilung aus Damen, die teils mütterlich, teils militärisch daherkamen, die in der Lage waren, bei Tisch zu trinken und gleichzeitig über den Sinn und Zweck von Sozialplänen und den Wert von Essensmarken zu diskutieren, man betrachtete das Amt als eine seriöse Angelegenheit. Hier sitzt nun ein kleiner weißer Mann vor mir, ein Weichei, geschüttelt von einem Husten, mit dem er es nicht über den Winter schaffen wird. Einer, der sich glutenfrei ernährt, den es direkt von der ESSEC oder von der betriebseigenen Kaderschmiede auf diesen Posten gespült hat, der hinpinkelt, wo man es ihm sagt, dachte ich bösartig, denn neben allem anderen bin ich wohl auch noch homophob. In Wirklichkeit schüchtert es mich ein, wenn ich einem Tier begegne, das noch weniger Empathie zeigt als ich. Ich weiß, wir werden uns hier nichts vormachen und etwas von Brüderschaft erzählen können. Aber was könnten Aubin und ich uns dann erzählen?

»Sieh dir das an, wann immer du willst«, duzt er mich, da ich faktisch nunmehr ein Niemand bin, und schiebt mir seine schöne, höfliche Hand entgegen, unter der sich ein Umschlag befindet. Es läuft also immer noch so, Scheiße. Fehlt nur noch die Zigarre.

Bestimmt geht er ins Nagelstudio, um sich auf diese Bewegung vorzubereiten, dieses Rüberschieben eines Umschlags unter der Hand, dachte ich wieder, unbelehrbar.

In der Zwischenzeit hat er losgelegt, er redet, ohne Luft zu holen. Du verstehst, Clément, dass wir Konsequenzen aus den letzten Monaten ziehen müssen, vor allem aus den letzten Wochen, lass uns jetzt keine Bestandsaufnahme deiner Fehler machen, sagen wir einfach, dass du gedanklich seit einiger Zeit nicht mehr bei uns bist, de facto möchten wir dir nahelegen, das Unternehmen zu verlassen. Die Konditionen, die wir dir anbieten, gewähren wir nicht jedem, sie orientieren sich an den Leitlinien des Unternehmens, in dem Fall Wohlwollen und Flexibilität, du kannst deine Beurlaubung schon ab heute genießen, solltest du das nicht tun, wirst du allen anderen Unbehagen bereiten, aber du bist natürlich frei, du bist hier zu Hause, es wird so lange wie nötig einen Besucher-Badge für dich geben, Hauptsache, du sprichst nicht mehr mit Journalisten, ob von Bloomberg oder von woher auch immer, niemand will eine strafrechtliche Verfolgung, wenn die Sache klar ist, wird Magda uns den Unterschriftenfolder reinbringen.

Nein, das ist kein Französisch, Papa. Es ist auch kein Autismus. Es handelt sich wieder einmal um diesen Sprech, der erfunden wurde, um das Überleben unserer Spezies in einer sauerstoffunterversorgten Umgebung zu sichern, man kann diesen Stil nach dem Abitur erlernen. Das ist teuer, ja.

Danach? Danach habe ich erst Oliver gesucht, der sich versteckt hatte, dann Sybille einen Zungenkuss verpasst, sie hat überrascht, aber freundlich reagiert.

Ich bin da rausgegangen, als wäre ich ein kleiner Punkt auf einem Poster, ohne eine Lücke zu hinterlassen, glaube ich.

Ich landete auf der Betonplatte von La Défense wie ein fliegender Bankier aus dem Jahr 29, nur anmutiger, und ich wurde sanfter empfangen. Ich habe einen Abstecher in den Castorama im Einkaufszentrum 4 Temps unternommen, ohne Maske, worauf man mich sogleich hinwies, und auch ohne Waffe, was aber keiner überprüfte. Ich habe den ganzen Mist gekauft, der dort im Flur steht. Wir haben genug Geld, Papa, so viel, dass wir überhaupt nicht wissen, wohin damit. Guck mal in den Umschlag, was sie mir anbieten, es ist zum Totlachen.

Ich war beim Tierarzt, um mich über das Prozedere aufklären zu lassen, und da wir bis zu den Toren der Hölle die Wahl haben, hat er mir die Optionen erläutert. In der Praxis oder zu Hause. Ich sagte, bei uns, damit du es nicht so weit hast.

Wenn ich ein Tagebuch beginnen würde, ein richtiges, mit handschriftlichen Einträgen, nicht nur ein ins Diktafon gebrüllte, würde ich heute notieren: Ich bringe mein Haustier um, und meine Mutter findet das richtig.

Hör auf zu weinen, Laure, wegen deiner Familie, die sich selbst das Leben genommen hat. Sie ist seit Langem kaputt, und du vermisst sie auch schon gar nicht mehr, du willst nur zurück zu dem anderen Idioten, willst wieder in den Krieg ziehen, immer und immer wieder. Ich höre dich deinen schlecht geschriebenen, egoistischen und dämlichen Text herunterleiern – es wird funktionieren, wir werden glücklich sein, es wird gut gehen –, bis die Batterien leer sind. Als Frau bist du das, was eine sprechende Puppe für die Firma Duracell ist, ein misslungenes Spielzeug, und in der Liebe das, was der Verlierer für die Spielhallen ist, ein Möbelstück. Je öfter du verlierst, desto länger bleibst du, überzeugt davon, dass du am Ende gewinnen wirst, durch Zermürben. Ich höre, wie du dir die Fortsetzung deiner Bettgeschichten ausmalst, diesmal an der Küste oder im Norden und Süden Amerikas. Laure auf La Réunion, Laure in New York, Laure bei ihrer Schwiegermutter. Du siehst dich aufs Neue schwanger, kaum zugenäht, schon wieder gefüllt, wie eine Kuchenform. Aber weg damit, raus mit diesem ganzen Zeug, diesem Märchen, sein Schwanz in deinem Mund, alles für die Tonne.

Wenn nicht irgendwann mit deinem Kopfkino Schluss ist, dann mit dir.

Die Stimme geht an ihre Grenzen, du weißt nicht einmal mehr, wem sie gehört, aber du bist es, die ihr zuhört. Bald wird sie von Annas sanfter, verzeihender Stimme übertönt.

»Mama, was machst du da mit der Schere?«

»Eine Puppe, mein Schatz.«

Aus einem Stück Pappe, das mal der Deckel eines Schuhkartons war, hast du eine grob umrissene menschliche Gestalt geschnitten. Kopf, Arme, Beine. Gerade knotest du an jede Gliedmaße einen Wollfaden, den du hundertmal um sich selbst wickelst, bis durch die vielen Lagen ein kleiner Körper entsteht.

»Für wen ist die Puppe?«, fragt Anna.

Die Puppe ist für dich. Die letzte Form, die du deinem Geheimnis gibst. Und da du nicht länger einen namenlosen Schmerz mit dir herumtragen willst, hast du mit blauer Tinte einen Vornamen unter die Wolle geschrieben, an die Stelle des Herzens.

»Warum tust du das?«

»Um damit zu spielen.«

Um zu begraben, was enden muss. Um durchzuhalten. Denn jeder Kreislauf kommt irgendwann zum Erliegen, immer, Sterben ist Routine, und dann wird wieder geboren, immer.

Du sprichst von einem Kreislauf, Laure, es ist immer das gleiche verdammte Rad, das blockiert, und du steckst drin, untätig, mit einem kleinen Essensvorrat, wie eine Ratte, obwohl. Die Ratte verfügt über ein Mindestmaß an Instinkt, das Rad wieder in Gang zu setzen und das Publikum in der Illusion eines, wenn auch labilen, Gleichgewichts zu wiegen, ergreift die knarrende Stimme deines inneren Tribunals erneut das Wort. Aber bald ist es vorbei.

Du gehst auf die Terrasse hinaus. Anna folgt dir in den Garten. Du gräbst ein Loch in die kalte Erde und verscharrst die Puppe am Fuß der kleinen Tanne, die ihr jedes Jahr Weihnachten ausgehoben habt, um sie nach den Feiertagen, am 6. Januar, wieder einzupflanzen. Es wird regnen, und die aufgeweichte Erde wird sie aufnehmen. Du schließt das Loch und streichelst den Boden, als lägst du selbst dort. Anna fragt noch einmal, jetzt besorgter, was das alles soll. Du kannst es ruhig zugeben.

»Es geht um Magie.«

Manchmal bleibt den Frauen nur die Magie, um Dinge zu überstehen, du wirst sehen. Anna sucht sich etwas anderes zum Spielen, du hast den Eindruck, dass es ihr gut geht. Ihr habt ihr vorgestern von der Scheidung und den zwei Häusern erzählt. Sie hat gesagt, dann ist das Geschrei also vorbei, und Anton hat gesagt, ja.

Für einen Moment verharrst du kniend im harten Gras. Du willst dich von nun an einer tellurischen, elementaren, natürlichen Existenz unterwerfen. Du willst fortgehen.

Kurz darauf lässt du den Fiat in der Einfahrt so behutsam wie möglich an. Auf dem Beifahrersitz liegt eine Tasche mit wenig Inhalt. Du brauchst nichts, und es ist einfach. Zwei Kräfte treiben dich, du kennst sie zur Genüge. Umbruch und Stolz. Dieser eherne Stolz, der aus der Ferne wie Bescheidenheit anmutet.

Quai de l'Horloge, Hausnummer 17, du steigst in den dritten Stock, leicht und fast leer. Es kommt dir vor, als wäre es noch nie so einfach gewesen, das Gewicht deines eigenen Körpers zu tragen. Noch ein Stockwerk, und Clément wird den Knoten in dir lösen, deine von der Stille geschundene Haut beruhigen. Der reflexartige Husten, der dich seit Wochen plagt, wird in einer Minute vorbei sein, wenn sich nämlich deine von Traurigkeit ausgetrockneten Lungen im Dunstkreis der Freude wieder aufblähen. Stufe für Stufe zählst du deine bald genesenen Organe und ihre Funktionen auf. Du denkst nur an dich. Du klingelst.

Cléments Schritte, dein angehaltener Atem, das Geräusch seines Schlüssels, die offene Tür, er im Rahmen, überrascht feststellend, was von dir als Frau übrig geblieben ist.

»Laure?«

Du erkennst ihn kaum wieder. Er ist noch magerer geworden, seine Züge sind wie ausgelöscht, alles Markante wie weggeschwemmt durch Ermattung. Das Diffuse, das ihn umgab, hat sich seiner bemächtigt, es ersetzt ihn. Er war schön, jetzt ist er verschwommen, oder es ist dein Kopf, der sich immer noch dreht. Er sagt nichts. Du möchtest reinkommen, um ihn zu umarmen, willst die Tür hinter dir ins Schloss fallen lassen und damit beginnen, eure Wunden zu heilen. Du glaubst, dass du nur reingehen musst und dann schon wissen wirst, was zu tun ist. Du glaubst, dass deine Aufgabe momentan darin besteht, den Lauf der Dinge zu beschleunigen. Am Anfang jeden Fortschritts stehen die Frauen, sie treiben das Leben voran, die Männer sind für die Freude und das Regieren zuständig, so ist es nun mal, so will es die natürliche Ordnung. Am Ende fügt sich alles.

Aber er sagt, nein, Laure, geh nach Hause.

Sagt es und schließt die Tür. Jetzt bist du allein, mit Worten, die noch lange an dir nagen werden.

Du solltest die Tür mit Fäusten spalten. So treibt man die Dinge voran, so und nicht anders. Aber davor scheust du zurück.

Langsam gehst du die Stufen hinunter, so langsam, dass du auch stehen bleiben könntest. Unten angekommen, versperrt die gleichgültig vor sich hinfließende Seine dir den Weg. Du schleppst dich bis zum Justizpalast. Im kalten Staub der Place Dauphine spielen Kinder mit einem Ball, in Jeans, die bis zum Bund gebleicht sind, sie spielen, wie nur Kinder und Tiere spielen. Fieberhaft jagen sie dem Ball hinterher, bis auf die Straße, solange er rollt.

Du stirbst vor Kälte.

22. Dezember, 14:12, KT 38,3°,
AF 15/min, HF 65/min, BD 120

Du hast alles gehört, Papa. Ich habe Laure Adieu gesagt, halten wir uns nicht länger damit auf, ich war abscheulich, sehr bestimmt, und die vorgetäuschte Selbstsicherheit eines Kotzbrockens auf zwei Beinen die einzige noch vertretbare Pose. So wird es mir leichterfallen, in einer halben Stunde ein Mörder zu sein, man stürzt sich schließlich nicht mal eben so ins Verbrechen, mit dem Kopf voran ins Fiasko, man muss stufenweise vorgehen. Du mochtest sie, ich weiß. Sie dich allerdings nicht. Papa, ich habe Angst, ich glaube, die Sache wird Mut erfordern, ein Konzept, das ich seit fast zweitausend Jahren nicht mobilisiert habe. Die Studentin hat ebenfalls alles gehört. Ihr angewiderter Blick verrät mir nichts, was sie mir nicht schon gesagt hätte. Sie verachtet mich, und das ist mehr Aufmerksamkeit, als ich verdient habe. Sie geht mir allmählich auf die Nerven, außerdem bezahle ich sie dafür, dass sie mir zur Seite steht, eventuell als Zeugin für was auch immer herhält, aber sicher nicht dafür, dass sie mich verurteilt. Trotzdem danke, dass Sie sich extra so schick gemacht haben, sage ich, auch wenn ich unbedingt davon abraten möchte, einen Minirock zu tragen, wenn man bleiche, kurze X-Beine hat. Sie erwidert, umso besser, denn die Vorstellung, dass ich sie appetitlich finden könnte, lässt sie nachts stöhnend aus dem Schlaf hochfahren. Das kleine Biest. Ich habe mich noch nie so sehr in jemandem getäuscht. Es klingelt schon wieder, sagt sie zu mir. Ignorieren Sie das absichtlich?

Nein, ich habe es gehört. Aber ich denke nach.

Erkennst du ihn, Papa, es ist der Tierarzt. Der Mann, der nicht viel für dein Überleben tun kann, umso mehr aber gegen deinen Schmerz. Er will wissen, ob der Termin mit dem privaten Einäscherungsunternehmen steht, da ich eine Massenkremation in deinem Fall abgelehnt hatte, du sollst nicht in einem Haufen mit allen möglichen Rassen, womöglich sogar zusammen mit Frettchen verbrannt werden. Ich sage, Ja. Ich habe mich tatsächlich für den teuersten Dienstleister entschieden, er garantiert Respekt im Umgang mit den sterblichen Überresten und eine individuelle Feuerbestattung mit aromatischen Rankpflanzen. Du wirst behandelt werden wie ein reicher Hindu auf dem Ganges, nur ohne den Ganges und mit einer Hülle aus entflammbarem Ökomaterial als Sari. Der Tierarzt hat das Etikett ausgedruckt, auf dem dein Name, meiner und das Datum stehen, gefolgt von einer Reihe von Zahlen und Großbuchstaben, die bestimmt etwas bedeuten. Er klebt es auf den Sack. Er werde dir jetzt, kündigt er uns sanft wie ein Kinderarzt an, einen

Katheter am Unterarm legen. Wir nennen das so, Unterarm, auch bei uns, bitte nicht falsch verstehen. Er fragt,
ob ich ein Handtuch habe und ob du unbedingt auf dem
Sofa liegen musst. Es ist wahrscheinlich, dass dein Körper sich entleert, dass er zuckt und hinunterfällt. Der
Arzt hält es für ratsam, dass ihr den Sack schon jetzt auf
dem Teppich ausbreitet und du darauf Platz nimmst, da
seist du besser aufgehoben, zumal man dich später noch
transportieren müsse. Und meine Tochter, fährt er fort,
könnte helfen, dich festzuhalten, wenn sie kann, wenn
sie will. Er meint Cécile, sehr witzig. Ich kläre ihn auf,
er entschuldigt sich, er habe gedacht, dass. Natürlich. Sie
ist ein junges Mädchen, sie ist bei mir und hasst mich
offensichtlich sehr. Sie und ich, wir könnten durchaus
der Erwachsene und das Kind sein, die auf Leben und
Tod miteinander verbunden sind.

Der Arzt öffnet einen kleinen Koffer, dem er behutsam
ein braunes Fläschchen entnimmt. Nicht hinsehen, ich
weiß, was das ist. Flüssige Barbiturate, ganz alter Trick,
geringe Sicherheitsmarge, garantierter Tod, hat sich bewährt bei Liebhaberinnen, Pferden und Häftlingen. Man
rechnet einen Milliliter pro Kilogramm, um die Sterbe-
phase so kurz wie möglich zu halten. Wenn man bedenkt, dass du heute neunundfünfzig Kilo wiegst und
die Ampulle fünfundsiebzig Milliliter enthält, brauchst
du dir keine Sorgen zu machen, das wird gut gehen. Der
Tierarzt verdeckt den Katheter mit einem kleinen Ver-
band, damit es schön aussieht, nehme ich an. Ich muss

kotzen, Papa, hol uns hier raus. Ich weiß nicht, was ich sagen, was ich tun soll, außer an deinem noch warmen Fell einen Frieden zu suchen, der mir in zehn Minuten nicht mehr vergönnt sein wird. Der Tierarzt lässt mir Zeit, dich zu streicheln, er ist ein guter Mann. Er sagt, dass ich deine Augen nicht werde schließen können. Ein Mechanismus, es ist unmöglich, die Muskeln verhindern es. Das muss man aushalten. Ich werde kotzen. Oder ihn abknallen. Ich werde schreien. Übrigens, dieses seltsame undeutliche Fauchen, das bist nicht du, das bin ich. Und die Studentin sieht mich immer noch so angewidert an, dass ich sie schließlich auffordere, sag, was los ist, spuck aus, was du denkst, auch wenn's keine Sau interessiert, lass es einfach raus.

»Nicht er ist das Problem«, sagt sie, »sondern Sie.«

So was hat der Tierarzt noch nie gehört, das sieht man seinem dämlichen Blick an, den er, während er mit der Spritze in der Luft rührt, zwischen mir und dieser Göre immer schneller hin- und herhüpfen lässt. Sie springt auf, wie ein strunzdummer Teenie, völlig pubertär. Ich versuche aus irgendeinem Grund, sie zurückzuhalten. Dabei streife ich den Saum des Lederrocks, der ihren Hintern gerade so bedeckt.

Ich will die Geste wiederholen, um mich zu vergewissern, dass es das ist, was ich denke. Ich greife so fest nach dem Rock, dass er beinahe reißt. Der Tierarzt wäre eindeutig gern an einem anderen Ort. Cécile versucht, sich

zu befreien, sie brüllt und plärrt, aber ich will diesen verdammten Rock noch einmal anfassen. Gott, das hast du
mir nicht wirklich angetan.

An welchem Punkt begreift man, was Sache ist. Wie die
Einzelteile sich zu einem offensichtlichen Ganzen zu-
sammensetzen, das einem portionsweise ins Gesicht ge-
schleudert wird.

Aber der Reihenfolge nach, zuerst ist es das Leder.
Seine Beschaffenheit, ich habe diesen Rock schon einmal berührt und sogar ausgezogen. Dann ist es der Geruch, der Geruch der Haare dieses Mädchens. Ein Duft
nach Holzfeuer und Waschmittel, an den sogar du inzwischen gewöhnt warst. Du hattest sie beim ersten Mal
nicht angebellt, weil er dir vertraut war, dieser Geruch
war schon bei uns gewesen. Dann dieser Blick. Das Kind
auf den Fotos am Kühlschrank, dieser unbeschreibliche
Gesichtsausdruck auf dem Kodak-Papier, der auf einmal Gestalt annimmt. Großschnäuzig und quengelnd,
ein Kind, das zwischen Hunger und Unverschämtheit
schwankt – ein fast erloschener Glanz dessen schimmert
auch in Laures Blick.

Sie ist keine Studentin, sondern eine Gymnasiastin.
Nicht ich habe sie gefunden, sondern sie mich. Sie heißt
nicht Cécile, sie heißt Véra, und sie ist nicht irgendwer.
Es ist ein Prozess.

Ich begleite Sie zur Tür, sage ich zu dem Tierarzt, der die ganze Zeit nur auf dieses Signal wartete. Innerhalb von dreißig Sekunden rafft er seine Siebensachen zusammen und versichert mir, dass wir nur die Visite bezahlen müssen. Die Hülle müsse noch entsorgt werden, die kann, wenn sie einmal ausgepackt wurde, nicht mehr benutzt werden, adieu, ihr Spinner.

Und nun zu uns beiden, Mademoiselle, was sagten Sie gleich.

»Ich sagte, du bist hier der eine zu viel.«

Still, Papa, jetzt ist nicht mehr der passende Moment. Verzeihen Sie meinem Hund, junge Dame, er bellt, um mich vor einer Gefahr zu warnen, besser spät als nie. Er ist krank, manchmal sind Blindgänger dabei. Kommen Sie näher, ich habe so was noch nie erlebt, interessant. Tollwut in Großaufnahme, wann bekommt man das schon zu Gesicht, jedenfalls nicht in den 20-Uhr-Nachrichten. Wahrscheinlich in der Malerei, aber die Malerei schert mich einen Dreck. Noch näher, bitte, Sie brennen darauf, mir etwas einzuschlagen, die Zähne oder das Stirnbein, ich spüre es, ich habe Erfahrung mit scharfem Gegenwind. Er fegte manchmal durch mein Zimmer, als ich noch ein Kind war. Es ist nicht schwer, mich zu überwältigen, nur zu, Sie können das schaffen, es hat nichts mit Muskeln zu tun. Die Kraft, die sich aus der Illusion speist, recht zu haben, ist kolossal. Ja, noch näher. Genau so, ich genieße derweil die Ähnlichkeit, die Sie mit Ihrer Mutter haben, sie ist verblüffend. Da ich ausschließlich damit beschäftigt war, den Bauchnabel meines Hundes zu betrachten, war ich blind. Ein paar Schritte noch. Ich werde bald mit dem Rücken an der Wand stehen, das macht es bequemer für Sie, mir die Fresse zu polieren, noch einen Meter. Achtung, nicht auf die Matte treten, vor allem nicht auf die Spritze, die der Tierarzt in der Eile vergessen hat, wahrscheinlich war er froh, wenigstens einmal mit sauberen Händen nach Hause zu kommen und ohne jemanden getötet zu haben. Ach was, heben Sie sie auf, ich stehe doch ohnehin im Weg. Oder etwa nicht? Gut. Beobachte sie, Papa, schau, wie stolz sie ist, wie unsicher, wie ängstlich, während ich schweige. Im Moment mag es noch nach nichts aussehen, aber es wird Anführer und Methoden finden. Sieh genau hin, es werden andere kommen, man muss sie erkennen können, um sie durchzulassen. Du musst den Weg freimachen und aufhören, wie ein Idiot zu bellen. Es heißt, dass sich unter den Röcken der gedemütigten Mütter im Lauf der Jahrhunderte ganze Armeen gesammelt haben, und man hat nichts gesehen, hat weggeschaut, ihnen nur auf den Hintern geschaut. Was ist das? Spucke. Sie kann gut zielen, das ging voll ins Auge, äußerst vielversprechend. Trauen Sie sich, mein Engel, schlagen Sie zu, ich werde es nicht persönlich nehmen, ich weiß, wer Sie sind. Eine allumfassende Wut.

Ihr Mund zählt etwas auf, das sehe ich doch. Sie schreien, scheint es. Schreien Sie, ich kann Sie nicht hören, ich höre nicht zu. Ich kenne meine Rechte. Ich muss nicht verstehen, ich muss nicht wissen, ich muss nicht ans Telefon gehen, das sind die universellen Rechte eines Kindes.

Treten Sie näher. Von Nahem ist es deutlich zu erkennen. Sie schreien nicht, Sie weinen. Warum? Zu schade, das ist Ihr Moment, Soldat. Kommen Sie schon, nur Mut, Hunde legt man um. Gehen Sie weiter. Hinter mir ist die Wand, noch einen Schritt rückwärts, und ich bin erledigt. Genau, so.

Gütiger Gott. Das hat gesessen, es stecken die Fäuste eines Jahrmarktringers in diesen angesengten fingerlosen Handschuhen eines Schulmädchens, das Selbstgedrehte raucht. Mir dröhnt der Schädel, ich sehe sechsunddreißig Kerzen leuchten, und darunter Sie, Sie wirken eher verloren als alles andere, aber immer weniger. Mit jeder Sekunde wächst die Entschlossenheit in Ihrem Blick. Ich schwanke, ich falle, bitte, lassen Sie mich so richtig krachend zusammenbrechen. Wohlgemerkt, es ist nicht das erste Mal, dass der Teppich mich in diesem Zustand empfängt, mit den Hinterpfoten an der Kehle. Ich fühle mich schon besser. Fast zu gut. Bleiben Sie nicht so auf meinen Hüften sitzen, los, springen Sie mir auf die Brust, ohne Rücksicht auf Verluste. Sieh an, Sie beißen zu. Ein bisschen zaghaft, das können Sie besser, ich spüre nichts. Zum Beispiel, ja, reißen Sie mir die Haare aus, genau, sehr gut. Ah. Das Hemd reißen Sie mir also auch vom Leib, wie Sie wollen, ich dachte zwar eher an eine Serie von Faustschlägen, aber anscheinend haben Sie Misshandlungen im Sinn, die eher chirurgischer Natur sind, überlegen Sie etwa, mir das Fell Stück für Stück über die Ohren zu ziehen, verdient hätten wir's ja. Wie sieht's aus? Sehen Sie mich nicht so an, ich kann wie ein kleines Kätzchen gucken, das könnte Sie fälschlicherweise rühren. Sie können mir den Mund noch so sehr mit Ihren Fingern stopfen, das hält mich nicht davon ab zu denken, dass Sie schwächeln und Ihre Hände nach Tabak stinken. Achtung, Ihr Hass ähnelt immer mehr seinem Gegenteil, oder zumindest seinem Vetter, dem Verlangen, Sie werden es vermasseln. Verlangen führt nirgendwohin, außer in die Not, in die Selbsterniedrigung. Folgen Sie wieder Ihrem Impuls des verlassenen Kindes, schlagen Sie zu, verdammt noch mal. Ich bin Ihr unbekannter Vater, ich bin die Granate, die Ihre Vorstellung von Familie wie eine Küchenschabe plattgemacht hat, ich bin das System, ich bin der Feind, geben Sie's mir, so richtig in die Fresse, aber ich verbiete Ihnen, mich zu streicheln, Ihre zu kleinen Brüste in meine hilflosen Handflächen zu pressen. Wachen Sie auf, das sind nicht mehr Ihre Zähne, die mir zusetzen, es sind Ihre Lippen und Ihre ungepflegten Hände auf meinen Schenkeln, Ihr nacktes Gewicht auf meinem anorektischen Schwanz, das ist eine andere Form von Gewalt, die einen anderen Namen trägt. Das ist Vergewaltigung, mein General, Sie werden es weit bringen in der Armee.

Es ist fast auf den Tag genau zwei Jahre her, dass du auf einem Treppenabsatz und zum letzten Mal mit Clément gesprochen hast. Die Trennung von Anton war so, wie man sich vorstellt, dass zwei erschöpfte Körper auseinandergehen, die zweifeln, ob sie sich je geliebt haben, die allergisch aufeinander reagieren. Schnell, beinahe ohne Worte. Das Aufteilen – Sorgerecht, Kosten, Möbel, Bücher und Konten – verlief friedlich, Anton zeigte sich großzügiger als erwartet. Es wurde beschlossen, dass Anna jede zweite Woche in die Wohnung kommen würde, die du nicht suchen musstest. Eine Freundin von Gabrielle vermietete eine Dreizimmerwohnung in Paris, in der Rue de Crimée. Sie war frei, und du auch. Véra wohnte dort ebenfalls einen knappen Monat lang und achtete wie nie zuvor auf die Harmonie eurer Bande. Sie machte dir keine Vorwürfe mehr, weder in Bezug auf deine Begrenztheit noch auf deine Trauer. Sie redete kaum, ging wenig aus und schlief viel. Sie erreichte, dank deiner Schwäche, dass sie ein Fernabitur von Deutschland aus machen durfte. Sie hatte einen Job in Berlin gefunden und wollte die Sprache lernen. Eine deutsch-französische Familie beabsichtige, ihre angeblichen Au-pair-Talente bei sich zum Einsatz zu bringen. Natürlich hattest du deine Zweifel, was diesen unverhofften Arbeitgeber betraf, ohne dass du dir deswegen allzu große Sorgen gemacht hättest. Du hattest verlernt, den Unterschied zwischen dem, was ist, und dem, was man erfindet, klar zu erkennen. Tatsächlich weißt du bis heute nicht, wieso es Deutsch sein sollte, wieso Berlin. Vielleicht steckte ein Mann dahinter, vielleicht nichts, vielleicht wollte sie einfach nur gehen. Du bist damals auch losgezogen. Sie stieg an einem Dienstagmorgen ins Flugzeug. Eine geschlagene Stunde hast du auf dem Parkplatz des Flughafens gestanden, bevor du es schafftest, nach Hause zu fahren.

Plötzlich warst du einsam. Ein Gefühl, das du erst spät in deinem Leben kennengelernt hast. Du fülltest die Leere mit Leere. Mit dem Warten auf Clément.

Du lerntest, wie schmerzhaft es ist, auf eine Liebe zu warten, bis du es in Worte fassen konntest, in einen Satz, auf einmal. Es ist, als ob man, bis man verbrennt, zusieht, wie etwas Unsichtbares niemals Gestalt annimmt.

Am Anfang hast du dich gezwungen, an seine Rückkehr zu glauben. Ohne darauf zu hoffen, aber daran geglaubt hast du. Sagen wir, weil es so üblich ist. Um so lange wie möglich zu vermeiden, in den vegetativen Zustand der Verlassenen zu verfallen, bemühtest du dich, die Pose einer aufrecht stehenden, lauernden Frau einzunehmen. Erst war seine Mailbox voll, später kein Anschluss mehr unter seiner Nummer. Am Anfang kam es vor, dass du vor seinem Haus auf ihn gewartet hast. Dann bist du wieder gegangen, ohne ihn gesehen zu haben, zurück auf die andere Seite der Seine. Eines Tages hast du geklingelt. Ein Kind öffnete dir, hinter ihm erschien seine Mutter in der Tür. Sie war gerade erst eingezogen, wusste nichts über den Vormieter oder eine neue Adresse. Rasch schlug sie dir die Tür vor der Nase zu, um die herum du sicher ein wenig blass warst, aber doch nicht so, dass einem angst und bange werden musste. Du hast gehört, wie sie das Kind ermahnte, nicht gleich zu öffnen, wenn es klingelte, man müsse immer auf der Hut sein. Wie man gerade gesehen hat.

Am Anfang hast du jeden Tag geweint, hast in nichts anderem mehr gelebt als in einer Wahnvorstellung, in einer Fiktion. Das Leben erschien dir als das, was es jetzt war. Als Moratorium zwischen Leidenschaft und Alter.

Es war ein unterirdisches Leben. Darüber, in der Stadt draußen, an der Universität, trat ein unerbittlicher und namenloser Wille zutage, dort machte die Laure von früher einfach weiter, indem sie ihre Persönlichkeit mit pathologischer Strenge auslebte. Du hast nie aufgehört zu unterrichten, zu reden und auch nicht zu lachen, deine Töchter bei Tisch zu versorgen, Anna jede zweite Woche zur Schule zu bringen. Du hast eine Katze adoptiert, für Anna, und eine weitere für dich. Dein Zimmer hast du, eigenhändig und ohne Luftblasen, mit einer knallblauen Tapete ausgeschmückt.

Und dann, nach fünf Monaten als Liebende, die mit sich selbst spricht, hast du aufgehört, ihm Briefe zu schreiben, die du in Ermangelung einer Adresse nie abschicktest. Ein Jahr später kam es noch ab und zu vor, dass du horchtest, ob sich in deinem Bauch, in deiner Kehle ein Schrei regte, der seinen Namen trug. Du streicheltest dich nachts und riefst nach Clément. Aber dann hast du mit jeder Faser deines Körpers und mit deinem ganzen Verstand eine Art Entscheidung getroffen – es war keine Entscheidung, eher Gehorsam –, du hast beschlossen, es zu versuchen. Du hast nichts mehr gesagt, nichts mehr getan, um irgendein Gefühl, Freude, Bedauern oder Schmerz, mit der Erinnerung an diesen Mann zu verknüpfen.

Du hast weitergelebt, erst ohne zu weinen und dann ohne dich anzufassen. Du hast gelernt, unabhängig von deinem Begehren, von deinen Nerven zu leben. Als ob du aus dem Feuer, das dich ein Jahr lang in höchster Alarmbereitschaft hielt, das in dir glühte, kalt hervorgehen wolltest. Du hast dich zunehmend in dein Schicksal gefügt und aufgehört, dich zu verändern. Du bist zu der Frau danach geworden. Du hast ein paar Kleidungsstücke weggeworfen und das kranke Blau deines Zimmers weiß überstrichen.

Du hast mit einer Erfahrung begonnen, die tiefer geht als die Leidenschaft. Das Vergessen.

Dein Blick gewöhnte sich an Landschaften, die er nicht bevölkert hatte. Seine Stimme, die du mit deiner Lunge, deinem Blut hören konntest, die dich aus dem Koma geholt hätte, hast du irgendwann nicht einmal mehr im Traum vernommen.

Du wunderst dich heute, dass du diese Frau bist, ohne Narben, in der fast nichts nachhallt, dass du hohl klingst, wenn du die Worte Amour und fou zusammen hörst. Manchmal staunst du, dass du dich in einer Seitenstraße, in der du dich eigentlich auskennen müsstest, suchend nach einem Hotel, einem Ort umschaust, an dem du doch ganz sicher schon mit ihm zusammen warst, bis zur Besinnungslosigkeit. Es ist dir vollkommen entfallen. Und du wirst warten müssen, bis du wirklich alt bist, bis deine Zunge rissig und dein Körper schwach ist, dann wirst du, beispielsweise, auf ein Kind, einen jungen Mann, den du für einen anderen hältst, zugehen und sagen: Hallo, Clément, du hast mich gestern nicht angerufen, dabei hattest du es versprochen, schau, ich habe mir die Haare wieder so schneiden lassen, wie du es magst, wo warst du? Und Anna wird dieses Kind, diesen jungen Mann bitten, es mir in meinem Alter nachzusehen. Meine Mutter, wird sie sagen, kannte mal einen Clément, früher.

Heute ist ein Sonntagnachmittag, zwei Jahre sind vergangen seit den Tagen, von denen du dachtest, dass du sie nicht lebend überstehen würdest, und du weißt schon nicht mehr, warum. Du hoffst auf eine neue Liebe, aber du bist ruhig dabei. Du denkst, dass alles seine Zeit hat.

Véra lebt immer noch in Berlin. Sie ist in zwei Jahren einmal zu Besuch gekommen, du bist zweimal mit Anna in Deutschland gewesen. Sie wirkte glücklicher, hatte dir in der winzigen Einzimmerwohnung, die sie in der Simon-Dach-Straße bewohnte, ein paar Freundinnen, älter als sie, vorgestellt. Sie unterrichtete hier und da Französisch an einem Gymnasium, Ende des Jahres wird sie Deutschland für ein noch zu definierendes anderes Land weiter nördlich verlassen. Sie scheint zu wissen, was sie sucht, spricht aber nie darüber. Sie wird definitiv immer dein Gegenteil sein.

Heute hat Anna lange geschlafen, sodass es nur eine gemeinsame Mahlzeit gibt. Ihr sitzt bei Pfannkuchen, Obst und Tee im Schneidersitz um den niedrigen Tisch, und Anna vertraut dir einen Traum vom Morgen an, in dem sie Auto fährt. Du ertappst dich dabei, wie du dich über Nichtigkeiten freust. Gerade hat Anton angerufen und angekündigt, dass er früher kommt und es eilig hat, weil er im Halteverbot steht, er bringt dir nur schnell den Karton nach oben, von dem er dir erzählt hat. Der Umzug findet am Montag statt, er hofft, dass du dich daran erinnerst, die Käufer wollen das Haus noch vor Weihnachten beziehen. Du erinnerst dich. Du könntest jetzt hoffen, dass niemand jemals die kleine Tanne aus der Erde reißt, unter deren Wurzeln deine Schmerzen in Miniaturausgabe ruhen, im Maßstab 1:2. Aber du hast die Wollpuppe fast vergessen. Du rufst Anna, die wieder in ihr Zimmer verschwunden ist, sie soll sich fertig machen.

Anton will keinen Kaffee, er musste in der Ladezone parken, er wird sich bestimmt einen Strafzettel einfangen. Auf dem Couchtisch, der noch nicht abgedeckt ist, stellt er einen mit deinem Namen beschrifteten Pappkarton ab und treibt Anna, die ihre Arme um dich schlingt, zur Eile an, sie habe schließlich acht Tage Zeit gehabt, ihrer Mutter um den Hals zu fallen. Du sagst, dass sie ihre Hausaufgaben nicht fertig hat, es fehlt noch Mathe, du sagst, dass du vorbeikommen wirst, um das neue Haus zu besichtigen, und dass …

Das ist alles.

Du möchtest etwas Nettes hinzufügen, aber es kommt dir nicht über die Lippen. Anton wirft dir neuerdings nur noch diesen kurzen Blick zu, aus dem eine beginnende Ungeduld spricht, gepaart mit einem Rest Liebe. Seine Tochter vor sich herschiebend, verlässt er deine Wohnung und kann es sich nicht verkneifen, die unmittelbare Nähe des gegenüberliegenden Hauses, das Fehlen von Vorhängen und die Schritte der Nachbarn im Stockwerk über dir zu kommentieren. In Paris, sagt er, lebt man wirklich wie in einer Legebatterie. Du begleitest die beiden ins Treppenhaus, weil du deine Post noch nicht geholt hast. Anton stellt fest, wie verwahrlost die gemeinschaftlich genutzten Flächen wirken und dass es keinen Aufzug gibt, er hofft, dass du wenigstens nicht viel Miete zahlst. Er kann sich deine Mietquittungen gern mal ansehen, wenn du willst. Es ist seine Art, dich nicht ganz zu verlassen, das weißt du. Du küsst sie beide noch einmal zum Abschied.

Im Briefkasten findest du zwischen lauter Immobilienanzeigen einen dicken Umschlag, auf dem dein Name steht, abgestempelt im Département Loir-et-Cher. Du kennst niemanden, der dort wohnt. In dem Umschlag liegt ein weiteres Kuvert älteren Datums, das aufgerissen und wieder zugeklebt wurde. Du öffnest die Haustür einen Spalt, lehnst dich über die Stufen und siehst Anton und Anna an der Ecke der Rue de Crimée, beim Eingang des Parks, verschwinden. Es ist nicht kalt.

Draußen ein gewisses Grün, ein gewisser Wind.

Paris, 22. Dezember, 18 Uhr 30

Maman,

ich sehe vor mir, wie Sie diese Seiten in Ihren Händen
halten, die zu nichts anderem taugen, als die Kerzen zu
löschen und Ihnen beim Glattziehen Ihrer Strümpfe behilflich zu sein, seit niemand mehr die andere Wange hin-
hält. Und schon regen Sie sich auf. Ja, Maman, verdammt,
ein in Sauklaue verfasster Wisch, der Sie zwei Stunden
lang nach Ihrer Brille suchen lässt. Sie haben sie um den
Hals hängen. Natürlich habe ich in Anbetracht Ihrer ge-
schundenen Augen gezögert, ob ich Ihnen nicht eine Mail
in Schriftgröße 16 schreiben sollte. Vorausgesetzt, Sie
kriegten Ihr Tablet zum Laufen, würden Sie allerdings,
sobald Sie meinen leidigen Vornamen zwischen den An-
bietern elektrischer Tore entdeckten, doch lieber ein Tor
bestellen, das wissen wir beide. Aber kommen wir zur
Sache.

Angenommen, Sie sind sterblich, dann will ich keinesfalls, dass Sie mit einem Zweifel begraben werden, dass
Sie nicht wissen, ob Sie Ihr Ziel erreicht haben. Sie dürfen

jubeln, Madame, der Schuss ging nicht daneben, ich kann mich nicht mehr aufrecht halten. Ich habe es versucht, es funktioniert nicht mehr. Etwas Wesentliches hat offenbar versagt, während Sie noch auf die Kniescheiben anlegten. Auf Knien und auf allen vieren ist natürlich manches leichter, aber es bringt andere Probleme mit sich, immer dieselben. Die Blicke der anderen. Die Blicke der Männer, die sich als herrschende Klasse durch einen widerlegt sehen, das ärgert sie, das macht sie verrückt; die Blicke der Frauen, die sie zwar aufrichten, aber zugleich neu erschaffen wollen, weil sie sicher sind, dass sie es besser hinkriegen als die ursprüngliche Erzeugerin. Was den Blick der Jugend angeht, unbeugsam und unbarmherzig, so hat er mich neulich überzeugt: Ich kann nicht mehr so weitermachen. Vor allem nicht ohne Papa, der mir beibrachte, wie man unter Hunden durchhält. Wie Sie wissen, lässt auch er mich im Stich. Ob Sie es glauben oder nicht, ich war kurz davor, Ihnen wieder einmal Gehorsam zu leisten und ihn zu vergiften. Man hat mir die Augen geöffnet. Mit der wohldosierten Feigheit und Blindheit, die mir zu eigen sind, organisierte ich, unter dem Vorwand, Papa zu erlösen, mein eigenes Verschwinden, ohne allerdings die Eier zu haben, es mir einzugestehen. Sein Verschwinden!, werden Sie stöhnend Ihre Kirschwasserfahne verströmen, falls gerade Vesperzeit ist. Ja, und diesmal wird es klappen.

Wenn Sie diese Zeilen lesen, werde ich bereits erstarrt sein. Seit ein paar Stunden werde ich in der für den Hund vor-

gesehenen Verbrennungshülle liegen, fertig für den Ofen. Ich werde den Einäscherungsdienst angerufen haben, um die Abholung zu bestätigen. Die Mitarbeiter sind vorgewarnt: Die Tür wird offen und die Leiche bereit zum Abtransport sein, ordnungsgemäß mit den vom Tierarzt abgestempelten Papieren versehen. Ich hingegen werde nicht zu Hause sein, da ich die Überführung nicht miterleben möchte – so werde ich es ihnen mit geheuchelter Rührung erklärt haben. Papa und ich wiegen am heutigen Tag gleich viel, was beweist, dass ich es irgendwie geplant haben muss. Die guten Leute werden nichts merken, haha, wie lustig. Nach dem zweideutigen Anruf werde ich mich in meine brennbare Zellstofftasche gezwängt und den Reißverschluss von innen geschlossen haben. Sie müssen sich mein Leichentuch wie eine K-Way-Jacke oder einen Schlafsack vorstellen, das ist in etwa das Prinzip. Ich werde die Ampulle Bovaryte, die für Papa bestimmt war, intus haben, oral oder intramuskulär, die Wirkung ist angeblich die gleiche. Wie und warum das tödliche Zeug in meinem Besitz ist, spielt keine Rolle, der Tierarzt hat es liegen lassen, eine lange Geschichte. Aus Sorge, er könnte auf dem Heimweg seine Ampullen durchzählen und umkehren, bevor ich mit mir, mit Ihnen fertig bin, habe ich ihn vorhin angerufen. Um ihm mitzuteilen, dass ich die Flüssigkeit in der Toilette runtergespült und die Ampulle ins Altglas geworfen hatte. Er hat gezetert, von wegen Protokoll und so, kam sich selbst aber dämlich genug vor, weswegen er die Sache dann auf sich beruhen ließ. Kurzum, ich bin tot, *und Papa wird anders enden, vielleicht, familiär bedingt, in Freiheit und betrunken auf der Autobahn.*

Sie bringen mich zum Weinen, Maman. Was daran liegen mag, dass ich mit der Hand schreibe, ernste Dinge in Worte fasse, die, weil es die letzten sind, so bedeutungsvoll daherkommen.

Sollten Sie im Krematorium von Yvelines vorbeischauen, können Sie jederzeit meine Asche abholen, um die Rosen damit zu düngen. Merken Sie sich die Kennziffer 78854, nicht, dass man Ihnen noch den Ruß eines anderen Kadavers unterjubelt.

Wenn Laure, Sie wissen schon, »diese Frau«, mich sucht oder Sie anruft, sagen Sie ihr, dass sie eine falsche Nummer gewählt haben muss. Das hat sie zwar nicht verdient, aber mir gefällt der Gedanke, dass sie mich für lebendig hält. Sie wird mir eines Tages verzeihen, wenn sie es kapiert hat. Ich hatte nicht in mir, was sie von mir forderte. Und was Papa angeht: Füttern Sie ihn und lassen Sie ihn in Frieden. Ich habe noch nie so viel Spaß gehabt wie heute.

Alles Gute für Sie, dumm gelaufen.

Clément

Maria Pourchet

Alle außer dir

Roman

Aus dem Französischen von Claudia Marquardt
176 Seiten, Luchterhand 87782

Über Mütter und Töchter.
Und die Freiheit einer Frau.

Schon vor Jahren ist Marie aus der Provinz nach Paris
gezogen. Hat ihr kleinbürgerliches, konservatives Elternhaus
hinter sich gelassen. Wenige Stunden nach der Geburt blickt
sie auf ihre kleine Tochter – und wie ein Film läuft vor Maries
Augen ihr eigenes Leben ab. Die Kindheit und Jugend in
einer Kleinstadt in den Vogesen. Die komplizierte Beziehung
zu ihrer eigenen Mutter. Kann es sein, fragt sich Marie nun,
dass Frauen zu ihrer eigenen Unterdrückung beitragen?

»Atemberaubend!«
Libération

www.luchterhand-verlag.de